KB261157

유광현 新무협 판타지 소설
FANTASTIC ORIENTAL HEROES

검신협 棋劍神俠

기검신협 8

유광현 新무협 판타지 소설

초판 1쇄 찍은 날 § 2009년 12월 9일
초판 1쇄 펴낸 날 § 2009년 12월 15일

지은이 § 유광현
펴낸이 § 서경석

편집장 § 문혜영
편집책임 § 정서진
편집 § 주소영

펴낸곳 § 도서출판 청어람
등록번호 § 제1081-1-89호
등록일자 § 1999. 5. 31
어람번호 § 제2-1852호

주소 § 경기도 부천시 원미구 심곡2동 163-2 서경B/D 3F (우) 420-822
전화 § 032-656-4452팩스 § 032-656-4453
http://www.chungeoram.com
E-mail § eoram99@chollian.net

ⓒ 유광현, 2008

ISBN 978-89-251-2016-4 04810
ISBN 978-89-251-1448-4 (세트)

유광현 新무협 판타지 소설
FANTASTIC ORIENTAL HEROES

8

[완결]
[청운만리(靑雲萬里)]

검신협

棋劍神俠

유광현 新무협 판타지 소설
FANTASTIC ORIENTAL HEROES

도서출판 청어람

目次

第一章
끝나지 않는 승부

끝나지 않는 승부 1

한입 씹으니 입 안 가득 텁텁하고 씁쓰름한 맛이 감돈다. 무한은 익숙한 듯 얼굴 표정 하나 변하지 않고 꼭꼭 씹어 삼킨다.

세월은 유수와도 같았다. 무한이 들고 들어왔던 일 년치 벽곡단과 건포는 동이 난 지 오래였다. 그 후로는 교주처럼 동굴 안에 자생하는 이끼로 연명하는 중이었다.

건초를 씹는 것처럼 맛은 형편없었지만 그렇다고 나쁜 점만 있는 것은 아니었다. 이끼를 복용한 지 여러 달이 지나자 내력을 끌어올리지 않아도 동굴 내부가 환히 보일 정도로 시력이 좋아졌다.

무한과 교주는 여느 때처럼 마주 앉아 바둑을 두었다. 그들이 바둑이나 두고 있는 것은 결코 한가해서가 아니었다. 오히려 이곳을 빠져나가기 위해 전심전력을 기울이는 중이었다.

한참 만에 기나긴 대국이 끝이 났다.

"쉬고 계십시오."

무한은 또렷한 한어로 말하고는 표정이 좋지 않은 교주를 두고 전광석화같이 동굴을 빠져나갔다.

드르륵! 쿵!

무한은 엄청난 속도로 동굴을 돌며 육중한 바둑돌을 중앙에 파인 홈에 맞추기 시작했다. 방금 전 끝난 대국을 거대한 바둑판에 그대로 복기하고 있는 것이다. 바둑판이 워낙 넓어 복기하는 데만도 한 시진이 넘게 소요되었다. 그나마 무한이기에 가능한 일이었다.

교주는 마지막 동굴에서 무한을 기다리고 있었다. 둘은 긴장한 표정을 숨기지 못했다.

무한은 잠시 심호흡을 하고는 마침내 마지막 백돌을 홈에 끼워 넣었다.

정적이 흘렀다. 일다경이 지나도 마찬가지였다. 말할 필요도 없이 이번에도 실패였다.

"하하하하!"

무한은 교주의 살인적인 공력이 깃든 앙천대소에 이마를 찌푸렸다. 교주의 웃음에 고막이 터질 듯 윙윙거리고 천장에 달려 있던 종유석들이 우수수 떨어져 내렸다. 교주는 그것으로도 분이 풀리지 않는지 미친 듯이 사방에 장력을 뿌려댔다. 무한에게 뇌정을 흡수한 이후 깊게 가라앉았던 눈마저 형형한 안광을 발했다.

무한은 걱정스러운 시선으로 교주를 바라보았다. 사실 교주의 저런 행동이 뼈저리게 이해되는 무한이었다. 수십 년을 빛 한 점 없는 곳에서 보내고도 제정신이라면 그게 더 이상한 일이 었다.

하지만 원래부터 괴팍했던 교주의 성격은 근래 들어 괴팍함 을 넘어 포악스럽게 변해갔다. 인내심의 한계를 드러내고 있었 다. 문제는 포악함이 단순히 동굴 여기저기를 때려 부수는 것으 로 그치지 않는다는 것이었다. 진짜 문제는 따로 있었다.

무한은 진법에 든 후 교주와의 수많은 대국으로 기력이 크게 향상된 상태였다. 정도의 차이는 있었지만 그건 교주도 마찬가 지였다. 한데 얼마 전부터 교주가 조바심을 내며 안정을 찾지 못하자, 바둑까지 영향을 받아 기력이 늘기는커녕 갈수록 퇴보 하고 있었다.

이제 무한과 교주의 수 차이가 상당히 벌어져 매판 접전을 벌 이던 바둑은 무한이 크게 승리하는 경우가 많아졌다. 무한이 다 른 생각을 하며 대국에 임해도 세 판 중 한 판 꼴로 불계승이 나 올 정도였다.

이래서는 안 된다. 극기지동이라는 이름처럼 궁극의 바둑을 두어야 진을 풀 수 있을 터인데 갈수록 차이가 벌어지니 언제 궁극에 이른 대국을 펼친단 말인가.

사실 날마다 교주와 대국을 하고 있기는 했지만, 간혹 동굴을 돌며 복기할 때는 교주와의 대국이 아니라 교주와 바둑을 두며 생각한 다른 바둑을 복기할 때도 종종 있었다.

한바탕 분풀이로 어느 정도 마음을 가라앉힌 교주는 다시 무 한과 대국에 임했다. 한데 웬일인지 교주가 바둑이 끝나기도 전에 돌을 던졌다.

무한이 그런 교주를 의아한 얼굴로 바라보자 교주가 잔뜩 억눌린 음성으로 말했다.

"네놈은 왜 말을 하지 않는 것이냐. 언제까지 노부를 조롱해야 속이 시원하겠느냐."

음성에 살기마저 깃든다.

"무슨 말씀이신지?"

"네놈은 정녕 이곳을 나가기 싫은 것이냐? 노부와의 대국으로는 결코 답을 얻을 수 없음을 알면서도 이러는 이유가 뭐냔 말이다!"

교주의 말이 옳다. 교주와의 대국은 무의미했다. 무한이 그걸 알면서도 교주와 매일 대국을 한 것은 자존심 강한 교주에게 그런 말을 차마 하지 못했기 때문이다.

"네놈이 노부와의 바둑이 아닌 다른 바둑을 진법에 복기한다는 걸 내 모를 줄 알았더냐? 감히 네놈 따위가 대 일월신교의 교주인 노부를 능멸하다니!"

그렇다. 이것이 바로 교주가 폭발한 진짜 이유였다. 차라리 혼자서 해보겠다고 솔직히 말하고 양해를 구했다면 스스로의 쓸모없음에 낙심은 했을지언정 이토록 분노하지는 않았을 것이다.

"그것은……."

"닥쳐라!"

교주가 폭발적인 살기와 동시에 주먹을 전광석화와 같이 뻗어냈다.

콰앙!

지척에서, 그것도 앉은 채로 무지막지한 공격을 당한 무한은 뒤로 몸을 눕히며 양 손바닥으로 바닥을 세차게 밀었다. 본능적으로 양팔에 현마진린보의 공력이 실어 엄청난 속도로 튕겨져 나갔다.

덕분에 권력을 피해 한숨 돌린 무한이었으나 오히려 그것이 더욱 교주의 분노를 사고 말았다. 교주는 무한이 몸을 뺀 방식이 평소 다리가 없는 자신의 움직임과 흡사해 조롱당한 기분을 느꼈다.

"오냐, 이곳에서 썩어지는 한이 있더라도 네놈을 죽이고 말리라!"

비록 두 다리가 없는 교주였지만 두 팔은 능히 다리를 대신하고도 남았다. 정말이지, 경악할 속도로 쇄도한 교주가 무한이 이제까지 경험한 바 없는 강력한 장력을 뿌렸다.

무한은 교주의 이번 공격으로 처음 주먹을 날린 것은 상당히 사정을 봐준 공격이었음을 깨달았다. 차라리 그 주먹을 약간 흘리며 맞았다면 교주의 화가 조금은 누그러졌을 것을, 피하는 바람에 교주를 진짜 화나게 만들어 버렸다.

뇌정진기에 의해 발현된 장력은 가공할 위력을 지니고 있었다. 정면으로 맞서는 것은 자살 행위임을 깨닫고 현마진린보를 펼쳐 물러섰다.

콰앙!

목표를 잃은 장력이 동굴 벽을 강타하자 어른 머리만 한 파편이 사방으로 비산했다.

"쥐새끼 같은 놈!"

교주가 유령처럼 따라붙어 장력을 날렸지만 무한은 한차례도 공격을 허용하지 않았다.

무한은 경공술과 공력에 관해서만큼은 사별삼일 괄목상대라는 말이 어울릴 정도로 천마지동에 들기 전에 비해 장족의 발전을 이룬 상태였다.

현마진린보는 과거에 비해 한결 빠르면서도 자연스러워져 있었다. 공력 소모를 획기적으로 줄이고 속도 또한 한 단계 끌어올렸다. 십성의 공력만 사용해 펼쳐도 지난날 극성으로 펼친 것과 맞먹는 속도가 나왔고, 극성으로 펼치면 일반인은 거의 육안으로 쫓기 힘들었다.

물론 저절로 얻어진 결과는 아니었다. 복기를 하느라 종횡무진 동굴을 뛰어다닌 세월이 얼마인가. 대국마다 약간씩 다르지만 평균적으로 한 번 복기를 마치는 데 오가는 거리가 일이백 리를 헤아렸다.

본의 아니게 매일같이 경공을 수련한 덕에 절정고수의 한수 한수가 그대로 초식이 되듯 애써 펼치려 하지 않아도 보보 자체가 그대로 현마진린보의 오의를 따르고 있었다.

공력 또한 마찬가지였다. 현마진린보를 펼쳐 복기하는 시간을 제외하고는 종일 바둑을 두며 도선비기를 운용한 터라 비약적으로 증가한 상태였다.

"그만, 이제 그만두십시오! 이러다 동굴이 무너지겠습니다!"

천장에 매달려 있던 종유석이 몽땅 장력에 휩쓸려 바닥에 떨어지고, 사방으로 뚫린 네 개의 동굴도 반 이상 허물어져 있었다. 여기서 더 했다가는 갇힐 수도 있었다.

그러나 광분한 교주는 심각성을 아는지 모르는지 아랑곳하지 않았다. 정말 죽기로 결심이라도 한 듯 천장이든 동굴 입구든 장력을 날리는 데 망설임이 없었다. 이제는 숫제 무한을 잡을 수 없자 때려 부수는 데만 열중하고 있었다.

이성을 잃은 교주가 광분해 소리쳤다.

"크하하하! 천마 사조! 당신 뜻대로 예서 죽어주리다! 이 빌어 먹을 동굴에서 말이오!"

교주는 분노의 대상을 진법을 만든 천마에게까지 확대시켰다. 이내 동굴을 완전히 허물어 막아버린 교주가 고개를 획 돌렸다. 교주의 하나뿐인 눈이 동굴 중앙을 향해 새파란 안광을 뿌렸다.

"어르신! 그곳만은 안 됩니다!"

무한이 교주의 의도를 알아차렸을 때, 교주는 벌써 유령처럼 미끄러지며 거대한 바둑돌을 향해 장력을 날린 뒤였다.

콰콰쾅!

굉음이 차츰 가라앉았다. 교주가 날린 장력에 적중된 돌이 흔적도 없이 사라졌어야 정상이지만, 돌은 흑백 두 개 다 멀쩡했다.

돌과 교주 사이에 무한이 버티고 서 있었다.

"어르신! 제발 정신을 차리십시오!"

"하하! 그렇구나. 이것이야말로 네놈의 발을 무용지물로 만들 방법이었구나!"

무한은 교주의 말에 부르르 떨었다.

"자신이 가질 수 없다고 정말 선대의 유지를 파괴할 생각이 십니까!"

무한의 설득에 장력을 뿌리려던 교주가 잠시 움찔했다. 하지 만 그것뿐이었다. 교주의 분노는 마치 활화산 같아서 쉽게 꺼지 지 않았다.

"어르신과의 대국이 아니라 다른 바둑을 복기한 것은 분명 잘못입니다. 하지만 그렇게 만든 분은 어르신이십니다. 조급함 을 마음에 품으신 후 어르신의 바둑은 점점 퇴보해 이제는 제가 처음 이곳에 들어왔을 때보다도 오히려 못하게 되었습니다. 제 가 어르신께 말씀을 드리지 않은 것은 곧 조급함을 버리고 예전 으로 돌아오시라 믿었기 때문이지, 어르신을 조롱하고자 한 것 이 아니란 말입니다!"

"네놈이! 네놈이……!"

"좋습니다. 정 분이 풀리지 않으신다면 말리지 않을 테니 어 디 부숴보십시오."

무한은 말뿐이 아니라 정말 등을 돌려 반쯤 허물어진 서편 동 굴로 사라져 버렸다.

"이익!"

무한이 나간 후 교주는 바둑돌을 부수려 팔을 치켜들었다. 치 켜든 팔이 부르르 떨리고 눈은 핏발이 곤두선다. 그러나 끝내 팔을 내리고 말았다. 감긴 외눈에서 한줄기 뜨거운 눈물이 흘러 내렸다.

교주가 갑자기 조바심을 낸 건 인내력이 바닥이 나서가 아니 었다. 빛 한 점 없는 암동에서 복수를 다짐하며 홀로 지낸 세월이 수십 년이다. 그 세월을 견뎌낸 그인데 무한이라는 훌륭한 바둑 상대까지 생긴 지금에 와서 갑자기 인내심이 바닥이 났다는 건 말이 되지 않았다.

교주는 자신의 수명이 얼마 남지 않았음을 느끼고 있었다. 그가 근자 들어 평상심을 잃고 조급해한 이유였다.

소란이 있은 후 교주는 바둑판에서 벗어난 암동에 틀어박혀 두문불출했다. 홀로 동분서주하며 복기를 계속해 나가던 무한은 암동에서 나오지 않는 교주가 걱정되어 찾아갔다.

교주는 동굴 입구를 향해 앉아 있었다. 무한은 교주가 깊은 명상에 들었음을 알 수 있었다. 들숨과 날숨이 거의 한 식경에 한 번씩 이루어질 정도로 지극히 가늘고 길었다.

무한은 방해하지 않으려 조심스럽게 이끼를 곁에 두고 나왔다. 무한은 그로부터 일정한 간격으로 교주를 찾았다. 하지만 처음 이끼를 두고 간 그대로 교주는 미동도 없었다.

밤낮을 구분할 수 없어 며칠이 흘렀는지 정확히는 알 수 없었다. 하지만 무한은 적어도 보름은 지났으리라 생각했다. 아무리 공력이 하늘에 닿은 교주라지만 걱정이 안 될 수가 없었다. 그렇다고 명상을 깰 수도 없는 일이었다.

새 이끼로 갈아놓고 돌아서려던 무한은 혹시나 하는 생각에 태자에게서 받은 옥함을 한기가 교주의 머리로 향하도록 맞춰놓고 자리를 떠났다.

얼마의 시간이 더 흘렀을까. 어느 순간 교주의 퀭한 눈이 천천히 뜨여졌다.

교주의 마음은 잔잔한 심연과도 낮게 가라앉아 있었다. 시선이 곁에 놓인 이끼에 닿았다. 아직 물기를 축촉하게 머금고 있는 것을 보니 가져다 둔 지 얼마 안 된 듯했다.

천천히 이끼를 씹었다. 지난 수십 년간 먹어온 것인데 맛이 생소하다. 정확히 말하자면 마치 감로수와 같이 달았다.

교주는 문득 이마에 닿는 서늘한 기운을 느끼고 시선을 돌렸다. 동굴 입구에 놓여 있는 옥함이 눈에 들어왔다. 팔을 뻗자 스르륵 딸려와 손에 잡혔다.

'이것이었는가.'

명상이 길어지자 깨달음이 찾아들었다. 한데 깨달음을 탐닉하고 있을 때 심마(心魔)가 불쑥 찾아들었다. 심마는 지독했다. 도무지 떨칠 수가 없어 허우적대고 있을 때, 불현듯 한줄기 청명한 기운이 머릿속으로 스며들었다. 덕분에 난마처럼 얽인 심마를 단숨에 떨쳐 낼 수 있었다.

"깨어나셨군요."

무한의 반가운 인사에 교주가 미미하게 끄덕이며 대뜸 바닥에 줄을 긋기 시작했다. 교주의 의도를 알아차린 무한이 고개를 저었다.

"무리입니다. 잠시 쉬신 연후에……."

"지금이 아니면 안 된다."

교주의 음성은 전처럼 퉁명스럽지도, 그렇다고 위압적이지도 않았다. 그럼에도 왠지 무한은 교주의 음성을 듣자마자 뜻을 꺾을 수 없음을 느꼈다.

여느 때처럼 교주가 흑을, 무한이 백을 쥐었다. 무한이 첫 수를 먼저 두려 하자 교주가 말없이 팔을 들어 제지하더니 자신이 먼저 좌상귀 화점에 착수했다. 그것도 모자라 좌변에 한 수를 더 두었다. 이리 되면 두 점 바둑을 두자는 것이 아닌가.

무한이 놀라서 교주를 바라보았다. 교주는 담담한 표정으로 미미하게 끄덕여 주었다. 그대로 진행하자는 뜻이었다.

교주와의 마지막 바둑은 여느 때처럼 반상도 없이 돌바닥에서 그렇게 이루어졌다.

얼마의 시간이 어떻게 흐른 것일까.

"아!"

"이런 일이!"

무한과 교주는 누가 먼저랄 것도 없이 동시에 탄성을 토해냈다. 둘은 한바탕 꿈을 꾼 듯 몽롱한 시선으로 바둑판을 바라보았다.

바둑판에 삼백구십육 수에 이르는 대접전의 흔적이 고스란히 남아 있었다. 바둑은 이미 끝이 났다. 아니, 바둑은 결코 끝이 나지 않았다.

바둑판 위, 수상전으로 얽힌 두 대마 사이에 세 곳에서 동시에 패가 생기고 말았다. 둘 중 하나가 양보하지 않으면 무한히 패가 순환하는 희귀한 상황이었다. 한데 문제는 둘 중 양보하는 사람이 패하게 되니 누구도 물러설 수가 없다는 점이었다.

이름하여 삼패(三霸) 빅(두 집을 가지지 못하여 독립해서 살 수는 없지만 상대편 돌과의 관계로 잡히지 아니하는 판국), 영원히 끝나지 않는 바둑이었고 누구도 이길 수 없는 바둑이었다. 결과는 무승부였다.

무한은 물론 지금껏 수많은 대국을 치른 교주로서도 처음 겪는 일이었다.

암동을 나선 무한은 무엇에 이끌린 듯 정신없이 복기해 나갔다. 그가 지나가면 파공음이 울릴 정도였다. 드디어 마지막 광장에 이르렀다. 언제나처럼 교주가 기다리고 있었다.

무한은 엄청나게 큰 백돌을 가볍게 들어 중앙으로 걸어왔다. 이제 이것을 끼워 넣으면 세 번째 패가 완성된다. 영원히 끝나지 않는 순환의 고리가 만들어지는 것이다.

무한은 기이한 기분에 휩싸여 교주를 바라보았다. 눈이 마주치자 교주는 찬찬히 고개를 끄덕였다.

드르륵, 쿵!

익숙한 소음과 함께 돌이 홈에 정확히 끼워졌다. 그리고 정적이 흘렀다. 부풀었던 기대가 조금씩 실망으로 바뀌어가던 그때,

우우웅!

귀를 먹먹케 만드는 소리와 함께 바닥이 들썩였다. 시간이 지나자 바닥뿐만 아니라 사방 벽면까지 진동이 일어났다.

긴장된 마음으로 주변을 예의 주시하고 있던 무한은 홈에 끼워진 대형 바둑돌이 아래로 천천히 가라앉는 것을 발견했다. 잠시 후 가라앉았던 돌이 다시 천천히 솟아오르고, 진동이 거짓말처럼 멈췄다.

같은 시각, 진법의 경계가 되는 어둠의 장막 앞에 한 노인이 가부좌를 틀고 있었다. 석회 가루를 뒤집어쓴 듯 머리에서부터 발끝까지 온통 백색으로 둘러싸인 기괴한 몰골의 노인이었다.

노인을 중심으로 극렬한 한기가 사방으로 퍼져 나간다. 노인

의 전신이 온통 백색인 것은 차가운 냉기로 인해 습기가 엉겨 붙어 몸에 무서리가 내린 때문이었다.

노인은 전신을 사시나무처럼 떨고 있었다. 앙다문 입술을 비집고 참을 수 없는 신음이 간간이 터져 나왔다. 무서리가 두텁게 내려앉아 얼굴을 알아볼 수는 없었으나 고통의 표정만은 역력했다.

동굴 안이 바깥보다 약간 서늘하기는 했지만 절대로 얼음이 얼거나 할 정도는 아니었으니 기이한 일이었다.

얼어 있던 노인의 몸에 떨림이 잦아든다 싶더니 어느 순간 눈을 번쩍 떴다. 노인의 회색 빛 동공이 먹물이라도 떨어뜨린 듯 급속히 검게 물들었다. 정상으로 돌아온 노인의 동공이 전면을 응시했다.

"드디어!"

입이 열리자 흰 연기가 피어올랐다.

2

교주와 무한의 이목은 한곳에 집중되었다. 바둑돌 위에 전에 없던 두루마리가 덩그러니 놓여 있었다. 이토록 엄청난 진법 속에 감추어진 것이 고작 두루마리 하나라니.

그러나 무한과 교주 둘 다 실망의 기색은 보이지 않았다. 금빛 찬란한 보석함이든 누렇게 색이 바랜 두루마리든 중요한 것은 겉이 아니라 속이었다.

두루마리는 재질이 비단이라 삭아 부스러질 염려가 전혀 없었음에도 교주는 극도로 조심스러운 동작으로 두루마리를 집어 묶여 있는 매듭을 풀었다.

매듭을 푼 교주는 두루마리를 펼쳐 한동안 바라보고 있었다. 반면 무한은 몇 보 떨어진 곳에서 그 모습을 지켜보고 서 있었다. 대략 한 식경쯤 지났을 때다.

무언가 고민하는 기색을 보이던 교주가 두루마리를 편 채로 바둑돌 위에 가만히 내려놓았다. 보아도 좋다는 뜻이었다.

무한은 교주의 말에 두루마리로 시선을 돌렸다.

생동감 넘치는 한 폭의 그림과 함께 그림 아래로 깨알만 한 글씨가 가득 적혀 있었다.

그림 안에는 모두 세 사람이 등장하고 있었는데, 모두 흰 수염을 늘어뜨린 노인이었다. 나무 아래서 두 노인이 바둑을 두고 있는 가운데, 다른 한 노인은 뒷짐을 지고 서서 심각한 얼굴로 그 모습을 바라보고 있었다.

노인들은 각기 차별화된 행색을 하고 있었다. 특히 우측에 앉아 바둑을 두는 노인의 행색이 가장 특이했다. 머리에 두건을 겹겹이 두른 모습도 그랬고 통으로 된 두툼한 천을 아무렇게나 걸친 모습도 그랬다. 초상화가 아닌지라 얼굴이 세세히 묘사되어 있지는 않았지만, 복장뿐 아니라 얼굴 윤곽과 느낌이 명나라 사람과는 사뭇 달랐다.

무한은 일월신교를 개종(開宗)한 천마가 이국인이라던 교주의 말을 상기하고, 세 명의 노인 중 천마가 있다면 바로 이 사람일 거라고 생각했다.

무한은 천마로 짐작되는 노인에게서 시선을 떼, 바둑을 관전하고 있는 노인을 바라보았다. 다소 복장이 차이가 있기는 했지만 노인에게서는 중원인의 향이 물씬 풍겼다.

무한은 마지막으로 좌측에 앉아 바둑을 두는 노인에게 시선을 돌렸다.

"헉!"

무한은 순간 숨이 멎는 기분에 헛바람을 들이켰다. 그림 속 노인을 본 순간 아주 잠깐 그가 아는 어떤 사람과 겹쳐 보였다.

백돌을 쥔 문제의 노인은 양반다리로 앉아 착수하기 직전의 움직임을 보이고 있었다. 한데 그 모습이 묘향산 절진에 갇혔을 때 보았던 꿈속의 노인과 절묘하게 닮아 있었다.

무한이 혼란에 빠져 있는 그때였다.

펄럭!

두루마리가 난데없이 서쪽으로 난 동굴을 향해 쏘아진 화살처럼 날아갔다. 누구도 예상치 못한 급작스러운 일이었다.

"누구냐!"

교주가 벼락같이 소리치며 몸을 날렸고, 무한도 뒤질세라 뒤를 쫓았다. 출발은 교주가 약간 먼저였으나 금세 무한이 교주를 추월했다.

"조심해라!"

교주의 걱정 섞인 말을 들으며 순식간에 직선으로 광장 두 개를 통과했다. 다시 이십여 장쯤 달렸을 때 세 번째 광장이 나타났다.

'또 직선인가?

파락!

이번에는 아니었다. 옷자락 펄럭이는 소리가 남쪽 동굴 쪽에서 들려왔다. 느낌은 적어도 이십 장 밖에서 들려온 소리라고 말하고 있었다.

'누구일까. 대체 누가 이런 엄청난 경공을 펼치는가.'

무한은 정체불명의 고수를 쫓으면서 점차 두려움을 느꼈다. 벌써 현마진린보를 극성으로 네 번 펼쳤음에도 상대가 시야에 들어오지도 않고 있었다.

현마진린보는 아니다. 현마진린보를 극성으로 펼치면 으레 발생하는 소음이 전혀 없었다. 거의 한 식경가량 계속된 추격전은 실패로 막을 내렸다.

무한은 어이없는 결과에 망연자실했다. 놓쳤다. 도선비기를 극성으로 운용해 감각을 최고조로 끌어올려도 기척조차 찾을 수 없었다.

추격하던 과정을 상기하니 가슴에 한기가 스민다. 한 식경 동안 현마진린보를 십성 이상 꾸준히 펼쳤다. 극성으로 펼친 횟수만도 십 회가 넘었다. 그럼에도 상대의 그림자조차 보지 못했다.

무한은 문득 코끝을 스치는 냄새에 상념을 접었다. 새삼스러운 눈길로 주변을 둘러보던 무한은 주변이 지금껏 봤던 곳과 다름을 깨달았다.

동굴을 따라 걷던 무한은 어느 순간 눈으로 쏟아져 들어온 빛에 시야가 하얗게 물들었다. 찌르는 통증에 눈을 뜰 수가 없었다. 눈을 감아도 빛이 어른거려 얼른 손으로 빛을 차단하고서야 통증이 가셨다.

처음 그가 횃불을 들고 들어왔을 때 교주가 황급히 장력을 날려 꼈던 이유를 알 것 같았다. 빛에 오래 노출하면 자칫 실명할 수도 있겠다는 생각이 들었다.

무한은 정신을 가다듬고 생각했다. 빛이 일렁인다. 이건 햇빛이 아니라 횃불이다. 사방에서 어린거리는 횃불, 이곳은……?

무한은 하만과 같이 들어왔을 때 보았던 횃불이 사방에 걸린 광장을 기억해 냈다. 정말 이곳이 그 장소라면 어둠의 장막이 걷힌 것이다.

“진법이 풀렸구나!”

무한의 희열에 찬 음성이 동굴 벽을 두드리며 멀리 퍼져 나가는 그때, 무한의 음성과는 비교도 할 수 없을 만큼 커다란 굉음이 안쪽에서 들려왔다.

콰콰쾅!

굉음을 듣는 순간 불길한 예감에 사로잡힌 무한은 번개처럼 왔던 길을 되짚었다. 후로도 세 번의 굉음이 더 터졌다.

무한은 눈앞에 펼쳐진 광경을 믿을 수가 없었다.

교주가 처참하기 이를 데 없는 모습으로 벽에 등을 기댄 채 고개를 떨어뜨리고 있었다. 앞섶은 선홍색 피로 흥건했고, 왼팔은 몇 번이나 부러졌는지 비정상적인 각도로 이리저리 꺾이고 뒤틀려 있었다. 게다가 오른쪽 옆구리는 맹수에게라도 당한 듯 사정없이 뜯겨져 나가 뼈까지 드러나 보였다. 무엇보다 가슴이 철렁 내려앉는 것은 숨소리가 들리지 않는다는 것이었다.

“어르신!”

절규를 토해내며 교주에게 달려간 무한이 교주의 상세를 확인하려 할 때였다. 무한은 불현듯 느껴진 인기척에 번개같이 돌아셨다. 어느새 그의 손에는 만화가 들려 있었다.

놀라운 일이었다. 생각지도 않았던 인물이 동굴 끝에 서 있었다.

"약노 어르신?"

약노도 무척이나 놀란 얼굴이었다.

"허허, 너는 무한이 아니냐? 정녕 살아 있었던 것이냐?"

"한데 어르신께서 이곳에 어찌……."

아니다. 지금 중요한 건 약노가 어찌 이곳에 나타났는가 하는 것이 아니라 교주의 목숨이었다. 무한은 하늘에 닿은 약노의 의술을 상기하고 황급히 부탁했다.

"약노 어르신이라면 어쩌면 이분을 살릴 수 있을지도 모릅니다. 어서 이분의 상세를 봐주십시오."

약노는 처참한 몰골의 교주를 보고 그제야 생각났다는 듯 긴장한 얼굴로 주위를 살폈다.

"저런! 그 늙은이가 이곳을 다녀갔구나!"

"그 늙은이라니요?"

"마선 말이다. 마선이 네 뒤에 있는 노인을 해친 것이 아니었느냐?"

"마선! 마선이 이 동굴 안에 있단 말씀이십니까?"

약노가 서둘러 다가오며 말했다.

"원적에게서 부탁을 받고 널 찾아다닌 지 벌써 수년째다. 근래 들어서야 정화가 마교와 관련이 있다는 단서를 잡고 이곳으로 향하던 길에 청해성 곤륜산에 이르렀다. 한데 잠시 쉬어가려던 곤륜에 크나큰 횡액이 닥치지 않았겠느냐?"

"마선이 그곳에 있었습니까?"

약노가 고개를 끄덕이며 말했다.

"도사들을 무차별적으로 죽이는 인간 같지 않은 늙은이가 있어 노부와 일장을 겨루었다. 난생처음 보는 괴물 같은 자였는데, 도사들과 싸우느라 힘을 제법 소진했는지 꽁무니를 빼기 시작했다. 걸음이 어찌나 빠르던지 열흘 밤낮을 쫓았어도 잡지 못해 이곳까지 이르게 되었다. 한데 무슨 생각인지 놈이 이곳으로 뛰어들지 않았겠느냐? 저 노인에게는 불행이지만 네가 놈의 눈에 띄지 않은 것은 그야말로 천우신조다."

약노에 마선이라니. 점입가경이다. 무한은 진법을 해제하자마자 출현한 두 고수에 혼란스러움을 느꼈다. 꺼림칙하다. 뭔가 잘못됐다는 느낌이 강하게 들었다. 그런데 석연치 않은 예감의 근원이 무엇인지 뚜렷이 떠오르지 않는다. 생각을 이어가려 할 때 바로 앞까지 다가온 약노가 교주를 안타까운 시선으로 내려다보며 말했다.

"쯧, 상세를 살펴볼 필요도 없겠구나. 그는 이미 이 세상 사람이 아니다."

"이리 쉽게 돌아가실 분이 아닙니다. 혹시 모르니 진맥만이라도 부탁드립니다."

"어려운 부탁은 아니니 보기는 하겠다만 큰 기대는 하지 않는 것이 좋을 것이다."

약노는 무한의 간곡한 부탁에 빠른 걸음으로 다가오다 무한의 곁에 이르렀을 때 갑자기 걸음을 멈추었다.

그때였다.

─전 공력을 돌려 가슴을 보호해라!

무한은 느닷없이 귓전을 파고든 음성에 곧장 도선비기를 돌려 가슴을 보호했다. 누구의 음성인지 생각할 겨를도 없었다.

단전을 벗어난 도선비기가 앞가슴에 막 도달해 철통같은 방어진을 펼쳤을 때다. 약노가 급작스럽게 미증유의 거력이 담긴 장력을 뿜어냈다.

무한은 급작스러운 공격에 황망히 검으로 장력을 와해시켜 보려 했지만 손만 뻗으면 닿을 거리에서 펼친 장력을 막기란 사실상 불가능했다. 더군다나 약노의 장력은 무한으로서도 난생처음 보는 빠르고 강력한 것이었다.

콰콰쾅!

무한은 현마진린보를 극성으로 펼친 것만큼이나 빠른 속도로 광장을 가로질러 날아갔다. 무한이 날아간 궤적을 따라 바닥에 선홍빛 긴 혈선이 생겨났다.

쿠쿵!

무한은 사정없이 반대편 암벽과 부딪쳤다. 어찌나 거세게 부딪쳤는지 바위를 뚫고 몸이 틀어박힐 정도였다.

무한은 초인적인 정신력을 발휘해 혼미해지는 정신을 붙들었다. 약노가 장력을 뿜기 전 누군가의 경고성이 없었다면 숨이 끊어지고도 남을 충격이었다.

공력을 돌려보았다. 강력한 뇌정진기가 포함된 장력에 내부가 진탕되어 크고 작은 경맥이 모조리 너덜너덜해진 상태였지만 기적적으로 공력이 조금씩 모이기 시작했다.

"커헉, 당신이 마선……!"

입이 열리자 죽은피가 울컥울컥 뿜어졌다.

"오냐, 노부가 아니면 누가 마선이겠느냐. 일말의 기대는 했다만 네가 정말 진법을 풀어낼 줄이야. 참으로 수고가 많았다."

약노가 팔을 느릿하게 내밀자, 가까스로 쥐고 있던 만화가 한 차례 요동치며 무한의 손을 벗어나 약노의 손으로 빨려들어 갔다. 잠시 만화를 쓸어본 약노가 말했다.

"공력을 모으려 애쓰는 모습이 안쓰럽구나. 노부가 수고를 덜어주마."

무한은 마선이 공격할 것을 감지했다. 피해야 한다. 시간을 끌며 모아온 공력을 쓴다면 한 번 정도는 피할 수 있으리라.

한데 그때 예의 그 음성이 귓전을 곧장 때렸다.

―머리나 심장이 아니라면 절대로 피하려는 시도를 하지 마라. 설혹 그곳이 단전이라 해도 마찬가지다. 그것만이 네가 살 유일한 길이니라!

무한이 그제야 음성의 주인이 누군지 깨달았다.

第二章
비화(秘話)

비화(秘話)

번쩍!

마선의 손에 들린 만화가 일순 강렬한 섬광을 발했다.

"컥!"

단전을 파고드는 차가운 금속. 무한은 그 절망스러움에 진저리쳤다. 단전으로 파고든 만화는 등을 뚫고 나왔다. 그러고도 힘이 남아 바위에 깊숙하게 틀어박혔다.

무한은 그제야 왜 교주가 피하지 말라고 하지 않고, 피하려는 시도를 하지 말라고 했는지 깨달았다. 애초에 피할 수 있는 것이 아니었다.

섬광을 작렬시키는 무공, 무한은 마선이 검을 쏘아낸 수법이 일전 도천상이 한차례 보여주었던 검법과 궤를 같이하는 무공임을 알아보았다. 다만 마선의 무공은 도천상의 그것보다 훨씬

안정적이고 발전된 모습이었다.

단전에 구멍이 뚫리자 도선진기가 전신으로 흩어졌다. 어떤 난관 앞에서도 포기라는 말을 떠올리지 않았던 무한이다. 하지만 마선의 절대적인 무공과 단전이 깨어진 현실 앞에서는 절망하지 않을 수 없었다.

"쿨럭! 결국 정화와 한패였던… 것입니까."

무한의 물음에 마선이 살기를 피워 올렸다.

"흥! 네 녀석이 뜻밖의 성과를 이뤄내어 노부를 기쁘게 한 것은 인정한다만, 지금 그 말은 노부로 하여금 살의를 불러일으키게 하는구나."

정화와 한패가 아니다? 그렇다면 마선은 어째서 무한 자신을 이곳에 보낸 사람이 자신인 것처럼 말하는 것일까. 무한이 품은 의문을 알기라도 한 듯 마선이 입을 열었다.

"표면적으로는 이곳에 널 보낸 자는 정화다. 그러나 실은 노부가 정화로 하여금 네 녀석을 이곳으로 끌어들이도록 유도한 것이니라."

"설마 기대조가 된 것도…….."

"물론이다."

마선은 이미 일찍부터 천마지동의 보물을 노렸고, 천마지동의 다른 이름이 극기지동이라는 것도 정화보다 먼저 알고 있었다. 마선 본인도 굉장한 기예를 보유하고 있었지만, 그는 이제껏 들어간 자 중 누구도 나오지 못한 죽음의 동굴을 스스로 걸어 들어갈 만큼 무모하지 않았다.

"대신 들여보낼 자가 필요했다는 것입니까?"

마선이 끄덕이며 말했다.

"그래서 생각해 낸 것이 기대조가 되는 것이었다. 기대조가 되면 노부를 대신해 이곳에 들 바둑 명인을 찾기가 한결 수월해질 거라는 생각이었지. 노부는……."

마선은 생각대로 바둑깨나 두는 자를 수도 없이 만났다. 하지만 동굴에서 장기간 생존할 만한 무공과 진법을 풀 만한 기예를 동시에 겸비한 자는 좀처럼 찾기가 힘들었다.

수년이 지나도 좀처럼 흡족한 자를 찾지 못하던 중 흑백괴동이란 자들이 무공과 기예를 동시에 겸비했다는 소식을 들었다. 그는 성과가 없자 강호로 나가 흑백괴동을 찾을 결심을 굳혔다. 갑자기 기대조를 그만두겠다고 선언한 것도 그 때문이었다.

한데 기대조 선발 시험에서 예상치 않게 빼어난 기력과 무공을 겸비한 자를 찾았다. 마선이 처음 점찍은 자는 무한이 아니라 장량이었다. 기력이야 무한이 더욱 출중해 마음이 가는데 무공이 없어 아쉬움을 삼킨 터였다.

한데 결승 대국에서 예기치 않은 일이 벌어졌다. 마선은 정화가 극상승의 무예로 대국 중인 무한을 해한 것을 알고 있었다. 암습을 참아내는 무한의 인내력이 심상치 않음을 느낀 그는 치료하겠다는 명목으로 무한을 찾았고, 실제로 치료하던 중 무한의 진면목을 알게 되었다. 목표를 장량에게서 무한에게로 수정하는 순간이었다.

천마지동으로 들여보낼 사람을 무한으로 정한 마선은 자신이 이미 수년 전 발견했던 천마지동의 다른 명칭이 극기지동이란 기록이 담긴 금속판을 자연스럽게 유출했다. 그 후 금속판을 발

견한 정화는 마선이 의도했던 대로 무한을 이곳으로 인도한 것
이다.

무한은 마선의 치밀함에 혀를 내둘렀다. 그러나 여전히 의문
이 남았다.

"노부가 무엇 때문에 천마의 무공에 집착하였는지 궁금한 것
이냐?"

마선의 말대로 바로 그 점이 이해가 되지 않았다. 족자에 적
힌 천마의 무예가 어떤지는 알 수 없었다. 하지만 마선의 경천
동지할 무공 또한 크게 부족하리라고는 생각하지 않았다.

마선이 득의만면한 얼굴로 말했다.

"천마의 유물을 찾아준 것에 공로를 생각해 이야기해 주마.
너도 족자 안에 세 인물이 그려진 것을 보았을 것이다. 세 사람
중 하나가 천마일 거라는 추측은 할 수 있었겠지. 하면 나머지
두 사람은 누구라고 생각하느냐?"

마선은 무한의 대답을 기다리지 않고 말했다.

"천마와 대국을 하고 있는 노인은 조선의 이인(異人)이다. 대
국을 관전하고 있는 노인은 노부가 몸담았던 절영문의 개파조
사(開派祖師)다. 노부는……."

마선에 입에서 비사가 흘러나오기 시작했다.

일곱 번의 폭주와 절영문의 멸문, 그리고 오늘날까지 이어진
마황진기의 저주.

그 모든 일은 아주 사소한 일에서부터 시작되었다. 그 사소한
일이란 절영문의 최고 수재 성관과 무당파의 촉망받은 기재 무
량(無量)과의 만남이었다. 물론 성관은 지금의 마선이었고, 무

당의 기재 무량은 오늘날의 정선이었다.

오늘날 정마쌍선이 항상 같이 언급되는 것처럼, 둘은 과거에도 심심치 않게 비견되었다. 단 한 번도 본 적이 없었음에도 성관이 무량을 의식하게 된 것은 너무도 당연한 일이었다.

무량이라는 이름은 성관으로 하여금 검을 휘둘러도 한 번을 더 휘두르게 만들었고 권을 수련해도 일 권을 더 쳐내도록 만들었다. 그리고 어느덧 성관의 마음속에 무량은 숙적이라는 이름으로 새겨졌다.

무량의 하산으로 마침내 둘의 만남이 이루어질 기회가 찾아왔다. 한 자루의 검에 의지해 강호에 나온 무량은 과연 대단했다. 풍문 그 이상이었다. 무량은 명성을 얻기 위해 달려드는 사도 무인들을 파죽지세로 격파했다. 그것도 모자라 난다 긴다 하는 사도 고수들을 찾아다니며 연전연파했다.

정파무림은 무량에 열광했다. 쌍룡이라 부르며 성관과 무량을 같이 언급했던 무림인들은 이제 무량만 따로 떼어 언급하기 시작했고, 성관은 잊혀진 존재가 되었다.

성관과 무량의 만남은 그런 가운데 성사되었다. 성관이 사도무림을 일대 충격으로 몰아넣고 유유자적 무당파로 향하는 무량 앞을 막아섰다.

무량은 성관을 보고 웃었다. 한 점의 사심도 없는, 경쟁자에 대한 경이와 반가움이 가득한 웃음이었다. 성관도 딱딱한 안면을 풀고 마주 웃어주었다. 무량과는 달리 반드시 꺾어주리라는 의지가 담긴 웃음이었다.

그러나 훗날 정마쌍선으로 불리게 될 두 사람의 첫 대결은 성관의 완패로 끝이 났다. 성관은 그야말로 손도 제대로 써보지 못하고 패배했다. 필설로 형용할 수 없는 충격을 받은 성관은 그 즉시 두문불출했다. 폐관수련이 아니었다. 간발의 차로 패했다면 심기일전하여 더욱 수련에 매진했겠지만 워낙 처참한 패배인지라 수련할 의욕조차 잃어버리고 말았다.

절영문주는 막 꽃망울을 터뜨리기 직전의 제자가 갑자기 시들어 버리자 제자를 위해 갖은 노력을 기울였다. 하지만 백약이 무효했고, 모든 노력이 허사였다. 절영문주는 결국 성관을 포기했고, 강호에서도 성관이란 이름은 잊혀져 갔다.

수재로 태어나고도 기량을 꽃피우지 못하고 명멸해 간 수많은 후기지수들. 성관도 그들처럼 단단한 틀에 갇혀 사라지려는 그때, 성관의 눈앞에 조사의 유물이 나타났다.

유난히 가뭄이 심하던 어느 여름 날, 절영문주는 견디다 못해 성관을 문파에서 축출했다. 일생을 절영문의 그늘 아래서 살아온 성관이었으니 마땅히 갈 곳이 없는 건 당연지사.

하루 이틀 하릴없이 절영문의 반대편에 위치한 구룡폭포를 멍하니 바라보고 서 있었다. 그때였다. 난데없이 거센 돌풍이 불어와 폭포수를 허공으로 말아 올렸다. 거짓말처럼 폭포수 뒤에 있던 조사의 유적이 성관 앞에 드러나는 순간이었다.

아무리 거센 돌풍이 불었다 한들 가뭄이 심해 유량이 적지 않았다면 드러나지 않았을 동굴이다. 또한 성관이 무량에게 패한 충격으로 패인이 되다시피 하여 문주에게 쫓겨나 그 시각 폭포수 앞에 서 있지 않았다면 절대로 일어나지 않았을 비극이기도 했다.

성관은 그곳에서 마황진기와 함께 조사가 남긴 비망록을 보았다.

천마가 한 장의 그림으로써 세 사람의 만남을 간략히 기록한 반면, 성관의 사조는 한 권의 책으로 당시의 상황을 비교적 세세히 묘사했다.

진찬이라는 이름의 절영문의 조사는 당대 중원 십대고수의 일인인 동시에 뛰어난 역술가였다. 진찬은 어느 날 서방에 떠오른 심상치 않은 별을 발견했다.

성좌(聖座). 대오각성 한 사람, 하늘이 내린 자만이 가질 수 있는 그런 별자리였다.

별을 발견한 진찬은 무엇에 이끌리듯 별을 따라 서쪽으로 달리기 시작했다. 수만 리를 달려 성좌가 뜬 파사국에 이르렀을 때 큰 비가 쏟아졌다. 때 아닌 폭우가 쏟아지고 광풍이 부는가 하면 날이 추웠다 더워졌다 반복하는 등, 날씨가 보통 이상한 것이 아니었다.

하늘에 구멍이라도 뚫린 듯 쏟아져 내리던 비는 삼 일 밤낮을 내린 후에야 그쳤다. 광풍이 잦아들고 비가 그치자 천지사방이 짙은 밤안개로 뒤덮였다. 진찬은 사방에 감도는 음습한 기운을 느끼고 밤하늘은 올려다보았다.

성좌를 확인한 진찬은 경악했다. 불과 며칠 전까지만 해도 상서로운 푸르스름한 빛을 은은히 뿜던 성좌를 핏빛 기운이 두텁게 둘러싸고 있었다. 이를 어찌 해석해야 할까. 진찬은 대현자가 되어야 할 사람이 길을 잘못 들어서고 있음을 암시하는 징조라고 해석했고, 그의 해석은 정확했다.

진찬은 놀란 마음을 추스르고 서둘러 길을 나섰다. 도움이 될지 알 수 없으나 성좌의 주인을 찾아가야 했다. 한데 온통 안개천지라 길을 잘못 들어 엉뚱한 곳으로 오고 말았다. 해가 떠 안개를 거둬갈 때까지 기다리는 수밖에 없겠다 싶어 쉴 만한 곳을 찾아들었다. 그가 찾은 동굴 안에는 이미 선객이 둘이나 있었다.

두 명의 노인. 그들은 진찬과 마찬가지로 별을 따라온 조선의 이인과 이곳 파사국의 이인이었다.

마주 앉은 두 사람을 보자마자 중원 오대고수라는 진찬의 자부심은 모래성처럼 허물어졌다. 먼저 파사국의 이인은 보는 것만으로도 숨이 막혀왔다. 무공은 물론이요, 깨달음에 있어 진찬 본인과는 견줄 수 없는 사람이었다. 점입가경, 조선의 이인은 더했다. 당장 우화등선해도 이상하게 생각되지 않을 만큼 짙은 현기가 느껴지는, 사람보다 신선에 가까운 인물이었다.

심각한 분위기 속에 파사국의 이인과 조선의 이인은 대화를 나누고 있었다. 입을 열어 말을 전하는 것이 아니었다. 간혹 바닥에 형이상학적인 도형을 그리기도 했지만 대부분 마음과 마음으로 주고받는 대화였다.

그만한 경지에는 이르지 못한 진찬이었으나 그들이 자신들의 깨달음을 공유하고 있는 것만은 어렴풋이 짐작할 수 있었다.

원래대로라면 진찬이 알아서 멀리 자리를 피해주는 것이 예의였다. 그러나 진찬은 떠나지 않고 오히려 동굴 밖에 단단히 버티고 섰다. 딴에는 두 이인을 외부로부터 지키겠다는 의지를 보인 것이었지만, 사실은 전혀 그럴 필요가 없었다.

물론 진찬도 그쯤은 알고 있었다. 그러나 두 이인이 자신이 동굴 밖에 있는 것을 알고도 개의치 않으니, 얼굴에 두껍게 철판을 깔고 버텼다. 사실 이런 기인들과 한 공간에 있을 수 있다는 것 자체가 일생에 한 번 올까 말까 한 기회였던 것이다. 혹시 운이 좋아 몇 마디 대화라도 나눌 기회가 생긴다면, 십 년을 면벽한 것만큼이나 커다란 득이 될 터였다.

세 사람은 동굴에서 떠날 줄을 몰랐다. 시간이 지나갈수록 성좌는 점점 붉게 변해갔고, 사기(邪氣)는 더욱 짙어져만 갔다.

기이한 동거가 이어지기를 사흘, 두 이인의 대화가 끝이 났다. 대화를 마치자마자 파사국의 이인은 명상에 들었고, 조선의 이인은 밖으로 나왔다. 드디어 진찬에게 조선의 이인과 말을 섞을 기회가 온 것이다.

어떤 말을 붙일까 고민할 필요도 없었다. 마침 진찬이 바닥에 조잡하게 바둑판을 그려놓고 홀로 바둑을 두고 있었는데 조선의 이인이 그것에 관심을 보였다. 알고 보니 조선의 이인 또한 바둑에 상당한 조예가 있었던 것이다.

진찬은 이인과 친분을 쌓고, 서먹함을 깰 절호의 기회인지라 조선의 이인에게 틈만 나면 대국을 청했다.

이인의 바둑은 실로 굉장하여 별로 적수가 없던 진찬보다도 서너 수는 높았다. 그러나 몇 수를 깔고 두니 나름 흥미진진한 바둑이 펼쳐졌다. 바둑도 바둑이지만 대국 중간중간 이인과의 현기 어린 대화는 진찬에게는 마치 감로수와 같이 달디단 것이었다.

진찬이 시간을 잊고 바둑 실력과 세상을 대하는 폭을 넓히는 동안, 적성의 기운은 극에 다다랐다. 이상한 것은 조선의 이인이 그것을 모르지 않을 텐데도 나서지 않는다는 점이었다.

하루는 참다못한 진찬이 적성에 대해 이야기를 꺼냈다. 그러나 조선의 이인은 미소를 지을 뿐 가타부타 말이 없었다.

그로부터 얼마의 시간이 더 흘러 온 누리가 사기가 진동할 즈음, 오랜 명상에 잠겼던 파사국의 이인이 깨어났다. 숨이 막힐 정도의 기운이 느껴지던 그인데, 명상을 마치고 나니 마치 잔잔한 호수처럼 기도가 고요해져 있었다. 겉으로 보기에는 명상에 잠겼을 당시보다 약해진 듯 보였으나, 그건 모르는 소리였다.

진찬은 파사국의 이인이 전보다 배는 강해졌음을 알았다. 진찬이 동굴에서 나온 파사국의 이인을 복잡한 눈으로 바라보고 있을 때, 파사국의 이인은 조선의 이인에게 깊이 절하며 떠나갔다.

떠나는 이인의 뒷모습을 바라보던 진찬은 문득 스치는 생각이 있어 하늘을 올려다보았다. 언제부터였을까, 거짓말처럼 적성 바로 곁에 커다란 별이 떠올라 사기에 대항하고 있었다.

이인이 떠나고 열흘 후, 조선의 이인이 말도 없이 사라졌다. 사라진 것은 조선의 이인뿐만이 아니었다. 밤하늘을 짙게 물들이던 적성이 자취를 감추었고, 적성에 대항하던 다른 별 또한 극도로 희미해져 사라지기 일보 직전이었다.

진찬은 허탈한 심정을 금할 길 없었지만, 혹시나 하는 생각에 동굴을 떠나지 않고 기다렸다. 그의 기다림은 끝내 보상을 받았다. 조선의 이인은 사라진 지 사흘 만에 만신창이가 된 파사국의 이인을 안고 동굴로 돌아왔다.

조선의 이인은 파사국의 이인을 치료했고, 파사국의 이인은 몸이 빠르게 회복되어 갔다. 파사국의 이인이 스스로 일어나 앉게 되었을 때, 진찬과 조선의 이인과의 대국이 재개되었다.

파사국의 이인은 몸이 어지간히 회복되고 나서도 명상에 잠겨 있는 시간이 대부분이었다. 그런데 진찬과 조선의 이인이 바둑을 둘 때면 명상을 접고 흥미로운 눈빛으로 바둑을 관전하곤 했다. 간혹 조선의 이인과 눈빛과 손짓을 섞어 대화를 나눌 때가 있었는데, 진찬은 조선의 이인이 파사국의 이인에게 바둑을 가르쳐 주는 것임을 알 수 있었다.

달이 기울고 차기를 수차례. 파사국의 이인은 몸이 완전히 회복되었다. 그는 내내 관전만 했던 것에서 벗어나 드디어 대국에 직접 참가하기 시작했다. 처음 몇 달은 실소가 터질 만큼 미숙하기 그지없었다. 그런데 판이 거듭될수록 파사국의 이인의 기력은 눈부신 속도로 늘더니, 급기야 일 년도 안 돼 진찬과 맞수로 성장했다. 조선의 이인조차도 놀라움을 감추지 못했을 정도로 가공할 두뇌였다.

그러던 어느 날이었다. 새벽녘 선잠에 들었던 진찬이 눈을 떴을 때, 푸르스름한 미명을 받으며 반상을 사이에 두고 조선의 이인과 파사국의 이인이 마주 앉아 있었다.

진찬은 기이한 느낌에 사로잡혀 조심스럽게 다가가 반상을 들여다보았다. 두 점 바둑이었다. 진찬은 평소 조선의 이인과 기껏해야 석 점 바둑을 두는 처지였지만, 파사국의 이인은 벌써 한 달 전부터 조선의 이인과 두 점 바둑으로 겨루고 있었다.

진찬은 바짝 당긴 활시위처럼 바둑이 팽팽한 것을 보고 혀를 내둘렀다. 숨이 막힐 정도로 엄청난 바둑이 펼쳐지고 있었다. 조선의 이인은 정선 바둑만큼은 허용하지 않겠다는 듯 평소보다 훨씬 진지한 자세였다.

파사국의 이인은 이제 두 점 바둑마저도 뛰어넘기 일보 직전이었다. 이 바둑이 점 바둑에서 정선 바둑으로 가는 마지막 관문이 될 터였다.

대국을 펼치고 있는 두 사람은 물론이고, 곧 진찬까지도 바둑에 몰입했다.

하루, 이틀, 사흘…….

진찬은 문득 파사국의 이인과 조선의 이인 사이에 흐르는 어떤 기류를 느끼고 부르르 떨었다. 그것은 보고 듣고 피부로 느끼는 감각의 영역을 벗어난 기운이었다. 감각의 영역을 벗어난 기운을 자신이 느꼈다는 것만으로도 진찬은 경악했다.

진찬은 일생일대의 기회가 왔음을 깨달았다. 그는 느낌을 놓치지 않으려 급히 눈을 감았다.

딱! 딱! 따아악…….

돌 놓는 소리가 점점 작아지더니 급기야 귀가 먹먹해졌다.

진천이 적지 않은 심득을 얻고 눈을 떴을 때, 동굴 안에는 자신 이외에 아무도 없었다. 진찬은 왠지 모르지만 이번에야말로 두 이인이 영영 돌아오지 않으리라는 것을 알았다.

돌은 이미 흑백이 분리되어 돌통 속에 들어가 있었다. 대국을 나눈 흔적조차 없었다. 그로서는 바둑이 어떻게 끝이 났는지 알 길이 없었다.

진찬은 깨달음을 좇아 선 채로 명상에 든 후로 벌써 칠 주야가 흘렀으며, 두 이인의 바둑은 영원히 끝나지 않을 순환의 삼 패로 결말지어졌다는 것을 알지 못했다.

진찬은 처음 두 사람이 대국을 하는 장면을 보았을 때 느꼈던 기이한 느낌을 상기했다. 더듬어 생각해 보니 처음부터 단순한 대국이 아니었던 듯싶다. 둘은 애초에 대국을 통해 바둑 자체의 승부보다는 심득을 나누고 있었던 것이다.

무아경 속에서 뜻하지 않게 두 사람이 나눈 지고한 심득의 끄트머리를 엿본 진찬은 중원으로 돌아와 삼 년 만에 심득을 정리했다. 그때 탄생한 대표적인 절기가 무진환환공이라는 하나의 심법과 무영보(絶影步)라는 이름의 보법이었다.

절세의 무공을 창안한 그는 오대고수에서 단숨에 중원 최고수의 반열에 올랐다. 그리고 몇 해 뒤 그를 추종하는 세력과 함께 절강성 구룡산에 터를 잡아 절영문이라는 새로운 문파를 열었다. 그 후 절영문은 엄청난 속도로 세를 불려 중원의 손꼽히는 문파가 되었다. 그러나 남부러울 것이 없었던 진찬에게도 나이가 들수록 떨치지 못한 아쉬움이 남아 있었다.

조선의 이인과 파사국의 이인의 심득을 잠시 엿본 것만으로도 이 같은 무공을 창시했다. 그러니 대체 그들의 경지는 어떤 것일까.

그는 어떤 칭송을 들어도 두 이인들보다 아래였다. 누가 뭐래도 죽을 때까지 없어지지 않을 뿌리 깊은 자격지심이었다. 오히려 칭송의 소리가 커질수록 괴로움만 가중될 뿐이었다.

남모를 괴로움을 품고 하루하루를 지내던 진찬은 돌연 강호 은퇴를 결심했다. 단 며칠 만에 일사천리로 제자에게 문주의 승계를 위임하고는, 연기처럼 강호에서 자취를 감추었다.

　진찬은 등장 밑이 어두운 이치처럼 절영문의 지척에 머물고 있었다. 폭포를 깎아 은거에 든 그는 과거 파사국의 이인이 그랬던 것처럼 대부분의 시간을 명상으로 보냈다. 두 이인이 바둑을 둘 때 빠졌던 무아경에 한 번만 더 들 수 있다면 충분히 원하는 경지를 더듬을 수 있으리라는 판단이었다.

　그러나 해가 여러 번 바뀌도록 좀처럼 기회는 찾아오지 않았다. 두 이인에게 느꼈던 경외감은 시기심으로 변해갔고, 새 영역에 대한 탐구심은 집착으로 변해갔다. 그리고 불현듯 그토록 염원했던 무아경이 찾아왔다. 꿈결 같은 시간이 지나고 무아경에서 깨어난 진찬은 그 감흥을 살려 즉시 하나의 심법과 보법을 만들어냈다.

　"흐음, 그것이 바로 오늘날의… 마황진기와 현마진린보였습니까."

　무한의 음성에는 이제 거의 기운이 느껴지지 않았다.

　"그렇다."

　"쿨럭! 그토록 대단한 무공을… 소유하고도 어찌……."

　"절영문은 사도가 아닌 정도문파였다. 사조 또한 광명정대한 정파무인이었지. 한데 왜 그분이 창안한 심공의 이름이 마황진기였을 것 같으냐?"

　"그건……!"

　"그렇다. 조사는 지고한 경지에 이르는 무아경이 아니라 오히려 심마에 빠졌던 것이다."

　모든 것을 버리고 마음을 비워도 부족할 판에 시기와 집착으로 얼룩져 있었으니 제대로 된 영안(靈眼)이 열렸을 리가 없었다. 시기와 집착이야말로 마(魔)의 본성이 아니던가.

마선이 말을 이었다.

"선의 영역이 아니라 마의 영역을 엿본 조사가 창안한 심공, 마황진기는 강력한 힘을 얻을 수는 있을지언정 피를 갈구하는 마귀의 무공이었다. 조사는 무공을 완성한 후에야 그것을 깨닫고 후세에 전하지 않았던 것이다. 익혀서는 안 될 것이라 여겼기 때문이다. 마황진기로 발현해야 제대로 된 공능이 나오는 현마진린보 또한 사장시켰다. 하지만 노부는 피하지 않았다. 그 어떤 무공이라도 무량만 꺾을 수 있다면 그것으로 족했다."

세상은 마선이 일곱 번째 폭주 때, 폭주 시기를 맞추지 못해 제정신이 아닌 상태로 자신의 문파를 멸문시켰다고 알고 있었지만 사실은 달랐다. 제정신이 아닌 상태로 멸문시킨 것은 맞지만, 그것은 실수가 아니라 계획적인 것이었다.

여섯 번의 폭주를 거친 마선은 마지막 상대로 절영문을 택했다. 이유는 간단했다. 폭주 때 상대가 강할수록 강한 무공을 얻을 수 있었고, 당시 절영문보다 강한 문파는 세상에 없었던 것이다.

무한은 마선의 악마적인 행위에 치를 떨었다.

"그렇게까지… 해서 힘을 얻은 분이 고작! 으음, 사람들 앞에서 개과천선한 것처럼 연극을 꾸미고 무림에서 사라졌습니까?"

"닥쳐라! 일곱 번의 폭주를 마친 노부는 소원대로 엄청난 힘을 얻었다. 그러나 그것이 끝이 아니었다. 보아라!"

마선이 상의를 거칠게 찢어 맨살을 드러냈다. 기운을 잃어가면서 한없이 처지던 무한의 눈이 치켜떠졌다. 짓무른 살 사이로 갈비뼈가 환히 드러나 보였다. 어찌 산 사람의 몸이 저럴 수 있단 말인가. 몸 가득 하얀 곰팡이가 피어 있었다.

세상에 산 사람의 살이 썩어 들어가다 못해 곰팡이가 피다니.

무한은 퍼뜩 깨달았다. 왜 그 생각을 못했을까. 피를 쌓아올려 이룩한 경지다. 그것이 온전하다면 말이 안 된다.

"칠 단계 폭주가 끝나고 정확히 보름 만이었다. 악마에게 영혼을 판 대가는 이처럼 몸이 썩어 들어가는 저주로 나타나기 시작했다."

마선이 개과천선한 것처럼 연극까지 해가며 강호에서 사라진 것은, 그 끔찍한 문제를 바로잡을 시간이 필요했기 때문이다. 매일 몸이 썩어 들어가는 상황에서 귀찮게 달려드는 날파리들에게 신경 쓸 시간이 없었던 것이다.

유명한 명의를 두루 찾아다녔다. 헛수고였다. 누구도 치료할 엄두조차 내지 못했다.

그나마 유일한 성과는 병의 진행 속도를 줄이는 방법을 알아낸 것이었다. 그것은 냉기를 극한까지 끌어올려 순식간에 몸을 급랭시키는 방법이었다. 그러나 그것은 인간으로서 견디기 힘든 극한의 통증을 유발시켰다. 뿐만 아니라 몸이 썩어 들어가는 속도를 더디게 할 뿐 근원적인 해결책은 아니었다.

모든 의원이 고개를 저으니 스스로 고쳐 보겠다는 일념으로 수백, 수천 권의 의서를 탐독했다. 그러는 한편 영약이라면 도움이 되지 않을까 싶어 천하를 뒤지고 다녔다. 그러다 발길이 천산에 닿았고, 천산 어느 기슭에서 운명의 장난처럼 한 사람을 만났다.

"무량, 그는 고고한 학이 되어 있었다. 살기 위해 개처럼 천하를 유랑하는 노부와는 대조적으로 그는 검도의 끝을 찾아다니고 있었지."

무엇보다 마선이 충격을 받은 것은 정선이 자신을 알아보지 못한다는 것이었다. 살의가 들끓었다. 자신이 누구 때문에 폐인이 되었고 누구 때문에 문파에서 쫓겨났으며, 누구 때문에 악마의 무공을 익혔던가! 그러나 마선은 들끓는 살의를 깊이 감추었다. 정선이 두려워서도 그를 이기지 못할 것 같아서도 아닌, 살기 위해서였다.

경지를 높여 진천이 들고자 했던 조선의 이인이나 파사국의 이인과 같은 경지에 이르면 저주를 풀 수 있을지도 모를 일. 아니, 온갖 영약도 지고한 의술도 통하지 않으니 그 방법만이 유일한 살 길이라 생각했다.

둘은 생사의 대결을 벌이는 대신 밤낮없이 무예와 기예에 대해 논했다. 그 세월이 자그마치 오 년이었다.

말을 마친 마선은 앙천광소를 터뜨렸다.

"하하하! 정선이 돌아간 후 세상에는 기련존자라는 인물이 회자되기 시작했다. 어떠냐? 너는 이보다 더 우스운 이야기를 들어본 적이 있느냐?"

자존심까지 버리고 무량과 거의 오 년에 가까운 시간을 보냈건만 그마저도 소용이 없었다.

그 즈음 마선은 어느 명의와 견주어도 뒤지지 않을 의술을 익히고 있었지만, 의술로는 해결책이 보이지 않았다. 또한 지고한 경지에 든다는 것도 기약이 없었다.

매일 끔찍한 고통에 시달리던 그는 마지막 방법을 생각해 냈다. 그것은 조선의 이인과 파사국의 이인이 남긴 심득을 얻는 것이었다. 필시 지고한 심득을 사장시키지는 않았으리라.

"까마득한 옛날 일이었지만 둘의 진전을 이은 문파를 찾는 것은 아주 불가능한 일만은 아니었다. 그들의 진전을 이은 문파라면 결코 범상치 않을 테고, 비범한 것은 겉으로 드러나게 마련이니."

이인의 진전을 이은 곳을 마니교로 점찍었다. 역사도 역사려니와 가장 성세를 구가하고 있었기 때문이다.

마선은 은밀히 교단으로 잠입했다. 한데 알고 보니 교는 겉만 멀쩡했을 뿐 속은 반으로 쪼개져 곪아 있었다. 이유는 대천사 때문이었다.

마니교에서는 교주를 대천사라 칭했다. 대천사라는 자는 무공이 측량할 수 없으리만큼 막강한 자였다. 심지어 마선 본인이 맞서도 장담할 수 없을 정도였다. 그러나 대천사는 정신이 온전치 않았다. 심마에 빠져 앞뒤 안 재고 걸핏하면 사람을 생으로 찢어 죽이는 등, 광포하기 이를 데 없는 자였다.

상황이 그러하니 광명좌사와 우사를 주축으로 대천사를 몰아낼 모의를 하고 있었다. 하나 대천사의 무공이 워낙 막강하여 감히 손을 쓰지 못하고 있었다. 그는 교가 둘로 쪼개지든 사분오열되든 마선에게는 전혀 상관이 없었다. 오히려 그것을 기회로 원하는 것을 수월하게 얻을 수 있으리라 생각했다.

마선은 고립무원의 처지인 대천사를 급습하여 이인의 심득을 얻을 계획을 세우고 몰래 교당으로 잠입했다. 그런데 나타나라는 대천사는 보이지 않고 마침 대천사에 반하는 핵심 인사들이 모여 회의를 시작했다.

마선은 당장 때려죽이고 싶은 것을 가까스로 참고 기다렸다. 한데 그들의 회의 내용이 심상치가 않았다. 파륜이 교주의 제자로 들어갔으니 곧 아함의 무공을 얻을 수 있을 거라며 서로를 독려했다. 마치 아함의 무공이란 것을 얻으면 대천사를 몰아내는 것은 일도 아니라는 식이었다.

마선은 마선의 이야기를 듣고 지난날 교주에게서 들은 이야기가 있었기에, 마선이 말한 파륜이 정화라는 것을 알 수 있었다.

"아함이란 자가 파사국의 이인임을 확신한 노부는 은밀히 놈들 중 하나를 사로잡아 파사국의 이인이 당시 마성에 젖은 대천사를 죽인 사실을 알아냈다. 또한 중원으로 건너가 일월신교를 세운 것도 그라는 것을 알아냈지. 파사국의 이인은 천마였던 것이다. 그러나 아쉽게도 천마의 심득은 온전하게 전해지지 않고 있었다. 진짜는 이곳에 묻혀 있었지."

천마지동의 존재까지 알아낸 마선은 천마의 심득을 얻으려 고심하는 한편, 천마의 심득을 얻지 못할 것을 대비해 조선으로 눈을 돌렸다.

조선에서 이인의 후예를 찾는 것은 어렵지 않았다. 오래전 절영문과 인연이 있었던 조선의 기승, 기승의 행적을 더듬어 보현사를 알아냈다. 그러나 찾았다고 끝난 것이 아니었다. 무력으로 빼앗으려 한다면 목숨을 내어줄망정 이인의 심득을 내줄 것 같지 않았다.

"크윽! 그래서 어린 제자를 시켜 그런 치졸한 짓을……!"

"흥, 제자? 감히 누가 노부의 제자란 말이냐?"

"전립, 그가 당신의 제자가 아니란 말입니까?"

"당연히 아니다. 놈은, 아니, 놈들은 노부의 존재조차 모르고 있느니라. 하나 놈들은 결과적으로 노부에게 이용당했을지언정 결코 노부를 탓할 수는 없을 것이다. 자업자득이니 말이다."

마선은 보현사에서 이인의 심득을 얻어낼 방법을 고민하던 중, 한 가지 기막힌 방법을 생각해 냈다. 마니교가 천마의 무공을 얻으려 정화를 잠입시킨 것에 착안해 자신도 그 같은 방법을 쓰기로 한 것이다.

마선은 적당한 자를 물색하던 중 과거 세 번째 폭주 중에 보법서를 분실한 일을 떠올렸다.

당시 폭주 중 품속의 책을 분실한 것을 깨달은 마선은 길을 되짚었다. 황보세가에 도착했을 때는 이미 폭주가 풀려 한시적으로 공력을 상실한 상태였다. 극도로 주변을 경계하며 세가 안으로 막 들어설 때였다. 때마침 건물 안에서 나오는 자가 있어 급히 몸을 숨겼다. 폭주 중에 개미 새끼 한 마리 남김없이 쓸었다고 생각했는데 산 자가 있었던 모양이다.

자신의 이목에서 벗어나 몸을 숨길 정도면 보통 고수가 아니다. 간신히 얼굴 윤곽 정도만 보였지만 가까이 갈 엄두가 나지 않았다.

답답함을 뒤로하고 주시하고 있자니, 놈이 바닥에서 뭔가를 주워 드는 것이 보였다. 두말할 것도 없이 자신이 흘린 책이었다. 마선은 정체불명의 사내가 책을 주워 세가를 벗어나는 것을 멀찍이 떨어져 지켜볼 수밖에 없었다.

은밀히 책을 습득한 자가 누구인지 조사했으나 별 소득이 없어 책을 회수하는 것을 포기하고 말았다. 이미 보법의 전 구결이 머릿속에 저장된데다, 마황진기가 아니고서는 본 위력의 열에 하나도 발휘되지 않는 보법인지라 크게 연연하지 않았던 것이다.

옛일을 떠올리던 마선은 가만 따져 보았다. 현마진린보를 습득한 자가 일심으로 보법을 익혔다면 한계에 이르렀을 시점이다. 바보가 아닌 바에야 문제가 내력에 있다는 것을 알아낼 테고, 제대로 된 심법을 찾아 언젠가 한 번쯤은 절영문으로 올 거라 생각했다.

마선은 구룡폭포로 돌아가 저주받은 마공 마황진기와 얽힌 그럴듯한 이야기를 남기고 목내이를 넣어 마치 자신이 자살한 것처럼 꾸몄다. 혹여 의심할 것에 대비해 쇠로 바둑판을 만들어 그 위에 강력한 공력을 발휘하여 지공으로 눌러쓴 유서까지 남겼다.

그의 예상은 적중했다. 만반의 태세를 갖추고 구룡산 아래서 촌로(村老)로 위장해 자리를 지킨 지 한 달여. 멸문한 지 오 년이나 지난 절영문을 찾아온 자가 있었다. 한눈에 보기에도 녹록치 않은 고수였다.

마선은 그를 보자마자 현마진린보를 습득한 자라 확신하고 일부러 절영문의 반대편에 위치한 구룡폭포로 향하는 길을 알려주었다. 계산대로 그자는 폐허가 된 절영문 터를 둘러본 후,

미련을 버리지 못하고 바로 하산하지 않고 구룡폭포로 찾아왔다.

미리 새 한 마리를 산 채로 잡아 폭포 뒤 동굴 안으로 들어와 있던 마선은 동굴 밖으로 새를 날려 동굴의 존재를 알림으로써 모든 계획을 마무리 지었다.

"그놈이 누구였는지 아느냐? 바로 황보천력의 막역지우였느니라. 놈과 황보천력과의 교우는 노부조차도 알 정도로 강호의 미담이었다. 그랬기에 처음에 노부는 설마 놈이리라고는 꿈에도 의심치 않았던 것이다. 재미있지 않느냐? 놈은 제 친우가 밖에서 죽어가는 걸 보면서도 쥐새끼처럼 숨어 나오지 않았던 것이란 말이다. 결국 그 음흉한 놈은 노부가 설치한 함정에 빠져 영특한 제 손자를 거지로 위장시켜 조선의 중에게 제자로 보냈으니 자업자득이라 해야겠지. 네놈도 알다시피 전립이란 아이 말이다. 드물게 영특한 아이기에 노부도 기대를 하고 있었더니 과연 비기라는 것을 가지고 오더구나."

무한은 결국 전립도 마선에 이용당한 것을 알고 증오 대신 오히려 연민이 느껴졌다. 욕망에 사로잡힌 조부와 마선으로 인해 인생 자체가 틀어졌다. 어쩌면 지금쯤 마선과 같이 몸이 썩어 들어가고 있을지도 모를 일이었다.

"하지만 전립이란 아이가 가져온 이인의 심공은 반의 반쪽짜리에 불과했다. 네놈의 몸속에 흐르는 기운도 그 심공의 일종이라는 것을 이미 알고 있다. 네놈이 익힌 것은 전립이란 놈이 가져온 것보다 한 단계 발전한 형태인 것 같다만, 그 역시도 반쪽짜리 그 이상은 아니다. 결국 조선의 이인도 심득을 온전히 남기지 않았던 것이다."

마선은 무한이 고작 반쪽도 안 되는 이인의 심득을 찾으려 먼 타국까지 전립을 쫓아온 것을 보고는 조선의 이인 또한 그 이상의 심득은 남기지 않았다고 결론 내렸다.

무한이 입가에 조소를 매달았다. 마선이 그것을 보고는 버럭 소리쳤다.

"놈! 그 웃음의 의미는 무엇이냐?"

"으윽, 우습지… 않습니까? 수천 명을 아무렇지도 않게 살상한 분이 자기 한 목숨은 그토록 중해 평생을 오로지 살아남기 위해 살았으니 말입니다."

"네놈이 뭐라 지껄여도 상관없다. 어차피 네놈은 예서 죽을 것이고, 노부는 앞으로도 족히 백 년은 더 살 테니 말이다."

"과연… 그게 뜻대로 될 것… 같습니까?"

"뭣이?"

"천마를 얻었다 하여 병을… 고칠 수 있을 것 같으냔 말입니다."

무한은 마선의 앞날이 보인다는 눈빛이었다. 마선은 그 눈빛이 무척이나 불쾌하고 가시처럼 걸려 그냥 넘어갈 수가 없었다.

"이놈! 무슨 말이 하고 싶은 것이냐?"

"시간이… 지나면 하늘의 뜻을 알게… 되실 겁니다."

마선이 안면을 구기며 무한의 말을 더듬고 있을 때, 무한이 생기가 급속도로 빠져나간 음성으로 말했다.

"마지… 막으로…… 하나만 더 묻겠습니다. 마황진기를 가져간 자, 전립의 조부가 누구였습니까."

"곧 죽을 놈이 알아서 무엇 하려느냐?"

"그래서… 알려는 것입니다. 쿨럭! 적어도 염라대왕에게 자초지종을 말해야 하지 않겠습니까."

"하하하! 그도 그렇구나. 귀를 씻고 들었다가 염라대왕에게 제대로 전해주어라. 놈은 악환수라는 자다. 세상은 노부와 마찬가지로 놈이 죽은 줄 알고 있지만, 실은 아직도 살아 있다. 지금도 어두침침한 지하에서 제 손자를 천하제일고수로 만들어보겠다고 설치고 있지."

마선은 스스로의 모습은 생각 못하고 한심하다는 듯 고개를 절레절레 저었다.

"악… 환… 수."

무한이 이름 석 자를 천천히 곱씹을 때 마선이 품속에서 천마의 무공이 담긴 족자를 꺼내 흔들며 말했다.

"자, 이제 염라대왕에게 할 말도 생겼으니 그만 죽을 때가 된 것 같구나."

마선은 얼른 족자에 적힌 천마의 심득을 보고 싶어 애가 닳아 없어질 지경이었다. 속히 빌어먹을 병을 고친 후 무량을 찾아가 통쾌하게 찢어 죽일 참이었다. 그 후, 무림을 일통하든 나라 전체를 집어삼키든 그간 못다 한 삶을 살 생각이었다.

무한은 그대로 두어도 얼마 못 가 숨이 끊어질 정도로 위독했다. 그러나 마선은 확실히 기어이 일격을 가해 숨을 끊어놓으려는지 팔을 치켜들었다. 한데 그때였다.

쿠쿵! 쿠쿠쿵!

화약이라도 폭발했는지 엄청난 굉음이 동굴을 뒤흔들었다.

막 장력을 날리려던 마선은 흠칫 놀라 급히 소리가 발생한 쪽으로 고개를 돌렸다. 마선의 안색이 하얗게 물들었다. 굉음이 터진 방향이 입구 쪽이었던 탓이다.

마선은 기이한 느낌에 사로잡혀 동굴을 빠르게 훑었다. 곧 낯빛이 하얗다 못해 검게 변했다. 동굴 한쪽에 처박혀 있던 교주가 무한과 이야기를 나누는 동안 감쪽같이 사라지고 없었다. 분명 장력을 제대로 맞아 숨이 끊어졌거늘 귀신이 곡할 노릇이었다.

"이놈! 네놈은 처음부터 놈이 사라진 것을 알고 있었으렷다! 단매에 죽여 고통을 줄여주려 하였거늘, 온갖 고통 속에서 죽어가거라!"

마선의 말대로 무한은 교주가 깨어나 유령처럼 동굴을 빠져나간 걸 알고 있었다. 무한의 위치는 교주가 있던 자리가 정면으로 보이는 위치였던 것이다.

쿠쿠쿵! 우르릉!

다시 한 번 굉음이 터졌다. 이번에는 묵직한 뭔가가 굴러 떨어지는 소리도 섞여 들렸다. 마선은 교주가 동굴을 막아 자신을 영원히 지하 세계에 가두려 하고 있음을 알아차렸다.

"빌어먹을 늙은이! 노부가 네놈 따위에게 당할 성싶으냐!"

마선이 벼락같이 소리치며 가공할 속도로 쏘아져 나갔다. 무한은 극상승의 현마진린보는 아무런 소리도 흔적도 남기지 않음을 마선을 통해 깨달았다. 하지만 현마진린보의 극상승의 경지가 어떤 것이든 당장 죽음이 코앞인 마당이었다. 소음이 나면 어떻고 또 나지 않으면 어쩔 것인가. 의식이 혼미해지며 눈꺼풀이 천근만근 짓누른다.

쾅! 쾅!

가공할 속도로 입구를 향해 달려가던 마선은 횃불 걸린 광장을 지나 수직 동굴로 향하는 긴 통로로 들어섰다.

"하하하! 하하하!"

마선은 교주가 광소를 터뜨리며 수직 동굴로 향하는 통로 중간에서 미친 듯이 장력을 후려치는 모습을 발견했다. 통로가 적잖이 넓었음에도 벽에서 떨어져 나온 바위에 거의 막혀 있었다.

"미쳤군."

마선은 교주가 제정신이 아니라 생각했다. 교주는 등을 보인 채로 동굴 벽에 장력을 쏘고 있었다. 제정신이라면 반대로 서서 동굴을 무너뜨려야 했다. 그래야 자신은 갇히지 않게 되는 것이다. 지금 이대로 동굴이 무너진다면 교주 본인 또한 안에 갇힐 형국이었다.

콰쾅! 우르릉!

이제 장력 한 번이면 동굴이 완전히 밀봉될 위기였다. 아직 동굴이 두텁게 무너져 내린 것은 아니니, 막히더라도 교주를 처치한 후에 시간을 두고 막힌 동굴을 뚫고 나가도 별 상관은 없었다. 그러나 마선은 금쪽같은 시간을 땅을 파는 데 허비할 생각이 전혀 없었다. 더군다나 어찌 살아났는지는 몰라도 정신 줄을 놓은 자와 겨루어봤자 꼴이 우스워질 뿐이었다.

교주가 반대편에 서서 장력을 날려 동굴을 막은 것은 제정신이 아니라서가 아니었다. 오히려 그는 어느 때보다도 정신이 또렷했다.

그는 마선이 무한과 이야기를 나누는 사이 은밀히 동굴을 빠져나와 수직 동굴 입구에 섰다. 수직으로 뚫린 동굴은 한 팔만으로 올라가기가 지난(至難)해 보였다. 하지만 그의 무공이라면 올라가지 못할 것도 없었다.

그러나 교주는 올라가려는 시도조차 하지 않고 포기했다. 그가 나가는 것을 그만둔 이유는 막상 나가려 하자 두려웠기 때문이다. 밖으로 나가도 정화에게 복수를 하지 못할지도 모른다는 두려움이었다.

불구가 된 몸으로 나가서 그가 할 수 있는 일은 극히 제한적이었다. 공력은 살아 있으되 외눈박이이며 두 다리가 없고, 이제 한 팔마저 불구가 되어버렸다. 그런 마당에 정화를 어찌한다는 건 어불성설이었다. 더군다나 그는 자신에게 허락된 삶이 이제 얼마 남지 않았음을 알고 있었다.

교주는 남아 있는 지극히 짧은 삶보다 구원을 청산하는 것이 더욱 중요했다. 그래서 그는 마지막 순간 무한에게 모든 것을 걸어보기로 작정했다.

정화와 악연이 있는 녀석이다. 살려 보내기만 한다면 복수를 대신 해줄 거라 생각했다. 또한 성정이 어질고 착한 녀석이니, 혹시라도 어딘가에 살아남은 교도가 있다면 교의 무공을 전해줄지도 모를 일이었다.

교주는 애써 외면했지만 그런 이유 이외에도 마음속 깊은 곳에 무한을 두고 홀로 떠날 수 없는 마음 또한 적지 않게 자리 잡고 있었다. 전력을 다해 동굴을 부수기 시작했다. 동굴이 막히기 직전에 마선이 도착해야 일이 성공한다. 그러지 않고 마선이 먼저 도착했다가는 목숨을 장담할 수 없었다.

마침맞게 동굴이 완전히 틀어 막힐 찰나 마선이 엄청난 속도로 달려왔다.

파락!

마선은 교주가 장력을 뿌리는 순간 옷자락 펄럭이는 소리와 함께 간신히 사람 하나 빠져나갈 구멍 속으로 사라졌다. 마선이 사라지자마자 장력이 그곳을 강타했고, 동굴은 완전히 밀봉되었다.

간발의 차로 밖으로 빠져나온 마선은 득의한 미소를 흘렸다.

"으하하하!"

꽝! 꽝! 꽝!

마선은 교주가 광소와 함께 계속해서 장력을 갈겨대는 소리를 듣고, 마선은 장력을 대여섯 차례 날려 동굴을 무너뜨리다가 슬그머니 장세를 거두었다. 대여섯 번의 장력만으로도 동굴이 꽤나 많이 무너진데다 미친 교주가 계속해서 동굴을 무너뜨리고 있으니 괜한 수고를 할 필요가 없었다.

마선은 수직 동굴에 이르러 힐끔 하늘을 바라보고는 그대로 땅을 박찼다.

터엉!

비스듬히 칠 장가량을 솟구친 마선은 힘이 떨어지기 전에 벽을 박찼다. 이번에는 반대편 벽을 향해 사선으로 솟구쳐 다시 힘이 떨어져 갈 즈음 벽을 박찼다. 마선은 갈지자 형태로 벽을 번갈아가며 차고 솟아올라 잠깐 만에 까마득히 멀어져 갔다.

마선이 구멍 속으로 사라진 후로도 쉬지 않고 장력을 쏘아대던 교주는 팔을 거두었다. 마선은 교주가 실성하여 계속해서 동굴을 무너뜨리고 있다고 생각했지만, 사실은 그와 달랐다.

교주는 마선이 동굴을 빠져나간 직후, 장력을 동굴 벽이 아니라 무너져 내려 동굴을 막고 있던 바위에 날리고 있었다. 만약 그가 그런 행동을 하지 않았다면 의심 많은 마선이 반대편에서 동굴을 더욱 탄탄히 막아버렸을 터다.

교주는 마선의 기척이 완전히 사라진 것을 확인하고, 급히 무한이 있는 곳으로 돌아갔다.

하지만 마선을 따돌리는 계획이 성공했을지는 몰라도 돌아와서 본 무한의 상태는 그가 생각했던 것보다 훨씬 좋지 않았다. 아무리 좋게 보려 해도 무한의 상태는 최악이었다. 무한은 일장 높이의 석벽에 단단히 틀어박힌 채 단전에 칼까지 꽂힌 참담한 모습으로 숨이 멎어 있었다.

교주의 얼굴에 다급함이 서렸다. 마음은 급한데 사소한 것에서부터 말썽이 일어났다. 바닥에 쓰러져 있다면 당장 진맥하여 진기를 흘려 넣을 텐데 석벽에 박혀 있으니 난감했다. 팔이라도 온전하다면 한 팔로 벽을 붙들고 나머지 한 팔로 진기를 불어넣으면 될 터인데 지금은 문제가 아닐 수 없었다.

단전에 꽂힌 칼은 손잡이만 보인다. 그것은 칼이 등을 뚫고 벽까지 파고들어 갔다는 얘기였다. 때문에 섣불리 무한을 아래로 끌어내릴 수도 없는 상황이었다.

더 이상 지체했다가는 정말 죽는다. 교주는 이를 악물었다.

팡!

온전한 오른팔을 발처럼 사용해 바닥을 세게 후려치자, 그 반동으로 몸이 번쩍 솟구쳤다.

파팟!

교주는 무한의 옆구리 부근에 이르러 천마뇌정공이 응집된 오른손을 창처럼 뾰족하게 만들어 석벽을 사정없이 후려쳤다. 돌 부스러기가 우수수 날리며 석벽으로 손목까지 파고들어 갔다. 다행히 석회암이라 비교적 덜 단단했다.

교주는 박힌 손을 빼 바닥으로 내려섰다. 같은 동작을 서너 번 반복해 어깨 부근까지 들어가도록 깊은 구멍을 만든 교주는 다섯 번째 뛰어올랐을 때, 뒤틀리고 부러진 왼팔을 구멍으로 밀어 넣어 석벽에 매달렸다. 그대로 두어도 아픈 팔을 구멍에 밀어 넣고 온몸을 지탱하려니 이성을 마비시킬 정도의 통증이 밀려들었다.

교주는 초인적인 인내력으로 고통에 맞서며, 자유로운 오른손으로 축 늘어진 무한의 손목을 붙들었다. 숨은 멎었으나 아직 맥은 미약하게나마 살아 있었다.

"놈! 이대로 죽을 참이더냐!"

되는대로 지른 고함이 아니다. 모골이 송연해지는 고함, 천마의 절기 중 불문 사자후(獅子吼)의 일종인 파혼후(破魂吼)였다. 파혼후가 사자후와 다른 점은 물적인 것은 물론이고 형체가 없는 영에게까지 영향을 준다는 데 있었다. 전력으로 사용하면 육에서 벗어난 혼은 견뎌내지 못할 정도로 강력한 힘을 발휘해 파혼후라 이름 붙여진 음공이었다.

교주는 파혼후를 터뜨려 꺼져 가던 무한의 혼을 일깨우고, 곧장 내력을 흘려 넣었다. 뇌정진기가 아니라 천마신체술로 단련한 진기였다.

주원장의 마교 정벌 때 전 내공을 소진해 폐인이 되었을 때도, 정화에게 끔찍한 고문을 당해 전 공력이 사라졌을 때도 끝내 다시 공력을 되찾았다. 천마신체술로 빚은 본원진기가 있었기에 가능한 일이었다.

가뭄이 극도로 심해 땅이 돌처럼 굳어지면 비가 내려도 물이 잘 스미지 못한다. 무한의 내부도 그와 같아 진기가 잘 흘러들어 가지 않았다.

"받아라! 받아들여라!"

십성의 파혼후가 터져 나왔다. 영혼을 크게 뒤흔들 만한 강력한 힘이 담겼다. 무한은, 아니, 육(肉)과 분리되어 나가려던 무한의 영혼이 교주의 음성을 들었다. 오직 죽음을 향해 치달아가던 영혼이 문득 뒤를 돌아보았다. 지나온 길은 암흑으로 덮여 있었다. 한데 저 끝에 미약한 빛이 비추고 있었다. 너무 희미해서 빛인지 아닌지 헷갈릴 정도였다.

"네놈을 살릴 생명수니라!"

다시 터진 교주의 파혼후는 십이성의 공력이 담겼다. 희미하던 빛이 일순 선명해진다. 삶과 죽음의 길에서 갈피를 잡지 못하고 망설이던 혼이 이내 왔던 길을 되짚어가기 시작했다.

됐다. 미세하지만 진기가 스며들기 시작했다. 교주는 연거푸 파혼후를 토한 후에야 무한이 반응을 보이는 것을 보고 가슴을 쓸어내렸다. 촌각이라도 늦었다면 돌이킬 수 없을 뻔했다.

교주는 진기가 흘러들어 가기 시작하자 늦을세라 천마신체술의 구결을 읊기 시작했다. 홀로 수련하여 약간의 성취라도 드러나려면 꼬박 삼 년은 익혀야 할 것이나, 이미 완성된 진기를 넣어주니 구결대로만 돌려 몸이 진기에 적응만 한다면 당장이라도 적잖은 효력이 발휘될 터였다.

의식이 끊어진 무한은 무의식중에 교주가 불러주는 구결대로 도인했다.

천마신체술은 본격적으로 진기를 쌓기 전 경맥을 단단히 하는 토납술. 소주천이니 대주천이니 하는 것과는 거리가 멀어 당장 단전이 제 구실을 못해도 경맥을 치료할 수는 있었다.

일단 천마신체술을 불어넣어 경맥을 정상으로 돌린다. 교주가 할 수 있는 일은 거기까지였다. 천마신체술의 공능이 대단하다 하나 부서진 단전까지 회복시킬 수는 없었다.

단전이 깨어진 무인은 죽은 것과 매한가지다? 그것은 사실이다. 만 명에 구천구백구십구 명에게 해당하는 진리였다. 그러나 만에 한 사람에 해당하는 마선은 다르다.

그는 당장 단전이 파괴되더라도 지금의 무공의 태반, 열에 아홉은 유지할 사람이었다. 교주 또한 무한과 마지막 대국을 나누기 전 명상에 잠겼을 때 깨달은 사실이었다. 만약 교주에게 삼 년, 아니, 일 년 남짓한 시간만 있었더라면 마선에게 이처럼 허무하게 당하지는 않았을 그다.

마선이 천마지동을 빠져나간 후 칠 주야가 흘렀다. 교주에게는 영겁과도 같은 시간이었다. 그때까지도 부러진 팔에 의지에 벽에 매달린 채 무한에게 공력을 주입하고 있었다. 벽에 박힌 왼팔은 어깨부터 감각이 없었다. 썩어 들어가는지 역한 냄새마저 풍기고 있었다.

　반면 무한의 찢어지고 헐었던 경맥은 새살이 돋아 마선에게 당하기 전의 상태로 돌아가 있었다. 천마신체술의 공능을 몇 배나 뛰어넘는 경이로운 회복 속도였다. 그게 가능했던 것은 전신으로 스며들었던 도선진기와 교주의 본원진기가 상생작용을 일으킨 때문이었다.

　무한은 천지가 암흑으로 뒤덮인 세상에 홀로 서 있었다. 그가 서 있는 곳은 거대한 칼날을 세워놓은 듯 허공으로 절벽이었다. 간신히 두 발을 디딜 수 있을 뿐, 앞뒤로 만 길 낭떠러지라 단 한 걸음도 뗄 수가 없었다.

　절벽 아래는 검은 안개가 넘실거리고, 하늘은 두터운 먹구름으로 덮여 있었으며, 까마득히 먼 하늘 저편에는 섬광이 쉼없이 작렬하고 있었다. 무한은 섬광에서 눈을 떼지 못했다. 자의가 아니었다. 머리가 깨질 것 같아 시선을 돌리려는데 그게 뜻대로 되지 않았다. 눈을 감는 것조차 마음대로 되지 않았다.

　'심마구나!'

　무한이 퍼뜩 깨달은 그때, 누군가의 음성이 뇌리에 찍히듯 파고들었다.

　떨어져라. 떨어지면 당장 고통이 사라진다.

　움찔! 기이한 일이다. 시선을 돌릴 수도 눈을 감을 수도 없는데 발은 움직인다. 한쪽 발을 떼었다. 무한이 발을 뗀 순간 검은 안개의 움직임이 한층 격렬해졌다. 무한은 아래를 보지 못함에도 안개의 격렬한 움직임이 손금 보듯 느껴졌다. 이제 무게중심을 앞으로 싣기만 하면 모든 고통이 끝난다. 그때 문득 의문이 생긴다. 정말 저 섬광이 심마일까?

눈에서는 진물이 흐르고, 머리는 깨질 것처럼 아파왔다. 마냥 고민하고 있을 수만은 없었다.

'어서 결정을 내려야……!'

한편 교주는 진기 공급을 중단했다. 이제 더 줄 진기도 없었지만 무한도 더 이상은 받아들이지 못하고 있었다. 교주는 무한이 지금 중대한 기로에 서 있음을 직감했다. 어쩌면 깨달음의 문턱에서 심마와 싸우고 있을지도 모를 일이었다.

교주는 무한이 심마와 맞닥뜨렸다는 생각이 들자 옥함을 퍼뜩 떠올렸다. 자신에게 도움이 되었던 것처럼 무한에게도 도움이 될지도 모를 일이다. 품을 더듬었다. 분명 넣은 것 같은데 없었다. 마선의 장력에 맞았던 자리를 훑었다. 있었다. 깨진 바위 사이로 옥함이 아무렇게나 나뒹굴고 있었다.

파팟!

교주는 오른손으로 수도를 만들어 왼쪽 어깨를 과감히 내려쳤다. 썩은 팔을 무 자르듯 자르고 바닥으로 내려선 교주는 옥함의 한기가 무한의 이마를 향하도록 맞췄다.

"이것으로 노부가 할 수 있는 일은 끝났다. 이제부터는 네 몫이다."

한 발을 든 상태 그대로 이러지도 저러지도 못하고 있던 무한은 골수를 쪼개고 들어오는 정명한 기운에 부르르 떨었다. 뼈가 갈리고 살이 녹아드는 고통 속에서도 감히 발을 내딛지 못함은 무엇 때문인가.

그건 안개 속이 두렵기 때문이었다. 반면 번뜩이는 섬광은 어떤가. 바라보고 있는 것 자체로 엄청난 고통이 밀려들었다. 그러나 고통스러운 것과 두려운 것은 다른 것이었다.

두려움. 그것은 피해야 할 것이 아니라 깨쳐야 할 벽이었다.

무한은 무게중심을 앞으로 실어 들고 있던 발을 허공으로 과감히 내디뎠다. 그의 선택은 머나먼 섬광이 아니라 발아래 자욱하게 깔린 검은 안개였다. 선택을 옳았다. 발을 내딛는 순간 안개가 거짓말처럼 사라졌다. 엄청난 고통을 주던 섬광도 사라지고 없었다.

무한은 도천상의 검을 보았다. 또한 마선이 단전을 향해 만화를 던진 수법 또한 보았다. 두 무공은 모두 섬광을 뿜었다. 그것이 무한에게 차원이 다른 무공은 빛을 뿜는다는 선입견을 심었고, 심마는 선입견을 비집고 들어와 무한에게 고통을 안겨준 것이다.

만약 무한이 섬광을 바라보는 것이 심득을 얻는 길이라 판단해 고통을 견디고 있었다면, 심마에게 정력을 빼앗겨 바짝 마른 한 구의 목내이가 되었을 터였다.

흑운(黑雲)과 섬광이 사라진 후, 하늘을 향해 뻗은 길을 천천히 걸었다. 한 노인이 평상 위에 앉아 새벽의 미명을 바라보고 있었다. 묘향산 진법에서 보았던 그 노인이었다.

"어디, 심마까지 이겨낸 녀석의 바둑 좀 보자. 냉큼 와서 앉아라."

노인이 망설이는 무한을 보며 다시 입을 열었다.

"고얀 놈! 이 늙은이가 심마라도 되는 것 같으냐?"

무한은 천천히 걸어 노인 앞에 앉았다. 돌을 집어 모든 화점을 채워 넣었다. 조선식 순장 바둑이었다.

"어찌 저를 미혹에 빠뜨리셨습니까."

노인은 묘향산의 진법에 들었을 때, 꿈속에 나타나 마지막 바둑의 비밀을 풀라 했다. 그것이 마치 최고의 바둑인 것처럼. 하지만 미혹을 벗은 무한은 깨달았다. 애초에 궁극의 바둑이란 없다는 것을. 물론 궁극의 심법 또한 없었다.

"인생의 모든 행로가 미혹일진대 어찌 특별히 이 늙은이만 탓하느냐?"

노인은 짐짓 자신은 아무런 잘못도 없다는 듯 발뺌을 했다. 모든 화점을 채운 무한은 첫 수로 천원을 점했다.

"이놈 봐라? 네놈이 이제는 이 늙은이까지 같잖이 보는 것이냐?"

무한은 고개를 저었다.

"험한 산세를 타고 흐르는 물도, 너른 대지를 휩쓸며 도도히 흐르든 강물도, 수백 길 낭떠러지를 떨어져 산산이 부서지는 폭포수도 모두 똑같은 물이 아닙니까."

무한의 현기 가득한 말에 노인이 얼굴을 찌푸렸다.

"이제는 네놈이 이 신선 어르신까지 가르치려 드느냐? 고얀 녀석 같으니, 결국은 제 놈 내키는 대로 두겠다는 말인 것을."

선선한 바람이 불고 사라졌던 광명이 천지를 비출 때 바둑은 끝이 났다. 결과는 노인의 두 집 승이었다. 노인이 바둑판 위의 돌을 모조리 거둬내고 복기를 시작했다. 방금 전 무한과 두었던 바둑이 아니었다. 노인이 복기하고 있는 바둑은 무한과 교주가 둔 마지막 바둑이었다. 까마득한 옛날 조선의 이인, 그러니까 노인 본인과 천마가 두었던 바둑이기도 했다.

복기를 마친 노인이 말했다.

"바둑에 세상 이치가 담겼다고들 한다. 너는 어찌 생각하느냐?"

"어렴풋이 알 듯합니다."

노인이 끄덕이며 말했다.

"바둑에 인생과 만물의 이치가 있는 것은 아니다. 결국 바둑을 만든 것은 사람임을 알아야 할 것이다. 바둑에 세상의 모든 이치가 있는 것이 아니라, 사람이 영과 육에 깃든 삼라만상의 이치를 바둑판 안에 옮겨 놓는 것이니라."

노인이 말을 이었다.

"네 말대로 이것은 궁극의 바둑은 아니다. 하지만 결코 가벼이 볼 것은 아니지. 파사국의 그 친구는 세상을 건(乾)과 곤(坤)의 이치로 풀려 했다. 그러나 내 생각은 다르다."

노인이 각각의 패를 차례로 가리키며 말을 이었다.

"삼패 중 이 둘을 그가 말한 대로 건과 곤이다. 그렇다면 이것은 무엇일 것 같으냐?"

무한은 천마가 세상의 이치를 건과 곤의 이치로 설명한 것은 알 것 같았다. 하지만 그 밖에 하나는 이해할 수가 없었다.

"모르겠습니다."

노인은 다소 실망했다는 표정을 지으며 물었다.

"그렇다면 건과 곤은 어디에 있느냐?"

무한은 망설임없이 대답했다.

"제 안에도 선인의 안에도 있습니다."

"그래, 아직은 거기까지란 것이구나. 좋다, 우선은 안 것만큼만 행해라. 곤을 여는 것만으로도 지대한 공능이 있을 것이다. 그러나 그 또한 한계는 있느니, 나머지 하나가 무엇인지 알고 싶다면 깨어진 건 또한 곤의 숨결로 반드시 살려야 한다는 것을 잊지 말아라."

"명심하겠습니다."

산 것인가, 죽은 것인가. 시간이 속절없이 흘렀다.

교주는 이제 의식을 잃는 시간이 정신을 차리고 있는 시간보다 많았다. 멀쩡하면 그게 더 이상한 일이었다.

빠드득!

동굴 안에 기괴한 음향이 울리기 시작했다. 의식을 잃었던 교주가 그 소리에 천천히 눈을 떴다. 소리의 정체는 무한의 단전을 뚫고 석벽에 깊이 박힌 만화가 뽑히는 소리였다.

쨍그랑!

교주가 보고 있는 가운데 보이지 않는 어떤 힘이 만화를 뽑아 바닥으로 내동댕이쳤다. 교주의 얼굴에 미소가 번진다.

"해냈구나!"

웅! 웅!

광장 전체에 공명음이 퍼진다. 무한을 중심으로 진기의 소용돌이가 일어났다. 무한 주변의 석벽이 뭉텅뭉텅 떨어져 나가며 무한을 석벽으로부터 뽑아내 공중으로 띄워 올렸다. 무한을 부양시킨 기운은 단전이 파괴됨과 동시에 전신으로 흩어졌던 도선진기였다.

도선진기는 무한을 감싸고 소용돌이를 만들며 거세게 휘돌기 시작했다. 갈수록 회전이 빨라진다. 불순한 기운이 원심력을 견디지 못하고 밖으로 튕겨져 나가 진기가 한층 정련되고 맑게 변모되었다.

얼마의 시간이 흘렀을까. 극도로 정순해진 기운이 모공을 통해 차츰 흡수되기 시작하더니, 이내 진기의 양이 줄어들며 무한의 몸이 천천히 하강을 시작했다.

마침내 무한의 두 발이 바닥에 닿을 찰나,

파곽!

교주가 무슨 생각인지 재빨리 무한을 향해 장을 내밀었다. 그 즉시 장심을 통해 강력한 뇌정진기가 빠져나와 무한에게 쏘아졌다. 장력에 적중되어 피를 뿜는 모습이 펼쳐져야 정상이건만, 뜻밖의 일이 일어났다.

도선진기가 무한을 감싸 소용돌이를 만든 것과 마찬가지로, 교주가 뿜어낸 뇌정진기 또한 무한을 중심으로 휘몰아쳐 바닥에 내려서려던 무한을 단숨에 공중으로 띄워 올렸다.

교주가 쌓았던 기운과 오래전 무한에게서 받았던 뇌정의 기운이 모조리 풀려 나와 광풍이 되어 무한을 싸고돌았다. 도선진기와 마찬가지로 불순한 기운이 걸러지고, 정한 기운이 무한에게 빨려들어 가면서 서서히 광풍이 잦아들었다.

무한이 도선진기로 선인이 곤이라 칭한 새로운 단전을 열고, 교주가 전해준 뇌정진기로 건이라 칭한 기존의 단전을 이전의 상태로 회복시킨 후 눈을 떴을 때 교주는 숨이 끊어진 지 오래였다.

교주 앞에 무릎을 꿇어 고개를 깊이 숙인 무한은 바닥에 새겨진 글귀를 볼 수 있었다.

다소 시일이 걸릴 것이나, 밖에서도 안쪽으로 무너진 동굴을 뚫고 있으니 나가는 것이 가능할 것이다.

세상으로 나가거든 정화에게 노부를 대신해 벌을 내려라.

그것으로 노부는 족하니라.

시원한 바람이 얼굴에 닿는다. 무한은 한동안 바람을 맞고 서 있었다. 드디어 밖으로 나가는 길이 열렸다. 마선이 천마의 무공을 가지고 밖으로 나간 지 꼬박 이 년이란 시간이 흐른 뒤였다. 그나마도 정화의 수하들이 무너진 동굴을 밖에서 안쪽으로 파 들어오지 않았다면 얼마가 더 걸렸을지 알 수 없었다.

무한은 교주의 영면을 위해 기껏 뚫어놓았던 동굴을 다시 틀어막아 버리고, 한쪽에 나란히 놓인 곡괭이와 정 등을 바라보았다. 지금은 일꾼들의 교대 시간이라 하루 열두 시진 중 유일하게 반 시진 정도 비는 시간이었다. 우연히 그 시간에 나온 것이 아니라 무한이 밖에서 들려온 소리로 매일 이 시간에 반 시진 정도 쉰다는 것을 알고 시간을 계산해 동굴을 뚫고 밖으로 나온 것이다. 환히 뚫린 동굴을 걸어 수직 동굴 아래에 도착했다. 위를 올려다보았지만 빛 한 점 없었다. 아무래도 밤인 듯했다.

하만과 타고 내려왔던 쇠 두레박은 없었지만 올라가는 데는 문제가 없었다. 무한은 문득 자신이 나온 진법이 설치된 방향과 반대편으로 뚫린 폭이 좁은 동굴을 바라보았다. 처음 하만과 이곳에 발을 디뎠을 때, 저쪽에 시선을 두자 하만이 신경 쓰지 말라며 강한 주의를 주었던 기억이 떠올랐다.

'대체 저곳에 무엇이 있기에……'

무한은 당장 나가고픈 마음이 굴뚝같았지만, 눈을 감고 의식을 집중했다. 감각을 넘어선 감각, 두 번째 단전을 엶으로 인해 얻은 초감각이 실같이 풀려 나갔다.

무한이 눈을 번쩍 떴다. 있다. 저 안에 누군가 있었다.

무한은 서둘러 동굴로 향했다. 구불구불 이어진 동굴은 갈수록 폭이 좁아졌다. 대략 이십 장쯤 들어갔을 때, 꺾어진 벽 끝에 횃불이 반사되어 어른거리는 것이 보였다. 수년이 넘게 암흑의 세월을 살아온 무한은 그만한 빛에도 눈을 바늘로 찌르는 통증을 느꼈다.

무한은 옷깃을 찢어 두텁게 덧대어 눈을 감쌌다. 그렇지 않아도 전신 감각이 이전에 비해 몇 배나 예민해진 상태인데, 적응 기간도 없이 횃불을 정면에서 바라봤다가는 당장 실명할지도 모를 일이었다. 눈을 가린 무한은 계속해서 안으로 들어갔다. 움직임이 하도 자연스러워 앞을 보지 못하는 사람 같지가 않았다.

얼마쯤 걸었을 때, 청각에 호흡이 잡혔다. 무림인이라 하기에는 호흡이 짧았지만, 일반 사람들에 비하면 다소 긴 호흡이다. 초보적인 내공심법을 익힌 자였다. 숨소리가 단단한 무언가에 부딪쳐 잘게 갈라져 나오고 있다. 무한은 세로로 길게 갈라진 여러 개의 틈을 연상했다.

텅!

예상대로였다. 두꺼운 철창이 앞을 가로막았다.

어린아이 팔뚝만큼 굵은 철창 속에 갇혀 있던 사내는 고개를 들어 횃불을 등지고 선 무한을 바라보았다.

"처음 보는 얼굴이군."

의외로 젊은 음성이었다. 한데 기이한 점은 사내의 음성이 귀에 익다는 것이었다. 뇌리에 벼락처럼 떠오르는 얼굴이 있었다.

"왜 대답이 없는가? 이제 내가 쓸모가 없어져 죽이러 온 것인가?"

사내의 지치고 고단한 음색에 절망의 기운이 물씬 풍긴다. 그러면서도 어딘지 모르게 꼿꼿한 자존심이 엿보인다. 그것은 지고한 자리에 올랐던 자만이 가질 수 있는 위엄이었다.

무한은 사내가 자신이 생각한 사람이 맞을 거라 확신했다.

"세상 그 어디에도 쓸모없는 목숨은 없습니다."

"그대는 누구인가?"

사내의 음성이 잘게 떨려 나왔다.

만화가 빛살처럼 뽑혔다가 다시 제 집으로 들어갔다. 마치 독사가 혀를 내밀었다가 집어넣은 것처럼 미세한 소리만 났을 뿐인데, 주먹만 한 자물통이 반으로 쪼개져 바닥을 굴렀다.

입을 떡 벌리고 있는 사내에게 무한이 옅은 미소를 머금으며 말했다.

"당신을 이 지옥에서 꺼내줄 사람입니다."

"나, 나를 꺼내준다? 그대는 내가 누구인 줄 알고 하는 소리인가?"

"누구든 억울하게 감금되었다면 응당 구하는 것이 사람의 도리지요. 그렇지 않습니까, 세자 저하?"

第三章
천하제일세가

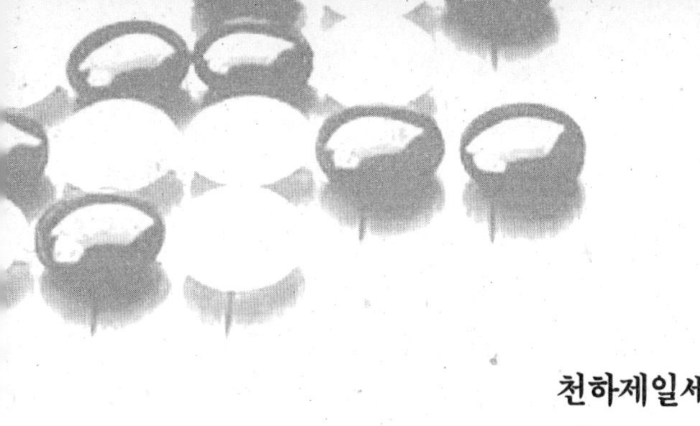

천하제일세가 1

　한낮, 얼굴이 거친 수염으로 뒤덮인 두 사내가 커다란 대문 앞에 섰다. 거의 사 년 만에 세상에 나온 무한과 그보다 몇 년 앞서 가짜와 바꿔치기되어 뇌옥에 감금되어 있던 진짜 세자였다.

　갖가지 무기를 소지한 많은 사람들이 대문 앞에 무질서하게 서 있었다. 그중 무리에 섞여 있던 덩치가 곰 같은 사내가 무한 일행의 행색을 훑어보고는 피식 웃었다. 무한과 세자는 청색 무복을 입고 있었다. 수직 동굴 입구를 지키고 있던 정화의 하수인들을 처치하고 그들의 옷으로 갈아입은 것이다.

　무한과 세자는 무척이나 말라 꼬챙이를 연상시킬 정도였다. 그 때문에 옷이 몸에 바짝 달라붙어 몸맵시가 드러나야 할 무복이 도포 자락처럼 치렁치렁했다. 그뿐이면 그저 옷이 좀 크구나 하고 말 일인데, 무한이 헝겊으로 눈을 겹겹이 두르고 있으니 관심을 끌 수밖에.

"카악, 퉤! 이제는 장님까지 설쳐 대는군."

덩치가 재수 옴 붙었다는 투로 침을 뱉으며 지껄이자, 곧 다른 자들의 이목도 무한 등에게 집중되었다. 여기저기서 비웃음이 터진다. 덩치의 곁에 있던 사내가 다가왔다. 한눈에 보기에도 무한 등과는 대조적인 체형이었다.

"누가 감히 우리 형님의 심기를 건드려?"

키는 작달막하지만 어깨가 떡 벌어지고 팔뚝에 푸른 힘줄이 돋아나 힘깨나 쓸 것 같은 사내가 무한과 세자를 삐딱하게 바라보며 말했다.

"설마 너희들도 천하제일세가로 가겠다고 온 건 아니겠지?"

"천하제일세가? 이곳이 천하제일세가요?"

사내가 엉뚱하게 되묻는 무한을 뜨악한 얼굴로 바라보았다.

"이건 또 무슨 봉창 두드리는 소리야? 여긴 설공 대인의 장원이다. 그것도 모르고 왔느냐?"

"물론 알고 왔소."

이곳은 일대에서 가장 부자인 설공이라는 거상의 장원이었다. 무한은 이번에 중요 물품을 북경까지 호송하려 대대적으로 호위해 줄 무인을 뽑고 있다는 소식을 듣고 찾아온 길이었다.

북경까지는 수만리 길. 더군다나 몇 년 전 강력한 무력을 가진 막위숭이라는 자가 출현해 감숙성 전역에 흩어져 활동하던 마적단을 일통했다. 그런 만만찮은 땅을 지나야 했기에 상단에서는 이미 고용된 호위 이외에도 따로 용병을 구하고 있었다.

노잣돈 한 푼 없는 빈털터리인 무한으로서는 구걸이나 강도

짓을 하지 않는 이상, 북경까지 가자면 일거리를 찾아 노잣돈을
마련해야 했다. 그런데 마침 거상의 행선지가 북경이라니 이보
다 좋은 일거리가 없었다.

사내가 무한에게 시비를 붙이려는 찰나, 날렵한 갈색 경장을
입은 무인이 대문을 열고 나와 소리쳤다.

"다들 들어오시오!"

호위가 되어보겠다고 모인 무인들이 넓은 마당에 가득 들어
찬 가운데, 제법 분위기를 갖춘 수십 명의 무인이 장내에 나타
났다. 무리의 중앙에 선 우람한 체격을 가진 반백(半白)의 무인
이 사람들의 시선을 잡아끌었다.

그는 설공상단의 호위대장 진웅이었다. 진웅은 타고난 완력
을 이십사 초 파산도법으로 극대화시킨 상당한 경지의 무인으
로, 절정고수에 비할 바는 아니었지만 일류고수 두셋 정도는 간
단히 해치울 실력이라 인근에서 알아주는 고수였다.

진웅이 댓돌에 올라 습관적으로 수염을 한차례 쓸어내린 후
무리에게 말했다.

"우리가 이번에 뽑고자 하는 호위는 스무 명이다!"

웅성임이 커졌다. 몇몇은 아예 어깨가 축 늘어졌다. 그도 그
럴 것이, 모인 사람이 대충 헤아려도 팔십이 넘는다. 넷 중에 셋
은 빈손으로 돌아가게 생긴 것이다. 그러거나 말거나 진웅이 냉
정한 음성은 계속 이어졌다.

"호위를 뽑자고 칼부림을 하는 것도 난처한 일. 나 파산도가
임의로 뽑도록 하겠다. 호위는 일등급에서 삼등급까지, 보수는
실력에 따라 차등 지급한다. 만약 내 안목을 의심하는 자가 있

거든 언제든 칼을 뽑도록 해라. 도전을 받아주겠다.”

숫제 으름장이다. 우열도 가려보지 않고 임의대로 뽑겠단다. 거기다 아니꼬우면 덤비라니 어이가 없었다. 무한은 기가 막혔지만 다른 자들의 신색은 당연하다는 듯 수긍하는 눈치들이었다. 무한이 부당함을 말하려 할 때 진웅이 말을 이었다.

“혹 천하제일세가로 가려는 목적으로 이곳에 온 자가 있다면, 탈락하더라도 돌아가지 않아도 된다.”

“대장님, 그것이 무슨 말씀이십니까?”

무리 중 누군가의 물음에 진웅이 대답했다.

“정식 호위무사에 대한 예우는 하지 않겠지만, 본 상단과 동행을 허락하겠다는 뜻이다. 물론 먹고 자는 것 정도는 본 상단에서 해결해 줄 것이다.”

알려진 것이 비해 고작 스무 명만 뽑는다기에 의아했는데, 이런 속셈이 있었을 줄이야. 동행을 허락한다는 것은 유사시에 저들을 써먹겠다는 속내가 다분했다. 어쨌든 동행하다 도적을 만나면 한 배에 탄 처지라 나머지 무인들도 손을 쓰지 않고는 못 배길 테니 말이다.

조금만 생각하면 저들의 얍삽한 의도를 알 수 있을 텐데, 이번에도 다른 무인들은 반발하지 않았다. 오히려 다행이라는 분위기였다.

무한은 상단의 행태에 내심 코웃음이 나왔지만 다른 자들이 별로 불만이 없는 것 같기에 이번에도 참았다. 한데 이상한 것이 있었다. 분명 그가 중원에 있을 때는 천하제일세가라는 말을 들어본 적이 없었다.

무한이 생각에 잠긴 동안 좌중 사이를 지나다니며 한 명 한 명 지목하기 시작했다.

"거기 너! 그리고 너! 너!"

파산도가 무리 사이를 지나다니며 잠깐 만에 열아홉 명을 지목했다. 그중 곰 같은 덩치도 포함되어 있었고, 문밖에서 무한에게 시비를 걸었던 자도 포함되어 있었다. 이내 무한 앞에 이른 진웅이 무한의 전신을 쓸어보았다. 진웅이 무한을 보아하니 손에 아무것도 들린 것이 없다. 하면 주먹질이 특기라는 것인데 정권이 굳은살은커녕 매끈하다. 내력을 익힌 흔적 또한 눈을 씻고 봐도 없었다.

"맹인인가?"

"당분간은 그렇습니다."

"당분간이라? 하면 곧 회복된단 말인가?"

"비슷합니다."

무한의 당당하고도 거리낌없는 언사에 파산도의 얼굴이 굳어진다. 냉큼 쫓아내려던 그는 자신의 관대함을 사람들에게 보이기 위해 질문을 던졌다.

"특기는?"

"검을 조금 씁니다."

"검도 없이 검을 쓴다?"

"필요할 때가 되면 찾아서 뽑겠습니다."

무한의 황당한 대답에 여기저기서 폭소가 터졌다.

"본 상단의 호위무사가 되겠다고 온 이유는?"

"가고자 하는 길과 같습니다."

파산도가 그럼 그렇지 하는 얼굴로 돌아선다. 그리고는 냉큼 다른 자를 지목했다.

"마지막으로 너!"

파산도가 스무 명을 모두 지명하고는 무한에게 선심 쓰듯 말했다.

"상단 대열에 합류해도 좋다. 먹는 것과 자는 것 정도는 책임져 줄 테니."

혼자라면 상관없으나 지금은 혼자가 아니다. 세자는 이처럼 막 대할 인물이 아니었다.

"나 때문이라면 나설 것 없네."

세자가 나서려는 무한의 소매를 붙들었다.

2

사두마차를 탄 설공과 명마를 타고 검을 비켜 찬 파산도가 선두에 섰다. 그 뒤로 짐을 가득 실은 서른 대의 수레가 뒤를 따랐다. 수레 중간중간 말을 탄 호위들이 서고, 수레 뒤로 오십여 명의 짐꾼이 등짐을 지고 따랐다. 마지막으로 호위에서 탈락한 수십 명이 열을 지어 길을 나섰다.

사람 수만 이백이 훌쩍 넘는데다, 수레를 끄는 나귀와 호위를 태운 마필 등, 동물의 수만 해도 이백에 가까운 거창한 행렬이었다.

호위에서 탈락한 사람들 틈에서 세자와 나란히 걷던 무한이 곁에 선 사내에게 물었다.

"그런데 대체 천하제일세가가 어디요?"

무한이 말을 걸어오자 대문 앞에서 대화를 나눴던 작달막한 사내가 인상을 찌푸렸다.

"그전에 한 가지 물을 것이 있다."

"말씀해 보시오."

"진짜 맹인이냐, 아니면 정말 잠시 다쳐서 회복 중인 거냐?"

"그게 중요하오?"

사내가 습관적으로 침을 뱉고는 제 손가락을 우두둑 꺾어 위압감을 조성하며 말했다.

"카악, 퉤! 물론 중요하지. 네가 맹인이라면 이 무리에서 빠져야 할 테니까 말이다."

"그게 무슨 말이오?"

"부정 탈까 봐 목욕재계까지 하고 나선 마당이다 이 말이야. 알아들어?"

"맹인이면 부정이 타니 무리에서 꺼져 달라 이거요?"

"말귀 하나는 잘 알아듣는구나."

무한은 각박한 인심에 탄식이 절로 나왔다. 울화가 치밀었지만, 소란을 일으키고 싶지 않아 꾹 참고 고개를 저었다.

"휴, 어제도 말했다시피 잠시 다친 것에 불과하오."

사내가 의심의 눈초리로 말했다.

"한데 걷는 품이 자연스러워도 너무나 자연스럽단 말이야. 평생 이렇게 살아온 사람처럼 능숙하단 말이지."

"어찌 세상을 눈만으로 보겠소. 무공이 경지에 이르면 눈으로 보지 않아도 마음으로 볼 수 있는 법이오. 심안이 열리면 오히려 두 눈으로 보는 것보다 배는 많은 것을 볼 수 있다오.”

무한의 말에 사내는 물론이고 다른 자들까지 폭소를 터뜨렸다. 사내가 조롱 가득한 음성으로 물었다.

“어이쿠, 그러셔? 한데 고수 나리, 어찌하면 그런 경지에 도달할 수 있게 되는 거요?”

“그런 경지에 이르려면 맹인과 동행하면 재수가 없다는 편견부터 버리도록 하시오. 한데 천하제일세가에 대한 물음에 아직 답하지 않은 걸로 아오만?”

“거참, 허풍선이 말은 청산유수일세. 그런데 어째 천하제일산동세가를 모르나?”

천하제일세가가 산동악가를 두고 이르는 말이었단 말인가?

“미안하구려. 한동안 심산에 틀어박혀 사부 밑에서 수련만 했더니 세상일에 감감무소식이오. 한데 이렇게 다들 그 먼 산동악가를 가는 이유가 무엇이오?”

무한이 심산 수련 운운하자 사내가 같잖다는 듯 피식 웃으며 말했다.

“내달 보름 산동세가에서 군웅대회가 있다. 우리는 그곳에 가는 길이고.”

내달 보름이면 일정이 빠듯했다.

“무엇 때문에 군웅대회를 연단 말이오?”

“아무리 산에 틀어박혀 있었다고 해도 마선을 모르지는 않을 텐데?”

“물론 그 정도는 알고 있소.”

“그 마선이 어둠 속에 숨어 자신의 악마적인 절기를 전수한 제자를 한 명씩 내려 보내고 있다. 무림에서는 놈을 혈아라 부르는데, 삼지산에서 화산제일검 도천상 대협이 혈아와 맞닥뜨려 목숨을 잃을 뻔했던 이후로 한동안 잠잠했지. 그런데 이 년 전에 혈아가 다시 튀어나와 폭주를 일으켰다. 그때 죽은 자가 셀 수 없이 많았단 말이야. 그 후로도 몇 번이나 혈아들이 출몰하여 굵직한 몇 개 문파가 박살이 났지.”

“그런 일이 있었소? 한데 혈아들이라면 하나가 아니란 말이오?”

“말도 마라. 지금까지 잡아 죽인 혈아만 셋이다.”

“잡아 죽였다?”

“셋 모두 백선기협(白扇奇俠)께서 처단하셨지. 그분이 아니었더라면 일찌감치 무림은 마선의 손에 들어가 도탄에 빠졌을 거다. 그러니 감사하라고.”

전립이 부채를 사용하던 모습이 떠올라 백선기협이라는 별호를 무심히 넘길 수 없었다.

“부채를 무기로 쓰는 사람 같은데 대단한 사람인 모양이구려.”

“이르다 뿐이야? 사십도 안 된 나이에 무당의 정선과 비견되는 분이라면 말 다했지.”

“저런! 정말 대단하구려. 그럼 이번 군웅대회는 마선 때문에 열리는 것이오?”

무한이 놀라며 추임새를 넣어주자 사내가 신이 나서 말했다.

“이번 대회는 백선기협이 속한 천하제일세가가 주도하고 구파일방과 나머지 세가들이 적극 동조함으로써 치러지게 된 거다. 마선과 그의 제자들을 상대할 고수를 추려 특무대라 명명하고, 특무대를 통솔할 대주를 뽑는다고 하더군.”

가만 들어보니 말이 특무대주지 무림맹주나 다름없었다. 무한의 표정이 굳어지고 있을 때, 앞서 가던 자가 문득 생각났다는 듯 말했다.

“한데 그 흉악무도한 놈은 아직도 잡지 못한 건가?”

“아직 잡았다는 소리를 듣지 못했으니 잡지 못한 것이겠지.”

무한이 물었다.

“흉악무도한 자라니, 마선의 일 말고 또 다른 일이 있소?”

처음 흉악한 자에 대해 언급했던 사내가 말했다.

“아마 이 년 전쯤부터였을 거요. 혈아의 출현으로 뒤숭숭하던 시기에 아녀자들을 겁간하고 잔인하게 죽이는 흉악무도한 놈이 나타났소. 그런데 이놈이 보통 잔인한 색마가 아니더라 이 말이오. 어떤 날인가는 하룻밤에 여섯이나 겁간하고 죽인 적도 있었다오. 지난 이 년 동안 하북, 하남, 산동, 강서, 안휘 일대에서 놈에게 희생된 부녀자가 족히 백 명은 될 거요.”

한낱 색욕에 눈이 먼 자에게 그리 많은 사람이 희생되다니 믿기 어려운 일이었다.

“한데 그런 자를 아직도 잡지 못했다는 말이오?”

“관아뿐 아니라 무림 문파에서도 대대적으로 조사했소. 하지만 잔챙이들만 걸려들었을 뿐 녀석은 잡지 못했소. 놈이 얼마나 용의주도하고 주도면밀한지 알 만하지 않소?”

무한과 사내가 색마에 대해 이야기를 나누자, 처음 백선기협에 대해 침을 튀기며 말하던 사내가 화제를 돌렸다.

"그 재수없는 색마 얘기는 그만두고 백선기협에 대한 이야기나 마저 하자고. 자네들은 누가 특무대주가 될 것 같은가?"

앞서 걷던 사내가 대답했다.

"백선기협과 특무대주를 다툴 사람이야 일검진혼 도 대협이 유일하지 않겠나? 그분이라면 백선기협과 자웅을 겨뤄도 별로 손색이 없을 것 같은데."

"백선기협의 상대가 될 만한 사람은 일검진혼 도 대협뿐이라는 것에는 동의하네. 하지만 그분은 이번 군웅대회에 참석지 못할 거야. 화산 장문이 지병으로 오늘내일한다지 않은가?"

그때 말없이 걷던 또 다른 자가 중얼거리듯 말했다.

"거참 아쉽군. 자금성의 그가 이번 대회에 참석한다면 참 재미있어질 텐데 말이야."

의문 가득한 사람들의 이목이 사내에게 쏠렸다.

"자금성이라니? 그 무슨 뚱딴지같은 소린가?"

"자네들은 그새 잊었나? 도 대협보다도 오히려 백선기협을 꺾을 가능성이 큰 사람이 있다는 걸 말일세."

그때 누군가가 무릎을 치며 말했다.

"아! 깜빡 잊고 있었군. 기검신협(棋劍神俠) 말이지?"

사내의 말에 다들 끄덕이며 수긍하는 태도를 보였다.

"소문대로라면 기검신협이 어쩌면 도 대협보다 더 고수일지도 모르지. 하지만 그는 무림인이 아니지 않은가?"

"그러니 아쉽다는 거지. 게다가 항간에는 그가 조선으로 돌아갔다는 소문도 있으니 이번 대회에 참석할 가능성은 전혀 없다고 봐야겠지."

"기검신협은 또 누구요?"

무한의 물음에 한 사내가 피식 웃으며 말했다.

"쯧, 내 왜 안 물어보나 했소. 그분이 누군가 하면 말이오, 금의위의 북진무사로 한때 마선의 제자로 오해받았던 분이오. 그분이 쓰는 보법이 마선의 것과 같다고 하더이다. 그러니 의심을 받을 수밖에 없지 않았겠소? 아니, 그런데 글쎄 그분이 말하기를, 일전 마선의 제자가 펼치는 보법을 딱 한 번 보고 배운 거라 하지 않았겠소? 그러니 누가 믿겠느냔 말이오. 어떻소, 형씨라면 그 말을 곧이곧대로 믿을 수 있겠소?"

"글쎄, 나로서도 쉽게 믿어지지 않을 것 같구려."

"그렇지. 다들 형씨처럼 그분의 말을 믿지 않았소. 그런데 자신을 마선의 제자로 몰아가던 뭇 고수들 앞에서 단 한 차례 본 것만으로 개방 장로가 펼친 보법을 완벽하게 재현해 내지 않았겠소?"

무한이 내심 쓴웃음을 짓는 것도 모르고 사내가 말을 이었다.

"한데 그분에 대해 후에 알려지기를, 다루기 힘들다는 연검을 귀신같이 쓰는데다, 기예 또한 중원에서 따를 자가 없다고 하더라 이 말이오. 얼마나 대단하냐 하면 흑백괴동 그 괴물 같은 노인네들을 각각 일 검에 사로잡고, 다섯 점, 여섯 점 바둑으로 불계승을 수차례나 거뒀다 이 말이오. 그러니 그분을 기검신협 아니고 뭐라 부르겠소?"

"기검신협이란 사람에 대해서는 잘 알았소. 그건 그렇고, 백선기협의 성함을 알 수 있겠소?"

처음 백선기협에 대해 얘기했던 사내가 곁에서 그 말을 듣고 퉁명스럽게 말했다.

"그분의 함자는 왜 또 물어?"

"혹 아는 사람이 아닐까 해서 말이오."

무한의 말에 모두들 배를 잡고 웃어댔다. 저만치서 앞서 걷던 자가 돌아보며 말했다.

"맹인이 아니라는 말은 심히 의심스럽지만, 저자와 동행하면 심심치는 않아 좋겠군. 이리도 사람을 웃기는 재주가 있으니 말이야. 여보게, 천성이, 아까부터 듣자 하니 보통 분이 아닌 듯하네. 절대로 그분께 무례치 말게나. 혹시 아나? 진짜 백선기협과 죽마고우일지? 정말 그렇다면 뒷배가 되어줄지 누가 알겠냔 말일세."

사내의 조롱에 사람들이 낄낄대고, 천성이라 불린 사내가 시큰둥한 얼굴로 말했다.

"귀를 씻고 듣도록 하라고. 백선기협의 함자는 악 자, 전 자, 립 자를 쓴다."

악전립. 드디어 놈을 찾았다. 무한은 기어이 그 세 글자를 다른 이의 입에서 듣고 말았다. 전립이라는 이름이 가명일 거라 생각했는데, 막상 전립이라는 이름을 듣자 기분이 묘했다.

행렬은 청해성을 출발한 지 닷새 만에 감숙성에 이르렀다. 감숙성에 들어서자 모두들 약속이라도 한 듯 말수가 급격히 줄어들었다. 대신 속도가 배는 빨라졌다. 때는 유월 하순. 찌는 듯한 더위에 피로가 잔뜩 쌓였을 짐꾼들마저도 잔뜩 굳은 얼굴로 숫제 뛰다시피 잰걸음을 걸었다. 이유는 언제 출몰할지 모를 마적단 때문이었다.

감숙성에서의 첫날은 무탈하게 지나갔다. 이제 하루만 더 버티면 감숙성을 벗어날 수 있었다. 다음날 해가 뜨기 전부터 출발한 행렬은 작열하는 태양을 아랑곳 않고 길을 재촉했다. 강행군이었지만 곧 이곳을 벗어날 수 있다는 생각에 입에서 단내가 나도 누구 하나 불평하는 사람이 없었다. 하지만 그들의 눈물겨운 노력은 결국 허사로 돌아가고 말았다.

두두두!

지축을 뒤흔드는 말발굽 소리가 들려왔다. 호위들이 탄 말들이 놀라 경기를 일으켰고, 행렬은 그대로 얼어붙었다. 얼마 안가 멀리 지평선에서 먼지구름이 자욱하게 일었다. 그토록 만나지 않기를 바랐던 자들, 마적단의 출현이었다.

진웅이 흥분한 말을 달래고 일행을 돌아보며 소리쳤다.

"동요치 마라!"

동요치 말라면서 벌써 자신의 얼굴은 잔뜩 굳어져 있으니, 말이 씨도 먹히지 않는다. 먼지구름이 가까워지고, 곧 사람을 식별할 정도가 이르자 사람들은 마른침을 꿀꺽 삼켰다. 숫자를 많아 보이게 하기 위해 일렬로 늘어선 것을 감안해도, 마적단의 수는 족히 오륙 백을 넘어서고 있었다.

무한은 눈을 가렸던 헝겊을 하루에 한 꺼풀씩 줄여 눈을 가린 헝겊이 무척 얇아져 있기는 했지만 여전히 눈을 가린 상태였다. 그럼에도 마적들의 수가 얼마인지, 개개인의 기도가 어느 정도인지 환히 꿰뚫었다.

마적단원들에게서 느껴지는 개개인의 기운은 이쪽 사람들에 비해 별로 뒤처지지 않았다. 개개의 무력이 비슷한 상황에서 숫자가 세 배에 이른다. 거기에 마적단 수괴로 예상되는 자의 기운은 호위대장 진웅을 능가하고 있었다.

무한이 전력을 분석하고 있을 때, 마적단이 거리를 두고 멈춰서서 일제히 활을 겨누었다.

무한은 뾰족한 한 점에 모여드는 살기와, 시위를 당기는 소리를 듣고 저들에게 활이 있음을 깨달았다. 마적단이라기에 무지막지하게 달려들어 칼과 창을 휘두를 것이라 예상했는데 저들의 행태는 무한으로서도 무척이나 의외였다. 호위대장 진웅은 저들이 다짜고짜 활을 쏘려 하자 크게 당황했다. 잠시 후면 화살비에 사람이고 짐승이고 모조리 죽어 나갈 판이었다.

"멈추시오! 막 대협, 어찌 말로써 해결하려 하지 않고 이리 험악하게 나오시는 게요!"

진웅이 고함에 마적단 무리에서 우락부락하게 생긴 털보가 대감도를 치켜들며 말을 몰아 앞으로 나섰다.

"들어라! 살고 싶거든 물품을 두고 썩 물러가거라!"

"그대가 막위숭 대협이시오?"

"흥! 어찌 나 같은 하찮은 자가 대장님이 될 수 있겠느냐!"

적장을 알아보지 못한 진웅이 부끄러움에 안색을 붉히며 사내의 뒤쪽을 바라보았다. 마침 무리 뒤쪽에 서 있던 자가 말을 몰아 천천히 앞으로 나서고 있었다. 탄탄한 몸매가 드러나 보이는 흑색 무복의 사십대 사내, 그가 진짜 마적단의 두목 막위숭이었다.

막위숭이 턱짓을 하자 앞으로 나섰던 털보가 소리쳤다.

"살 길을 일러주겠다! 물건과 말을 두고 당장 떠나라!"

무한은 내심 막위숭의 행사에 감탄했다. 그는 수하를 전면에 등장시켜 진웅을 상대케 함으로써 자신의 위치를 한 단계 격상시키고 있었다. 진웅도 그것을 모를 리 없었다. 그는 털보를 바로 보지도 않고 막위숭에게 소리쳤다.

"들으시오! 어찌 도의를 저버리시려는 게요! 그러지 말고 진짜 원하는 것을 말해보시오!"

그제야 막위숭이 수하를 물리고 앞으로 나섰다.

"이 막 모는 강호인으로 도의를 저버릴 생각이 없다."

진웅이 내심 가슴을 쓸어내리려는데 막위숭이 말을 뒤집었다.

"그러나 보시다시피 식구가 불어나 어려움이 있으니, 여유가 있는 설공상단이 사정을 봐서 물건을 두고 물러서라는 거다! 그리한다면 인명은 살상치 않겠다!"

막위숭의 음성이 황야를 쩌렁쩌렁 울렸다. 생각보다 더한 공력에 진웅의 낯빛이 숫제 사색이 되었다.

'아아, 오늘은 득보다 실이 많겠구나.'

진웅은 오늘이 일생일대의 위기임을 직감했다. 사실 그가 강호 도의를 내세웠지만, 마적단에게 그런 걸 요구한다는 것 자체가 어불성설이었다. 저들은 스스로를 강호 무인이라 생각하는 녹림도와는 또 달랐다. 서로 사정을 봐줘가며 일부 통행료를 받는다거나 하는 것이 아니라 서슴없이 사람을 죽이고 물건을 강탈하는 무리였다.

"진 대장, 어찌 되어가는가?"

마차 밖으로 새어 나오는 설공의 물음에 진웅이 말했다.

"저들은 전부를 원하고 있습니다."

마차 안에서 노기 가득한 음성이 들려왔다.

"나도 귀가 있으니 그 정도는 알고 있네. 어찌할 거냐고 묻는 것이 아닌가!"

진웅은 땀을 비칠비칠 흘릴 뿐 선뜻 답을 내놓지 못했다. 아무리 생각해도 물건들을 전부 두고 물러선다는 건 있을 수 없는 일이었다. 귀족들에게 팔 고가의 물품이 상당수 포함되어 있었다. 전부를 잃는다면 설공상단으로서도 회복하기 힘든 타격이 될 터였다.

그렇다고 싸우겠다고 할 수도 없었다. 굳이 택일하라면 죽어서 잃는 것이나 잃고 물러서는 것이나 물건을 잃는 건 매한가지이니, 목숨이라도 건지는 편이 옳은 선택이었다.

마차 안에서 설공의 음성이 신음처럼 들려왔다.

"끄응, 이 할을 걸고 흥정을 해보게."

진웅이 다소 밝아진 얼굴로 설공이 탄 마차를 향해 깊이 읍한 후 설공의 뜻을 막위승에게 전했다. 그러나 돌아온 막위승의 대답은 냉담하다 못해 살벌했다.

"화살을 장전하라!"

빠드득!

수백 개의 활이 앓는 소리를 내며 팽팽히 당겨졌다. 짐꾼과 마부들이 얼굴이 하얗게 변해서 짐 뒤로 숨어들었다. 그때 마차 안에서 설공의 다급한 음성이 들려왔다.

"삼 할!"

진웅이 급히 설공의 말을 전했다.

"삼 할! 삼 할을 주겠으니……!"

"쏴라!"

진웅의 말이 끝나기도 전에 발사 명령이 떨어졌다. 동시에 수백 발의 화살이 강렬한 햇살을 가르며 날아들었다.

슈슈슉! 퍼버퍽! 히히힝!

짐꾼들과 마부 등은 미리 피해 있어 피해가 없었지만, 노출되어 있던 나귀와 말 수십 마리가 단말마를 지르며 거꾸러졌다. 문제는 급소를 피해 죽음을 면한 말들이었다. 몇 마리의 말이 미친 듯이 날뛰어 등에 탄 호위들을 떨어뜨렸고, 그 소란에 화살에 맞지 않은 말들까지도 덩달아 날뛰는 통에 싸워보기도 전에 진영이 아수라장이 되었다. 아직 죽은 사람은 없었지만, 화살에 맞거나 말에 밟혀 신음을 토하는 자가 적지 않았다.

"이런 빌어먹을! 그깟 숙식 제공한다는 말에 혹한 내가 미친 놈이지."

간신히 자신에게 날아든 화살 한 대를 막아낸 천성이 욕지거리를 해댔다. 그뿐 아니라 다들 마찬가지 심정이었다. 그때 설공이 마차 안에서 악을 써댔다.

"오 할! 오 할을 주겠다고 해!"

진웅이 설공의 뜻을 전했지만, 여전히 저들의 반응은 싸늘했다.

"이 발 장전!"

진웅이 이를 바드득 갈아붙였다.

"빌어먹을 놈들, 결국 다 빼앗겠다는 말이 진심이었구나!"

저들의 이 같은 대응은 무한으로서도 예상치 못한 일이었다. 저들은 대면 즉시 공격할 수 있었다. 그럼에도 물러갈 시간을 준 것은 양자 간 희생을 최소한으로 하려는 의지가 있기 때문이라고 생각했다. 당연히 협상의 여지도 있다고 여겼다.

그런데 아니었다. 타협의 여지가 없다. 애초에 모든 것을 빼앗기로 작정하고 나온 자들이었다. 저들이 처음부터 활을 쏘지 않은 건 희생을 최소화하겠다는 뜻이 아니라 전리품, 즉 말과 나귀 따위를 상하지 않고 온전히 얻겠다는 욕심이었던 것이다.

무한은 설공상단의 행사가 괘씸하여 웬만하면 두고 보려 했다. 한데 저들이 이리 나오니 두고 볼 수만은 없게 되었다. 무슨 물품이 수레에 실려 있는지 알 수는 없었지만, 지금껏 설공상단과 동행한 바로 포기할 수 없는 것이라는 것 정도는 알 수 있었다. 물러설 수 없으니 결국은 싸워야 했고, 그렇게 되면 전멸을 면치 못할 터였다.

무한이 나서려는 마음을 먹고 있을 때 곁에 있던 세자가 말했다.

"이러다 사람까지 죽겠군. 정말 나서지 않을 참인가?"

세자의 말에 무한이 짐짓 속내를 숨기고 물었다.

"설공상단 하는 짓을 보지 않으셨습니까? 저들의 행실로 보아 백성들의 고혈을 짜내어 축적한 것이 틀림없습니다. 저들은 당해도 싼 자들입니다."

"하지만 나머지 힘없는 사람들은 무슨 죄인가. 부탁하네. 가능하다면 자네가 나서주게."

"정 불편하시다면 짐꾼과 마부들만 구하겠습니다."

"부탁하네. 기왕 나선 김에 다른 사람들도 구해주면 안 되겠나? 자네에게 구함을 받는다면 저들도 깨닫는 바가 있을 것일세. 최소한 개과천선할 기회는 주어야 할 것이 아닌가?"

무한은 내심 세자의 어진 성품에 흡족한 미소를 지으며 못 이긴 척 앞으로 나섰다.

무한과 세자의 대화를 들은 천성을 비롯한 몇몇 사람들은 고개를 설레설레 저었다. 이런 상황에서도 허풍을 떨다니, 다들 어이없다는 표정이었다. 그러거나 말거나 무한은 호위에서 탈락한 사람 중 하나에게 곧장 다가갔다.

"활을 잠시만 빌려주시겠소."

사내는 눈이 보이지도 않는 무한이 자신이 활을 가지고 있는 걸 알자 깜짝 놀란 표정을 지었다. 무리 중 활을 가진 사람은 자신이 유일했던 것이다. 하지만 지금 중요한 건 어찌 알았느냐가 아니었다.

"뭘 어떻게 하려고……?"

무한이 빼앗듯 활과 전통을 받아 든 그때, 진웅이 입술이 피가 나도록 씹으며 소리쳤다.

"무엇이라도 좋다! 말에서 내려 은폐물로 몸을 보호하고 전진한다!"

진웅은 시범을 보이듯 말에서 훌쩍 뛰어내리더니 수레 발판을 와장창 뜯어 가슴을 보호하고 앞으로 나섰다. 그 모습이 호기롭기 그지없었으나 냉정히 따져 보면 나가서 모두 죽자는 말밖에 되지 않았다.

한편 사뿐히 뛰어 수레에 오른 무한은 수레를 연이어 밟고 날아, 눈 깜짝할 사이에 맨 앞 수레에 다다랐다. 여기저기서 탄성이 터져 꼬리처럼 무한의 뒤를 따라붙었다.

무한은 탄성을 뒤로하고 마지막 수레를 박차고 단숨에 설공이 탄 마차를 뛰어넘었다.

처척! 히히힝!

정확히 진웅이 내린 말 등에 올라탄 무한은 놀라서 날뛰려는 말을 두 다리로 배를 단단히 옥죄어 제압한 후, 기수를 마적단 쪽으로 돌렸다.

“끼랴!”

무한이 풍기는 기이한 힘에 동화된 말은 자신을 향해 겨눠진 활을 보고도 겁도 없이 잘도 달려나갔다. 십여 장쯤 달려나간 무한은 말을 멈추고 마적단을 쓸어보았다. 눈이 헝겊으로 가려져 쓸어본다는 표현이 우스웠지만 마적단들은 기이하도록 차가운 시선을 느꼈다.

“마적단의 수괴는 들어라!”

휘이잉!

무한의 음성이 대지를 휩쓸 듯 퍼져 나갔다.

절대로 큰 목소리가 아니었다. 한데도 마치 지척에서 말한 것처럼 모든 마적단의 귓속으로 음성이 쟁쟁하게 전해졌다.

“활을 거두고 본거지로 돌아간다면 목숨만은 보존해 주리라!”

앞으로 나섰던 털보가 분에 겨워 도를 허공에 대고 붕붕 휘두르며 소리쳤다.

“이놈! 감히 어느 안전이라고……!”

그때 무한이 쏜 화살 한 발이 공간을 압축하며 빛살처럼 날아 갔다. 전통에서 화살을 꺼내 장전하고 겨누는 일련의 동작이 그 야말로 눈 깜짝할 순간에 이루어진 속사였다. 인지할 겨를도 없 이 날아든 화살은 털보의 도를 직격했다.

쩌저정!

강렬한 파열음과 함께 화살에 부딪친 도가 유리알처럼 산산 이 부서져 나갔다. 수백 개의 금속 파편이 비산하며 각기 햇살 을 반사해 보석처럼 빛무리를 이뤘다. 그러나 아름다운 광경은 찰나에 불과했다. 도를 들고 있던 녀석은 파편에 고스란히 노출 되어 전신이 피로 물들었다. 녀석이 타고 있던 말도 파편에 맞 았는지 미친 듯이 날뛴다. 그 바람에 녀석이 말에서 굴러 떨어 졌다. 부스스 일어나는 품이 부상은 입었을망정 죽을 정도는 아 닌 모양이었다.

무한은 한 대의 화살을 뽑아 들어 천천히 시위에 얹었다.

막위숭은 무한이 활로 자신의 머리를 겨냥하자 숨이 턱 막히 고 목이 바짝 탔다. 소름이 돋고 가슴이 철렁 내려앉았다. 수백 에 달하는 수하가 뒤에 버티고 있음에도 아무런 위안이 되지 않 았다. 세상천지에 활을 겨누고 있는 정체불명의 고수와 자신뿐 인 막막한 기분이었다.

하지만 아무리 생각해도 이대로 물러선다는 건 말이 안 된다. 예서 꼬리를 만다면 그간 수하들로부터 받아온 절대적인 신뢰 가 단번에 무너질 터.

기껏 이십 장이 조금 넘는 거리. 수하들이 일제히 화살을 날 린다면? 그는 인간인 이상 전부 막아낼 수는 없을 거라 여겼다.

"쏴라! 놈에게 쏘란 말이다!"

무한에게 수백 발의 화살이 날아들었다. 한데 이게 어찌 된 일인가.

"헉! 이, 이럴 수가!"

"믿을 수 없다!"

"어찌 이런 일이!"

양 진영에서 경악성이 터져 나왔다.

빗겨 나간 화살들이 무한을 중심으로 무질서하게 박혀 있는 가운데, 무한은 어느새 만화를 빼 들어 앞으로 내밀고 있었다. 한데 그를 향해 제대로 쏘아진 백여 발에 가까운 화살들은 그와 일 장 정도 떨어진 허공에 거짓말처럼 정지해 있었다. 마치 공중에 보이지 않는 촘촘한 그물이 있어 화살을 단단히 잡아 세워 놓고 있는 것처럼 보였다.

무한이 팔을 떨치자 화살들이 우수수 떨어지고 단 한 발의 화살만 공중에 덩그러니 남았다. 무한은 무심한 눈으로 화살을 바라보았다. 속임수 따위가 아니다. 막대한 내공이 만든 현상 또한 아니었다. 화살을 둘러싼 공간은 물론이고 화살 자체에도 단 한 푼의 공력도 깃들어 있지 않았다.

이건 공력을 넘어선 의지, 두 번째 단전의 공능이었다. 지난날 정화가 머리카락 한 올로 그를 희롱했던 것과 궤를 같이하되, 그보다 한 단계 높은 경지의 무공이었다.

파팟!

화살이 방향을 돌려 벼락같이 쏘아졌다. 화살에는 항거 불능의 기운이 깃들어 있었다.

"으윽!"

막위숭의 한 팔이 어깨부터 터져 나갔다. 막위숭은 팔을 잃은 끔찍한 고통 속에서도 무한에게서 시선을 떼지 않았다. 공포로 아랫니와 윗니가 부딪치며 딱딱 소리를 내고 있었지만 그는 그조차도 인지하지 못했다.

"아량은 한 번으로 족하다."

막위숭은 무한의 나직한 음성에 덜덜 떨었다. 살 수 있는 마지막 기회다. 재빨리 혈을 짚어 지혈하고 수하들을 돌아보았다. 다들 아득한 눈으로 무한을 바라보고 있을 뿐, 전의 따위는 없었다.

"전원 퇴각! 퇴각하라!"

막위숭이 퇴각 명령을 내리고 기수를 돌린 그때,

"잠깐!"

무한이 불러 세우자 막위숭이 그새 무한의 마음이 바뀌었나 싶어 하얗게 질린 얼굴로 돌아섰다.

"차후에는 일 할로 만족하라."

살기 위해 냉큼 대답하기에는 사안이 너무도 중대했다.

"하지만 그건 저희에게 죽으라는 얘기밖에 안 됩니다."

"어리석구나! 오늘처럼 전 재산을 몰수한다면 더 이상 이 길을 지나는 상인은 없을 것이다. 그리된다면 너희에게도 해가 됨을 모른단 말이냐?"

"……."

"지금은 너희들의 횡포로 많은 상인들이 이 할, 삼 할을 손해 보면서까지 먼 길을 돌아가고 있다. 설공상단 또한 이 길로 들어서기는 했으되, 호위를 증강하느라 많은 돈을 쏟아 부어야 했다. 만약 너희들이 일 할로 만족하였다면 그 돈을 너희에게 주었을 것이다."

무한의 말에 찔리는 구석이 있는지라 진웅이 고개를 푹 숙였다. 무한이 말을 이었다.

"너희가 일 할을 상납받는 것으로 만족한다면, 더 많은 상인들이 이 길을 이용하게 될 것이다. 일 할을 상납해도 멀리 돌아서 가는 것보다 이득일 테니 말이다. 그리된다면 너희는 전 재산을 빼앗는 것보다 더 많은 수입을 얻을 수 있을 것이다. 그래도 눈앞의 이익에 급급해 사람을 함부로 죽이고 전 재산을 빼앗겠느냐?"

무한의 말은 지극히 합당했다. 그렇지 않아도 마적단을 일통한 이후 위엄을 보이기 위해 닥치는 대로 죽이고 빼앗는 바람에 이곳을 지나는 상인들의 수가 급격히 줄어들어 있었다. 이번 설공상단도 거의 한 달 만의 손님이었다. 사정이 그러해 말 한 마리라도 더 살려서 빼앗기 위해 처음부터 활을 쏘지 않았던 것이다.

"혀, 현명하신 말씀입니다. 이후로는 분부대로 하겠습니다."
"좋다. 그 증표로 수레 두 대를 가지고 가라."
"무, 무슨 말씀이신지……."
"수레가 스무 대니 일 할은 두 대가 아니냐?"
무한의 뜻을 이해한 진웅이 뜨악한 표정을 지었고, 막위숭은 또 그대로 이러지도 저러지도 못하고 있었다.
"지금껏 내 말을 어디로 들은 것이냐! 진정 뜨거운 맛을 보아야 정신을 차리겠느냐!"

무한의 호통이 있고서야 막위숭이 수하에게 명했다.

"무, 물건을 가져와라!"

명을 받은 스무 명 남짓한 자들이 죽을상을 하며 다가왔다. 지금이라도 무한이 나 몰라라 하고 떠난다면 설공상단은 꼼짝없이 당할 처지인지라 두 대의 마차를 군말없이 내주었다. 마적단은 두 대의 수레를 끌고 왔을 때보다 배는 빠르게 사라졌다.

"눈이 어두워 귀인을 몰라 뵈었습니다."

설공이 직접 마차에서 내려 무한을 극진히 맞았다. 무한은 설공의 극진한 예우에도 불구하고 그의 얼굴에서 마땅치 않은 한 줄기 기운을 읽어내고 냉랭하게 말했다.

"감사한다? 진심이오?"

"당연한 말씀입니다. 대협께 심히 감사하고 있습니다. 다만 한 가지 의문점이……."

"의문점이라?"

"대협께서는 저들을 척결하실 수 있으셨을 터인데, 물건까지 쥐어 보내 후환을 남긴 것이 도통 이해가 가지 않아서 말입니다."

그때 뒤쪽에서 잠자코 있던 세자가 앞으로 나섰다.

"설 대인께서는 하나만 알고 둘은 모르시는구려."

설공이 날카로운 시선으로 세자를 바라보자 진웅이 귀에 대고 나직이 무한과 동행임을 일러주었다. 설공은 장사꾼답게 즉시 눈빛을 온후하게 바꾸며 물었다.

"귀인께서 우매함을 깨우쳐 주시겠습니까."

"무한 무사는 무공이 하늘과 같아 눈을 가리고도 천지를 꿰뚫어 볼 뿐만 아니라 강철을 진흙 베듯 하는 고수요. 하나, 그가 그런 힘을 가지고도 마적단을 그냥 돌려보낸 것은 그의 의협심이 모자라서도, 그들과 어떤 거래가 있기 때문도 아니오."

"하면 무엇 때문에……."

"그들을 죽여 마적단을 해체시킨다면 당장은 좋을지 모르나 얼마 안 가 또 다른 마적단이 만들어져 이곳에 터를 잡을 것이오. 그들 또한 여느 마적단들처럼 서슴없이 행인들의 물건을 빼앗고 사람을 죽이겠지요. 하지만 오늘 살아간 자들은 세력이 꽤 크니 한동안 이 황야를 지배할 것이고, 오늘의 공포를 기억하는 한은 일 할의 규칙을 깨지는 못할 것이오."

설공뿐 아니라 의문을 품고 있던 모든 이들이 그제야 무한의 뜻을 이해하고 탄식을 토했다.

"저들을 살려 보낸 것은 저들을 위해서가 아니라 궁극적으로는 이 길을 지나는 저희와 같은 상인들을 위한 것이었단 말씀이시군요."

"그렇소이다."

"우둔하여 거듭 결례를 범하였습니다. 이 은혜와 결례를 어찌 갚아야 할지……."

세자가 말했다.

"무엇을 받자고 한 일이 아니오. 주제넘다 생각할지 모르겠으나 한마디만 더 드리겠소."

"말씀하십시오. 깊이 새기겠습니다."

"인심을 각박하게 쓴다면 당장은 재산이 불어날 것이오. 그러나 후일에 가서는 애써 모은 것들이 한순간에 날아가 버릴 수 있다는 것을 명심하시오."

세자의 의미심장한 말에 설공과 진웅은 식은땀을 흘렸다. 세자의 말대로 만약 꼼수를 부리지 않고 모두를 호위무사로 뽑아 후히 대했더라면, 젊은 고수의 분노를 사지 않고 당당히 호위무사의 일원으로 적을 물리쳤을 터이다.

장사로 잔뼈가 굵은 설공은 세자가 심상치 않다고 생각했다. 열이면 열 무한의 엄청난 무위에 온통 정신을 빼앗기고 있었지만 그는 무한이 아니라 세자에게 더욱더 관심이 갔다.

설공이 빈손으로 시작해 이만한 기업을 일굴 수 있었던 것은 운이 아니었다. 남들에게는 없는 사람을 보는 안목과 탁월한 감각이 있었기에 가능했다. 그 감각이 눈앞의 인물을 극진히 모시라고 말하고 있었다.

"귀인의 말씀, 뼈에 새겨 잊지 않도록 하겠습니다. 누추하나 마차에 오르시지요."

설공의 감각은 이번에도 적중했다.

第四章
조력자를 얻다

조력자를 얻다 1

정화는 이른 시각 황제의 처소에 들었다.

"태감이 무슨 일로 이토록 이른 시간에 짐을 찾았는가."

"폐하께 긴히 아뢸 말씀이 있사옵니다."

"말해보게."

태감이 자못 심각한 얼굴로 말했다.

"폐하, 근래 강호의 정세가 심상치가 않사옵니다."

"심상치가 않다? 무슨 일이 있는 것인가?"

"소신이 동창을 통해 알아본 바로 산동악가에서 대대적인 군웅대회를 연다고 하옵니다. 한데 벌써부터 모여든 자의 수가 물경 기천을 헤아리고 있고, 천하 각지에서 아직도 칼을 찬 자들이 끊임없이 산동악가가 있는 제남으로 향하고 있다고 하옵니다."

황제는 대수롭지 않다는 듯 말했다.

"무슨 일로 그리 큰 모임을 갖는단 말인가?"

"정체가 밝혀지지 않은 무리가 강호에서 혈사를 일으키고 있사온데, 그들을 처단하겠다는 취지로 모이는 대회라 하옵니다."

"기억나는군. 짐이 이미 여러 해 전에 태감에게 배후를 찾아내어 해결하라 시켰던 일이 아니던가?"

"그렇사옵니다. 소신이 동창을 동원하여 조사하였으나 아직 해결치 못한 일이옵니다."

황제는 자신의 명을 이행치 못하고도 전혀 황송한 기색이라고는 없이 당당하기만 한 태감을 보며 얼굴을 찌푸렸다.

"짐이 해결치 못한 일을 저들이 알아서 처결하겠다니 고마운 일이군."

"그렇게만 보실 것이 아니옵니다. 강호의 악적을 처단하겠다는 자리라 하나, 그 규모가 너무도 크옵니다. 이대로라면 수만 명의 칼을 찬 무인들이 한곳에 운집하게 되오니, 반드시 폐하께서 통제하시어 나라의 주인이 누구인지를 보여야만 하옵니다."

수만의 무리는 과장이었다. 설령 수만 명이 모인다 해도 그중 열에 일곱은 구경이나 하자고 찾아온 자들일 터였다.

"위엄을 보이라? 군대라도 보내 저들이 모이는 것을 막는다면 짐의 위엄을 만천하에 보일 수 있겠는가?"

황제의 말속에 가시가 있었다. 실상 이미 황제로서의 위엄은 사라진 지 오래인데 무슨 위엄을 세우라는 것인가. 그런 황제의 마음을 모를 정화가 아님에도 시치미를 뚝 떼고 말했다.

"저들의 모임을 원천적으로 막는다면 반발을 불러올 우려가

크옵니다. 하니, 저들이 모이는 것을 국법으로 허용하여 멍석을
깔아주시되, 사자를 보내시어 대회를 주관케 하시고, 저들이 선
출한 맹주를 폐하께서 정식으로 임명하시옵소서."

"저들은 자존심이 강한 야생마 같은 자들일세. 대체 누가 그
런 일을 해낼 수가 있겠는가."

"근심 마오소서. 소관이 태자 전하와 세자 저하를 모시고 대
회에 참석해 폐하의 위엄을 만천하에 보이고 돌아오겠나이다."

"태자와 세자를 말인가?"

"그렇사옵니다."

황제는 진노 깃든 눈으로 고개를 숙여 간청하는 정화를 바라
보았다. 조정의 권세를 틀어쥐었으니, 이제 무림까지 자신의 힘
을 떨치겠다는 의도다. 한데 굳이 태자와 세자까지 대동하겠다
니 그들을 인질로 삼겠다는 뜻이 아니고 무엇이랴.

실상 간청이 아니라 통보나 다름없다. 허수아비나 진배없는
황제로서는 정화가 그리하겠다는데 막을 힘이 없었다. 그렇다
고 태자와 세자를 데리고 가겠다니 선뜻 허락을 내릴 수도 없었
다. 더군다나 태자는 근래 들어 건강이 다시 악화된 상태였다.

"태감만으로도 충분히 짐의 위엄을 보일 수 있다고 보는데?"

황제는 정화를 홀로 내보내려 말을 꺼냈다. 하지만 정화는 단
호히 고개를 저었다.

"그렇지가 않사옵니다. 소신이 폐하께 과분한 총애를 받고
있다고는 해도 한낱 환관에 불과하온데 어찌 폐하의 위엄을 바
로세울 수가 있겠사옵니까? 자존심 강한 저들이 필시 소신을 보
낸 폐하를 비웃을 것이옵니다. 반드시 태자 전하께서 납시셔야

할 일이옵니다.”

　나라 전체를 쥐락펴락하는 자가 스스로를 한낱 환관이라 칭하니 가증스럽기 그지없었다. 황제는 분노가 치밀었다. 지금 이 순간 정화를 죽일 수만 있다면 영혼이라도 바치고 싶었다. 눈을 감고 말없이 분노를 씹어 삼키던 황제는 속으로 피눈물을 삼키며 말했다.

　“태감의 생각이 심히 깊군. 하면 태자와 함께 저들에게 짐의 위엄을 보이고 오게.”

　같은 날 늦은 시각, 자금성 영빈관 내실에서 깊은 한숨이 터져 나왔다.

　“이제 얼마 후면 사 년입니다. 사형, 이래도 마냥 기다리라고만 하실 겁니까?”

　사 년, 누군가를 애타게 기다리는 사람들에게는 상상조차 하기 싫을 정도로 긴 시간이다. 눈을 감고 있던 만평이 오평의 말에 고개를 저었다.

　“사숙이 어찌 됐으리라고는 생각하지 않는다. 우리가 놈에게 복수를 한다는 건 사숙께서 잘못되었음을 스스로 인정하는 꼴이 되는 것이 아니냐.”

　“사형, 더는 본심을 숨기지 마십시오.”

　“그게 무슨 말이냐?”

　“사형은 놈이 두려운 것이 아닙니까.”

　오평의 추궁에 만평은 한동안 말이 없었다. 그리고 이내 고개를 끄덕여 인정했다.

"네 말이 맞다. 나는 두렵다."

한쪽에 앉아 말없이 대화를 듣고만 있던 중평은 아예 눈을 감아버렸고, 고개를 숙이고 있던 청평은 그 말에 놀라 고개를 번쩍 들었다. 오평이 벌겋게 상기된 얼굴로 벌떡 일어났다.

"대체 제가 알던 만평 사형이 맞습니까! 제가 아는 사형은 고작 죽음 따위가 두려워 몸을 사릴 분이 아니었습니다."

만평이 고개를 젓고는 흥분한 오평에게 차분한 음성으로 말했다.

"내가 두려운 건 죽음 따위가 아니다. 진짜 두려운 것은 복수를 하지 못하는 것이다. 이곳 명나라에 온 뒤로 사숙께 짐만 되었던 나다. 사숙의 복수마저 하지 못한다면 어찌 고개를 들고 저승에서라도 그분을 뵙겠느냐."

"실패하지 않습니다. 놈을 충분히 없앨 수 있단 말입니다!"

사형제는 지난 사 년 동안 내, 외공에서 엄청난 발전을 이루었다. 대환단의 공능을 발판 삼아 불철주야 심공을 단련한 덕에 내력은 경지에 이르렀고, 박투 또한 실전을 방불케 하는 대련으로 이미 절정 경지를 웃돌고 있었다. 끊임없는 수련으로 자연스럽게 현마진린보가 박투에 녹아들어 그 위력이 상상을 불허했다.

특히 만평의 성취는 눈부실 정도였다. 이제는 흑백괴동 중 일인과 자웅을 겨루어도 손색이 없을 만한 무위를 쌓고 있었다.

만평, 오평, 청평이 절정의 벽을 차례로 부숴 버리는 것을 지켜본 적운과 청운 등은 경악해 마지않았다. 특히 장량의 놀람은 누구도 짐작할 수 없었다. 일류에서 절정에 발을 들여놓기까지 십 년을 넘게 소요한 장량은 절정의 벽이 얼마나 넘기 힘든지 누구보다 잘 알고 있었다. 절정의 벽을 넘기 위해 수십 년을 허비하는 것 정도는 무인에게 있어 대수롭지 않은 일이었다. 아예 일류의 마지막 관문에서 평생을 보내는 자가 태반이었다.

소위 기재라는 소리를 들으며 입문한 화산파의 숱한 검수들도 백 명 중에 기껏 서너 명만이 절정고수의 반열에 드는 것이 현실이었다. 그런데 이들은 벽에 부딪치고 고작 이삼 년 만에 가뿐히 절정의 관문을 돌파했다. 그것도 만평을 시작으로 네 명의 사형제가 차례로.

만평 사형제의 엄청난 노력이 있었다는 것을 감안해도 너무나도 비현실적인 것이었다.

장량은 생전 처음 겪는 현상을 어찌 해석해야 할지 몰라 문파로 서신을 보냈다. 그리고 한참 만에 답신을 받았다. 문주 천화진인의 건강이 악화된 후로 화산을 떠나지 않고 있던 도천상이 보낸 답신이었다. 도천상의 견해는 만평 사형제가 초식이 없는 수련을 해왔기에 일류의 관문을 쉽게 통과한 것 같다는 것이었다.

절정과 일류의 가장 현격한 차이는 무초식과 초식. 절정은 일류와는 달리 초식에 연연하지 않는 경지다. 무공에 눈을 뜨고부터 쭉 초식을 익히는 사람이 뼛속 깊이 새겨진 초식을 잊기란 쉬운 일이 아니었으니 도천상의 말은 굉장히 설득력이 있었다. 답신은 적운과 청운도 보게 되었고, 자연스레 만평 사형제에게도 전해졌다.

쉽게 절정을 밟은 것을 당연하게 여겨왔던 만평 사형제는 그 말을 듣고 무한이 끝내 초식을 가르쳐 주지 않은 것에 대해 서

운해했던 자신들을 반성했다.

하지만 중평의 사정은 다른 사형제들과 많이 달랐다. 중평은 태자에게서 치료를 받으며 자연스럽게 구결이 잘못된 천마뇌정공을 전수 받게 된 이후, 내력이 급속도로 성장해 무공 또한 일취월장했다. 그러나 작년부터 모든 것이 틀어졌다.

뇌정은 중평의 체질과 너무도 완벽히 부합했다. 문제는 바로 그것이었다. 뇌정은 무한이나 태자의 예상을 초월한 엄청난 속도로 성장해 지금은 거의 육 단계를 넘어서 과거 태자가 품고 있던 뇌정과 비슷한 크기로 자라나 있었다. 덕분에 뇌정을 제어하느라 꼼짝도 못하는 처지가 되어버렸다. 과거 태자와 비슷한 지경이었다.

어쨌거나 중평을 제외한 모두가 절정을 가뿐히 넘어선 실력을 보유하게 되었음에도 만평은 정화를 치자는 오평의 말에 단호히 고개를 저었다.

"그날 일을 잊었단 말이냐?"

만평의 말에 오평의 입에서 신음처럼 한숨이 터져 나왔다. 모두의 머릿속에 만평이 사라진 날이 떠올랐다. 그날 만평 사형제는 한달음에 정화의 처소로 뛰어들었다. 옥환 등 정화의 곁에는 위병들이 있었으나, 정화는 그들을 뒤로 물리고 스스로 그들을 상대했다.

당시 눈에 보이는 것이 없었던 만평 등은 태감이고 뭐고 다짜고짜 정화에게 살수를 펼쳤다. 하지만 모든 공격이 무효했다. 정화는 혼신을 다한 그들의 공격을 귀찮은 파리 쫓듯 팔을 설렁설렁 휘둘러 막아냈다. 그들은 그 손짓 발짓에 이리저리 날아다니는 굴욕을 맛봐야 했다.

만약 정화가 후일 천마뇌정공의 마지막 구결을 가지고 나올 무한을 생각해 사정을 봐주지 않았다면, 모두 그 자리에서 목숨을 잃었을 터이다.

만평은 당시에는 정화가 막연히 강하다고만 생각했다. 한데 무공 수위가 올라갈수록 당시 정화의 무공이 어떤 것인가를 새삼 깨닫게 되었다. 강해질수록 이길 수 있다는 자신감은커녕 정화와의 격차가 멀게만 느껴졌다. 더군다나 정화는 혼자가 아니었다. 그의 곁에는 그림자처럼 하만과 옥환, 장윤, 그리고 이름 모를 두 노인이 있다. 그런 상태에서 그에게 달려든다는 건 계란으로 바위를 치는 격이다.

중평은 사형제들의 대화를 듣고 있노라니 괴로움을 떨치기 힘들었다. 언젠가부터 그는 무한에게뿐 아니라 사형제들에게까지 짐이 되고 있었다. 절망적이게도 앞으로도 전혀 나아질 기미가 없었다.

무공이 증진되는 것이 아니라 퇴보하고 있다. 몸 안에 도사린 뇌정은 급속도로 커져만 가는데, 경맥은 반대로 약해지고 있었다. 이제는 거동 정도나 가능할 뿐, 종일 단전에 웅크린 공력을 밖으로 나오지 못하도록 하는 데 온 힘을 기울여야 하는 처지였다. 간혹 미미한 내공이라도 단전 밖으로 새어 나올라 치면 온몸을 작은 벌레가 날카로운 이빨로 뜯어 먹는 것처럼 극심한 통증이 느껴졌다.

태자를 찾아가 그에 대한 이유를 들었다. 온전치 않은 무공이라 했다. 그런 줄 알면서도 살리기 위해 어쩔 수 없이 뇌정진력을 전할 수밖에 없었노라고 했다. 태자는 무한이 정화의 수단에 넘어간 것이, 어린 환관 우설 때문만이 아닐지도 모른다고 했다. 온전한 심공을 얻기 위해 정화와 거래를 한 것일 수도 있다는 얘기였다. 그래서 중평은 더욱 괴로웠다. 무한이 정화에게 당한 것이 자신 때문인 것만 같았다.

중평이 어떤 결심을 굳히고 있을 때, 원적이 적운 형제를 대동하고 영빈관에 들었다.

"사숙의 행적을 찾으셨습니까."

원적은 청평의 물음에 무겁게 고개를 저었다.

"면목이 없군. 아직 아무런 성과가 없네. 그를 찾아주겠다고 했던 약노 어른마저도 연락이 끊어진 지 오래일세."

무한은 원적에게 있어 여러모로 없어서는 안 될 존재였다. 그랬기에 사 년여가 흐른 지금까지도 포기하지 않고 무한을 찾고 있었다. 한동안 정적이 흘렀다. 원적은 무슨 말인가를 하고 싶은 듯했으나 선뜻 입을 열지 못했다. 만평이 그런 기색을 읽고 물었다.

"달리 하실 말씀이 있으신 것 같습니다만."

"으음, 자네들의 도움이 필요해서 왔네."

"말씀해 보십시오."

서두를 꺼내놓고도 한동안 망설이던 원적이 이윽고 찾아온 용건을 꺼내놓았다.

"보름 후 태자 전하께서 외유를 나가시게 되었네."

원적은 태자가 정화와 같이 산동악가로 가게 된 경위를 설명했다. 만평이 이야기를 듣고 난 후 조용히 입을 열었다.

"전하를 호위해 달라는 말씀이시군요."

"정화가 굳이 태자 전하와 세자 저하를 대동하려는 속셈을 알 수 없네. 최악의 경우 정화가 두 분께 마수를 드리울 수도 있는 상황일세. 목숨을 걸어야 할지도 모를 일이니, 거절한다고 해도 자네들을 원망치 않겠네. 나를 도와 정화를 상대하다 북진 무사가 그리되었으니 자네들에게 무슨 말을 할 수 있겠나."

"사형, 갑시다. 이건 위기가 아니라 놈을 죽일 기회입니다!"

사람들의 시선이 중평에게 쏠렸다. 눈을 감고 한마디도 하지 않고 있던 중평이 눈을 뜨고 있었다. 뇌정이 걷잡을 수 없이 커진 후, 절망에 가득 차 언제나 회색빛을 띠고 있던 중평의 눈동자에 한줄기 광채와 함께 결연한 의지가 깃들어 있었다.

2

무한은 행렬에 섞여 천천히 말을 몰았다. 상단 뒤꽁무니를 따라다니던 천성 등도 무한 덕에 모두 정식 호위가 되어 말을 타고 있었다.

무한은 아직도 눈을 가리고 있었다. 이미 빛에 적응하여 안대가 필요없어진 지 여러 날이 지났지만 무한은 안대를 푸는 대신 더욱 넓고 두텁게 둘러 얼굴을 반 넘게 가렸다. 정화의 이목이 지천에 깔려 있으니 모습을 감출 필요가 있었다.

호위들 대부분은 무한이 진짜 백선기협의 친우일 거라는 쪽으로 의견을 모으고 있었다. 어떤 자는 무한이 기련존자의 제자일 거라는 의견까지 내놓았다. 한데 어이없게도 그게 많은 이들의 호응을 이끌어냈고, 다들 기정사실화하는 눈치였다.

　무한은 무리의 관심이 자신에게 쏠려 있음을 알았지만, 그들의 궁금증을 풀어줄 마음은 없었다. 그는 설공과 세자가 탄 마차를 보며 고민에 잠겼다. 마선이 언급한 악환수는 산동악가의 전대 가주였다. 물론 세상에서 그는 죽은 사람이었다. 백선기협이 전립이라는 것은 이제 의심의 여지가 없다.

　무한은 자신이 천마지동에 들기 전 세 번의 혈사가 있었음을 상기했다. 그중 남궁세가의 오하지부와 혼천등마부의 혈사는 같은 날 발생했다. 최소 두 명 이상이 저지른 일이었다.

　무한은 산동악가에서 도선비기와 마황진기를 접목했고, 그 결과를 시험하기 위해 다른 자에게 익히게 했다고 생각했다. 그리고 실험 대상들이 혈사를 일으켰다고만 생각했다. 그런데 지금 생각해 보니 그것이 아닌 것 같았다. 전립이 세상에 나왔다는 건 이미 그가 마황진기를 대성했다고 봐야 했다. 하지만 마황진기의 대성은 일곱 차례의 폭주를 모두 겪은 후라야 가능하다.

　사람들에게 들은 바로 자신이 천마지동에 든 후 일어난 혈사는 모두 네 차례였다. 그중 세 명을 전립일 것이 분명한 백선기협이 잡았다고 했다. 네 차례의 혈사를 모두 자신이 저지르고 혈아를 잡은 것처럼 위장한 것이라고 해도, 중원에서 발생한 혈사는 천마지동에 들기 전에 일어난 북경혈사 등을 합해 총 일곱 차례다. 그중 최소한 무한 본인이 직접 목격한 혼천등마부의 혈사에 관여한 자는 전립이 아니었다.

　결국 최대로 잡아도 전립의 폭주는 여섯 번이다.

'여섯 번의 폭주라…….'

도선비기와의 접목에 성공하여 마황진기의 맹점인 폭주를 없앴을까? 그도 아니면 폭주 횟수를 여섯 번으로 줄였는가?

전립이 훔쳐 간 도선비기는 훌륭한 심법이다. 하지만 그것만으로 마황진기의 크나큰 약점을 보완하기는 힘들다. 마선이 전립이 가져온 도선비기를 거들떠보지도 않은 것만으로도 충분히 알 수 있는 일이었다.

그렇다면 전립은 어떤 방법으로 마황진기를 완성했을까. 세상이 모르는 폭주란 있을 수 없는 일이었다. 한 번 발생하면 수백 명의 인명이 사라지는데, 숨길 수 있을 리가 없었다. 무엇인가 놓치고 있다는 생각은 강하게 드는데, 고민해 봐도 쉽사리 답이 나오지 않는다.

어쨌든 전립이 마황진기를 완성한 건 기정사실이었다. 그리고 세상을 감쪽같이 속여 영웅이 되어 있었다. 그것으로도 부족해 마선을 상대하겠다는 명분을 내세워 무림의 정점에 서려 하고 있다. 마황진기를 완성한 전립은 만만치 않은 존재다. 그리고 그를 키워낸 산동악가 또한 마찬가지였다. 전립이 가진 무력도 무력이지만 더 큰 문제는 세상 사람들의 맹목적인 추종이다. 현재 무림인들에게 백선기협은 선망과 존경의 대상을 넘어 도탄에 빠진 무림을 구할 유일한 존재로 인식되고 있었다. 산동악가와 수만 리나 떨어진 곳에서 활동하던 천성 등도 백선기협을 언급할 때면 눈빛이 달라진다. 섣불리 전립과 산동악가의 진실을 밝히려 든다면, 사람들은 전립과 산동악가가 아니라 오히려 자신을 향해 칼을 들이댈 가능성이 컸다.

무한은 선뜻 산동악가 행을 결정하지 못했다. 정화 때문이었다.

세자를 구한 후 세자가 감금되어 있던 뇌옥과 통하는 동굴을 허물고, 천마지동 입구를 지키던 자들과 굴을 파 들어가던 자들까지 독하게 손을 썼다. 천마지동 근처에 은신하고 있다가 교대하러 나타난 자들이 천마지동에 일어난 불상사를 알고 놀라 허겁지겁 지단으로 돌아가는 걸 은밀히 뒤따라 지단까지 박살 냈다.

정화가 천마지동이 무너지고 세자가 사라진 걸 알기까지는 시간이 꽤나 걸릴 것이다. 하지만 산동악가에 모습을 드러낸다면 당장 그 소식이 정화의 귀에 들어갈 것이다.

무한은 정화가 천마지동에서 자신이 세자를 데리고 나온 걸 알면 어떤 일을 벌일지 생각해 보았다. 사질들을 잡아 압박할 수도 있었고, 극단적인 경우 군대를 일으켜 황궁을 점령할 수도 있었다. 확실한 건 정화가 어떤 행동을 취하기까지 기다렸다가는 늦는다는 것이었다.

무한의 고민은 해가 저물어 객잔에 투숙할 때까지도 계속되었다. 아니, 이제는 더 고민할 시간도 없다. 내일이면 산서성을 넘는다. 이제 자금성으로 갈 것인지 산동악가로 향할 것인지 결정을 내려야 할 때였다.

그날 저녁 설공상단이 머문 객잔에 일단의 무리가 찾아들었다. 입구 좌측 탁자에서 꾸벅꾸벅 졸고 있던 객잔 주인이 습관적으로 벌떡 일어나며 허리를 숙였다.

"손님들, 죄송합니다. 이미 가득 찼으니……."

　숙였던 허리를 펴 안으로 들어선 사람들을 본 객잔 주인은 풀썩 의자에 주저앉았다. 객잔을 통째로 빌려 늦은 저녁을 먹고 있던 상단 사람들의 이목이 입구로 향했다. 사람들은 너나 할 것 없이 움찔 놀랐다. 안으로 들어선 무리는 머리에 쓴 관부터 시작해 가죽 신발까지 온통 칠흑같이 검었다.

　순간 정적이 감돌았다. 삼삼오오 모여 두런거리던 호위들도, 바삐 젓가락을 놀리던 짐꾼들도 모두 숨을 죽였다. 단순히 사내들의 복장이 검기 때문이 아니라 그들에게서 풍기는 무형의 기도가 공기를 짓누르고 있었다.

　"한 끼 식사만 간단히 해결하고 떠날 참이오. 선객이 식사를 마치길 기다릴 테니 간단한 야채 요리를 내오도록 하시오."

　무한은 정기 넘치는 음성에 상념을 접었다. 스무 명의 사내들, 개인마다 다소 차이는 있었지만 무한은 그들에게서 익숙한 느낌을 받았다. 바로 장량과 적운 형제와 비슷한 느낌이었다. 무한은 느낌이 맞는지 확인하기 위해 감각을 실처럼 풀었다가 이내 흠칫 놀랐다.

　스물이 아니라 하나가 더 있다. 입구까지는 잘해야 이 장. 그런데 감각에 걸리지 않는다?

　화산파의 무학이 드넓다 하나 그런 사람은 하나밖에 없다.

　한편 문도들을 이끌고 객잔에 들어왔던 도천상은 사질이 주인과 이야기를 나누는 동안 객잔 내부를 훑었다. 시선이 진웅에게 짧게 머물렀다가 이내 무한의 등에 닿았다.

　도천상이 미간을 좁혔다. 기이하다. 이런 허허로운 느낌이라니. 있는 듯 없는 듯, 이건 마치 실제가 아닌 허상을 보는 기분이

지 않은가. 도천상이 무한의 등에 시선을 고정한 채 미동도 없
자, 한 걸음 뒤에 서 있던 수검룡 성운이 다가와 나직이 말했다.
　"장문인, 아는 사람이신지요. 제가 가서……."
　팔을 들어 성운의 말을 제지한 도천상은 무한에게 다가갔다.
온통 흑색으로 치장한 범상치 않은 무리가 나타나면서부터 바
짝 굳어 있던 진웅과 호위들은 도천상이 다가오자 벌떡 일어서
경계 자세를 취했다.
　"해를 끼치고자 함이 아니오."
　단 한 푼의 공력도 섞이지 않은 음성인데 진웅과 호위들은 기
이한 압박감에 엉거주춤한 자세를 취했다. 도천상은 무리가 자
신의 존재감에 압도되어 있을 때, 눈을 가린 무한을 잠시 바라
보다가 입을 열었다.
　"무례하였소. 하나 기왕 무례를 범한 김에 한 가지 여쭙고자
하오."
　무한은 앉은 자세 그대로 고개만 끄덕였다. 그 모습에 화산의
문도들이 발끈해 소리쳤다.
　"감히 이분이 뉘신 줄 알고!"
　"저런 건방진!"
　"내 허락이 있기 전까지는 경솔히 입을 열지 말라!"
　도천상이 즉시 파르르 떠는 도사들을 나무랐다. 단호히 문도
들을 나무란 도천상이 심각한 얼굴로 무한에게 말했다.
　"그대는 누구인가."
　무한은 도천상의 적대감 가득한 물음을 듣고 천천히 일어섰
다. 그와 동시에 도천상이 한 걸음 비켜서며 검파에 손을 얹었

다. 당장이라도 검을 뽑을 태세다.

"제가 마선의 제자인 것 같습니까?"

도천상은 무한의 말에 흠칫 놀랐다. 자신의 마음을 짐작한 것 또한 놀랍거니와 처음 듣는 음성이 분명할진대 낯설지가 않았다.

'어디서 이 음성을 들었던가?

도천상이 기억을 더듬고 있을 때 무한이 말했다.

"늦었으나 장문이 되신 걸 축하드립니다. 천화 진인께서는 필시 선계에 드셨을 것이니 크게 상심하지 마십시오."

무한의 말에 상단 일행은 탄성을 터뜨렸다. 사람들은 무한의 말을 듣고서야 화산파의 천화 진인이 타계한 것과, 눈앞의 도사가 일검진혼 도천상이라는 것을 깨달은 것이다.

도천상은 눈을 가린 무한이 자신을 알아본 것에 대해 놀라지는 않았다. 그만한 경지라면 특유의 기도로 화산파라는 것을 충분히 알아볼 수 있었고, 성운이 비록 나직한 말로 장문이란 칭호를 썼다 해도, 그 또한 전음이 아닌 이상 능히 들을 수 있었을 터이다.

"왠지 낯설지가 않구려. 혹 나를 아시오?"

개인적인 친분을 묻는 도천상의 질문에 무한은 묵묵부답이었다. 한데 도천상은 놀라 눈을 크게 떴다. 그 모습에 무한이 나직이 끄덕이며 말했다.

"자리를 옮기는 것이 좋겠습니다."

상단 일행은 무한이 천하의 도천상과도 친분이 있는 듯하자 다시 한 번 놀랐다. 사람들이 놀람을 추스르기도 전에 둘은 객잔에서 사라지고 없었다. 화산파의 도사들마저 당황하여 객잔 밖으로 나가려 할 때, 멀리서 도천상의 한줄기 온화하면서도 웅장한 음성이 들려왔다.

"곧 돌아올 터이니 너희들은 게서 기다려라."

객잔을 빠져나온 무한과 도천상은 단숨에 십 리를 주파해 한 야산 기슭에서 멈춰 섰다.

펄럭!

무한의 눈을 가리고 있던 천이 풀려 나와 산바람에 펄럭인다.

"정말 자네였군. 이거야, 생명의 은인을 알아보지 못하다니 면목이 없군그래."

"알아보지 못하도록 나름대로 애를 썼으니, 알아보셨다면 도리어 속상할 뻔했습니다."

지난번 도천상과 만났을 때와는 달리 머리 모양을 명나라 식으로 바꾸었다. 수염은 얼굴의 태반을 차지했고 눈까지 가렸다. 거기에 사 년이란 긴 공백이 더해지니 몰라봄은 당연지사.

"내가 자네를 알아보지 못한 건 용모 때문만은 아니네. 전에도 대단했지만 이제는 아예 용이 되어 돌아왔군. 그래, 어찌 지냈나? 자네가 없어졌다는 소식은 듣고 있었네만, 어디 심산유곡에라도 들어 수련을 한 것인가?"

무한은 가감없이 지난 이야기를 풀어놓았다. 진법을 파훼하자마자 등장한 마선, 그가 결국 기련존자였다는 것과 그와 얽힌 비사들, 그리고 마선이 놓은 덫에 걸려 산동악가가 저지른 만행, 마지막으로 무한이 생사의 갈림길에서 깨달음을 얻어 살아난 것까지 모두 얘기했다.

도천상은 극적인 이야기에 할 말을 잃었다.

"믿기 힘드시겠지만 모든 일이 사실입니다."

정화가 파사국의 마니교 교단에서 보낸 자였다니, 게다가 마선의 농간인 줄도 모르고 다른 누구도 아닌 산동악가가 그런 천인공로할 짓을 저질렀을 줄이야.

"참으로 치가 떨리는 일이군. 대체 이 일을 어찌한단 말인가."

"먼저 자금성에 들 생각입니다. 산동악가도 급하지만 정화가 먼저입니다."

도천상이 잠시 생각해 보더니 고개를 끄덕였다.

"나라의 명운이 걸린 일이니 정화 일이 더 급하기는 하지. 하지만 지금 자금성에 든다 해도 정화를 만나지는 못할 걸세."

"그게 무슨 말씀이십니까?"

"정화는 수일 내로 산동악가로 향할 것일세. 아마 길이 엇갈릴 것이야."

"그자도 군웅대회에 참석합니까?"

"이미 한 달 전부터 인파가 제남에 모여들기 시작해 지금은 수천이 넘었다 하네. 아마 군웅대회 당일에는 그 수가 몇 배는 늘어날 테지. 열에 아홉은 일반인일 테지만, 정화는 대회의 규모가 지나치게 크다는 것을 빌미로 강호의 일에 간섭하려 하고 있네. 이번 군웅대회를 통해 자신의 위세를 무림에 뻗칠 요량인 게지. 개최지까지 그의 뜻에 따라 변경되었네."

"개최지가 변경되다니요?"

"본래는 산동악가 내부에서 한정된 인원만 수용하여 대회를 열 계획이었네. 한데 정화가 대회 장소를 십리목분지로 옮기도록 명했다네. 십리목분지는 야트막한 산으로 둘러싸인 작은 평원으로 수만 명이 운집하고도 남을 장소네."

대회 규모가 지나치게 크다는 구실을 내세워 간섭을 했던 자가, 규모를 줄이라고 압박을 하기는커녕 제 스스로 대회 규모를 더 크게 만들려는 이중적인 행동을 보였다? 더 많은 사람들 앞에서 자신의 위세를 내보이겠다는 의도가 아니고 무엇이랴.

"반발은 없었습니까?"

"아니, 산동악가는 즉각 수용했네. 주최측이 산동악가라는 것에는 변함이 없는데다 십리목분지는 산동악가에서 고작 십여 리 정도밖에 떨어지지 않은 곳일세. 산동 전체가 산동악가의 앞마당이나 진배없으니 반대할 이유가 없지. 오히려 규모가 커지는 것을 반겼을 걸세."

"그렇군요."

"그런데 듣기로 태자와 세자까지 대동할 계획이라더군."

"태자 전하와 세자 저하를 모두 말입니까?"

"그렇다고 들었네. 역시 간교한 자야. 자신이 자금성을 빠져나간 사이 적대 세력이 허튼짓을 하지 못하도록 원천봉쇄한 것이 아니겠나. 말세는 말세인가 보네. 태자와 세자를 인질로 쓸 생각을 하는 내시라니."

무한은 어쩌면 그 때문만은 아닐 것이라 생각했다. 하나만 데리고 나가도 충분할 것을 태자와 세자를 모두를 자금성 밖으로 데리고 나갔다는 것은 다른 속셈이 있을 수도 있었다.

어찌 됐든 정화가 성을 벗어난 것은 오히려 잘된 일이다. 정화가 없는 틈을 타 그의 수족을 잘라낸다면 일이 의외로 쉽게 풀릴 수도 있었다. 하지만 문제가 있었다. 태자와 세자가 자금성 밖으로 나가는 만큼 황제가 원적으로 하여금 호위를 부탁했을 가능성이 크다. 그간 금의위의 상당 부분이 다시 정화의 손아귀에 떨어졌을 것을 감안한다면, 믿을 만한 위사는 대부분 태자와 가짜 세자의 호위에 동원된다는 계산이 나온다. 특히나 감찰단원들은 전원 투입될 가능성이 컸다. 정화의 수족을 잘라낼 인력이 없는 것이다.

무한이 해결 방도를 고민하고 있을 때, 도천상이 돌연 침중한 음성으로 말했다.

"자네에게 사죄할 일이 있네."

"사죄라니요? 그게 무슨 말씀이십니까."

"사부께서 타계하신 후 그분이 관리하던 기밀 장부를 보게 되었네. 휴우, 그분은 정화와 꽤 오래전부터 선을 대고 있었던 듯하네."

무한은 생각지도 못했던 말에 낮게 가라앉은 음성으로 말했다.

"적운 형제와 관련된 일입니까?"

"처음에는 그랬으나, 자네가 중원으로 온 후로는 아닌 것 같네."

무한은 내심 안도의 한숨을 내쉬었다.

"그렇다면 장량 도사군요."

도천상이 무겁게 끄덕였다.

"적운과 청운 형제는 자네와 함께 있은 후로 심경에 변화가

있었던 듯싶네. 사부께서는 그들에게서 원하는 정보를 얻지 못
하자 장 사제를 하산시킨 모양이네. 장 사제도 사부의 명이라
어쩔 수 없었을 것이네. 미안하네. 사제를 화산으로 즉시 불러
올릴 생각이네. 앞으로는 더 이상 그런 일이 없을 것이니 용납
하기 힘들겠지만 자네가 한 번만 눈감아주게."

도천상은 굳은 얼굴로 무한의 처결을 기다렸다. 화산이 간적
정화와 거래하여 금의위의 정보를 전해주었으니, 경우에 따라
서는 역적으로 몰아도 할 말이 없었다.

무한의 얼굴 또한 굳어 있었다. 장량이 지금껏 금의위의 일을
정화에게 전했다면, 원적이 금의위를 통제하는 데 많은 어려움
을 겪었을 것이다. 혹시라도 원적이 금의위만이라도 온전히 장
악했기를 바랐건만, 역시 세상일은 생각대로 되지 않는 것인가?

"무리한 부탁을 해서 미안하네. 자네가 법도대로 처결한다고
해도 빈도는 할 말이 없네."

"그런 것이 아닙니다."

"혹 무슨 다른 문제가 있는 것인가?"

무한은 문득 한 가지 좋은 생각이 떠올라 입을 열었다.

"장량 도사님의 일은 없었던 것으로 할 수 있습니다."

"자네의 도량은 도사인 나보다도 넓군. 참으로 고맙네."

"도량이 넓어서가 아닙니다. 부탁이 있습니다."

도천상이 웃으며 말했다.

"그렇다면 오히려 빈도가 마음이 편하지. 무엇인지 말해보
게."

미소 띤 도천상의 얼굴과는 달리 무한의 표정은 진지하기만

했다.

"결코 쉬운 일은 아닙니다. 어쩌면 화산파의 사활이 걸린 문제일 수도 있습니다."

무한의 말에 도천상의 얼굴도 덩달아 굳어졌다.

"흐음, 어쨌든 한번 들어나 보세."

"정화의 수족을 잘라주십시오."

"그를 따르는 간적들을 제거해 달라는 말인가?"

"그렇습니다. 하시겠다면 북경에 도착해 처리해야 할 자들의 명단을 넘겨드리겠습니다."

도천상은 심각한 얼굴로 생각에 잠겼다. 모험이었다. 정화의 수족을 잘라내는 일은 어렵지 않은 일이다. 개개인이 수천 금을 들여 사병과 호위를 거느리고 있을 것이 분명했지만, 그 정도는 별문제가 아니었다. 화산의 진검에 진정으로 살기가 담긴다면 세도가의 늙어빠진 여우들의 목 정도는 주머니에서 물건 꺼내듯 할 수가 있는 것이다. 진짜 문제는 그 후에 일어날 일이었다. 무한이 정화를 제거치 못한다면 화산은 멸문지화를 면치 못할 터였다.

고심하던 도천상은 문득 대답을 기다리는 무한의 눈동자를 들여다보았다. 하염없이 깊고 고요한 눈을 대하는 순간 자신의 모습이 부끄럽게 느껴졌다. 무한은 명나라와 하등 관계가 없다. 북진무사 자리 또한 무한 본인이 원해서 얻은 벼슬이 아님도 알고 있었다. 그런데도 무한은 모든 것을 걸고 정화를 막으려 하고 있었다. 한데 정작 발 벗고 나서야 마땅할 자신은 문파를 핑계로 망설이고 있었다.

나라가 망하는데 문파만 무사하면 무엇 하랴? 더군다나 명나라가 진정 정화의 세상이 된다면, 온 산의 도관과 절을 부수고 대신 단을 세워 성화를 밝힐 것이다. 설사 그런 일이 일어나지 않는다고 해도 명국의 백성이라면 응당 정화의 간계에 맞서야 옳다.

도천상이 결심 굳은 얼굴로 말했다.

"세상을 뒤엎을 자신이 있나?"

"정화를 벨 자신이 있냐고 물으시는 것이라면 그렇습니다."

무한의 자신에 찬 대답에 도천상의 얼굴이 다소 풀어졌다.

"좋네. 우리 화산은 자네를 전력으로 돕겠네."

"금의위는 전혀 도움이 될 수 없을 테니 인원에 한계가 있을 것입니다. 다시 화산을 들러 인원을 추렴하신다면 가능한 일이겠지만 그렇게 되면 시간을 맞추기가 힘듭니다."

"알고 있네. 내게 생각이 있으니 자네는 간적들의 상세한 신상 정보만 넘겨주게."

이번에는 도천상의 자신에 찬 대답에 무한의 낯이 풀어졌다.

第五章
색마의 정체

색마의 정체 1

늦은 밤, 원적은 일을 처리하고 불 꺼진 처소에 들었다. 내실 중앙 탁자 위에 놓여 있던 등불을 밝히는 순간 그는 놀라 굳어졌다.

"그간 무고하셨습니까."

"내, 내가 귀신을 보고 있는 것은 아니겠지?"

원적이 상기된 얼굴로 무한의 두 손을 덥석 붙잡았다. 무한은 원적의 두 눈에 습기가 어리는 것을 보며 그간 고생이 어떠했으리라는 것을 충분히 짐작할 수 있었다.

"사질들이 보이지 않던데 태자 전하의 호위를 나선 것입니까?"

"휴, 면목없는 일이나 그들의 힘을 빌릴 수밖에 없었네."

"중평은 어디 있습니까? 몸이 좋지 않을 텐데요."

"알고 있었군. 중평 스님은 혼수상태에서 깨어나 급속도로 좋아져 이전의 무력을 되찾았었네. 적운의 말로는 전보다 더 강해진 것 같다고 했네. 그런데 이상하게 다시 기력을 잃어버리더군. 흡사 일전 태자 전하의 모습과도 같았네."

"그런 몸으로 떠난 것입니까?"

"다른 사형제와 함께하고 싶다더군. 웬일인지 만평 스님이 말리지 않았네."

중평이 왜 그랬을까. 사형제들에게 방해가 되는 걸 알면서도 굳이 따라나설 그가 아니다. 그럼에도 그가 그런 행동을 했다면 분명 그만한 이유가 있을 터였다.

'중평, 무슨 생각을 하는 것이냐?'

무한이 불길한 생각을 떠올리고 있을 때 원적이 비통한 음성으로 말했다.

"이미 판세가 정화에게 완벽하게 기울었네. 자네가 사라지고 정화는 남진무사 장윤으로 하여금 북진무사 직위까지 병행토록 했네. 부끄럽게도 금의위마저도 전혀 통제할 수 없게 되었단 말이네. 이번 일도 정화가 태자 전하와 세자 저하를 모시고 폐하의 위엄을 보이고 오겠다고 했으나, 두 분이 인질인 것을 누가 모르겠나. 하지만 그걸 알고도 막지 못했네. 이제는 정말이지, 어디서부터 어떻게 손을 써야 할지도 모르는 지경에 이르렀어."

원적은 그간 홀로 감당해야 했던 일을 꺼내놓으려니 설움이 복받쳐 목이 메었다.

"아직 늦지 않았습니다. 오히려 정화가 북경을 나선 것은 그의 수족을 자를 기회입니다. 제게 핵심 인사들의 명단을 주십시오."

"무모한 일일세. 단적으로 이부상서 가승일 하나 제거하려고 해도 그를 지키는 호위와 사병들이 있으니 적어도 수천의 군사가 필요할 걸세."

원적의 근심은 기우가 아니었다. 설령 군사들을 상대하지 않고 암살을 한다고 해도 한날한시에 일거에 처리하지 않는 이상 정화의 귀에 들어갈 수밖에 없었다.

"알고 있습니다. 조력자가 있으니 명단을 작성해 주십시오."

원적은 기대와 근심이 반반씩 섞인 얼굴로 서랍에서 작은 손바닥만 하게 엮은 작은 책자 하나를 꺼내 내밀었다. 작은 책 안에 깨알만 한 글씨로 간적들의 직책과 그들이 가진 무력, 본가의 위치 등이 비교적 소상히 기록되어 있었다. 마치 이런 날을 위해 미리 준비를 해둔 것 같았다.

"놈들을 처단하는 일이야말로 나의 오랜 숙원이었네. 금의위를 완벽히 손에 넣은 후 가장 먼저 하려 했던 일이지."

"조만간 그 숙원이 이루어질 것입니다."

무한은 서둘러 일어섰다.

"벌써 가려는가?"

"시간이 촉박합니다."

무한은 연기처럼 사라졌다. 원적이 창을 바라보니 어느새 날이 밝아오고 있었다. 창을 열어젖히자 푸르스름한 빛과 함께 신선한 공기가 밀려들어 왔다. 어제와 같은 빛이요 공기인데 전혀 다른 느낌이다.

　며칠 후 삼경이 막 지난 시각, 무한은 개봉 중심부에 위치한 소호객잔 삼층으로 솟구쳤다. 단숨에 삼층 창문 앞에 발을 디딘 무한은 갈무리했던 기운을 약간 풀었다. 대번에 도천상이 기척을 느끼고 창문을 열었다.

"기다리고 있었네. 물건은?"

"여기 있습니다."

도천상은 무한이 내민 작은 책자를 받아 갈무리하며 고개를 끄덕였다.

"최대한 일을 빠르게 처리하고 산동으로 가겠네. 어쩌면 시일을 맞출 수 있을지도 모르니 정화의 일은 어쩔 수 없다 할지라도 산동악가 일은 최대한 늦춰주게. 누구도 자네 말을 믿으려 하지 않을 테니 나라도 힘을 보태겠네."

"그리해 보겠습니다."

"좋아, 이쪽 일은 내게 온전히 맡기고 자네는 자네의 일에 만전을 기하게. 자네만 믿겠네."

"후회하십니까?"

무한의 물음에 도천상은 잔뜩 굳어 있던 얼굴을 다소 풀었다.

"후회하면 어쩌겠는가? 지금이라도 발을 빼겠다면 허락해 주겠는가?"

무한도 덩달아 얼굴을 풀며 말했다.

"그리하실 분이 아니라는 것을 알고 있습니다."

"자네가 그리 말하니 발을 빼고 싶어도 그리하지 못하겠군. 이거나 받게."

도천상이 품속에서 옥함을 꺼내 내밀었다. 받아 들어 열어보니 진한 자색을 띤 엄지손톱만 한 단약 두 개가 들어 있었다. 무한은 단약을 보자마자 일전 태자에게서 받은 태청단과 맞먹는 진귀한 것임을 알아보았다.

"이것을 어찌 제게 주시는 겁니까?"

"전에 빚진 물건일세. 자네의 무공이 어떠한지는 잘 아네만, 사람 일은 알 수 없으니 사양치 말고 받게."

도천상이 건넨 것은 화산의 비전 영약 자소단이었다.

"감사합니다."

"감사는 무슨, 빌렸던 것을 돌려주는 것뿐인데. 밤이 짧네. 무당파라는 든든한 협조자가 있으니 아무 근심 말고 가보게."

"무당이라 하셨습니까?"

"놀랄 것 없네. 그들도 본 문과 같은 처지이니 설득하는 건 어렵지 않을 걸세. 다만 일이 성공하면 본 문에 그리하기로 했던 것처럼 무당파에게도 잘못을 묻지 않았으면 하네."

"이번 일만 성공한다면 그 정도 약조는 해드릴 수 있습니다."

"고맙네."

무한이 유령처럼 모습을 감춘 직후, 도천상의 방문을 두드리는 자가 있었다.

"들어오너라."

문을 열고 들어온 자는 목검(木劍)의 진전을 이은 만운이었다.

"무당파의 행적을 알아냈습니다."

"수고했다. 지체할 시간이 없으니 속히 앞장서라."

도천상과 그를 따르는 화산 제자들은 표홀한 경공을 발휘해 어둠이 걷히기 직전 목적지에 도착했다.

"저곳입니다. 객잔을 통째로 빌려 쓰고 있습니다."

만운이 세도가의 귀공자들이나 출입할 법한 호화로운 오층 누각을 가리켰다.

"몇이나 되더냐?"

"정확히는 모르나 본 파와 비슷한 수인 것 같습니다."

겨우 스무 명 남짓 머물면서 오층 누각 전체를 빌렸다? 도천상의 입가에 쓴웃음이 걸린다.

무당파 장문 능수 진인은 급히 의관을 정제하고 뜻밖의 손님을 맞았다.

"무량수불, 참으로 안타까운 일이네. 그예 천화 진인께서 등선하시다니."

천화 진인의 죽음에 애도를 표하는 능수 진인의 얼굴에 이해할 수 없다는 표정이 떠올랐다. 능수 진인의 마음을 이해 못할 도천상이 아니었다.

"진인께서는 빈도가 왜 이곳에 있는지 궁금하시겠지요."

"험! 사실이 그러하네. 신임 장문의 의협심을 모르는 바는 아니나, 사부는 부모와도 같으니 응당 귀천하셨다면 삼 년은 못 돼도 일 년은 그 곁을 지켜야 마땅할 터! 한데 어찌 하산을 한 것인가?"

능수 진인의 음성에는 책망의 기운이 가득했다. 도천상은 잔잔한 미소를 머금으며 말했다.

"그분께서는 병수발을 한 지난 몇 년으로 족하다 하시며, 군웅대회에 필히 참석하라는 유언을 남기셨습니다. 삼년상도 물론 지켜야 할 도리겠으나, 사부님의 유언을 따르는 것 또한 중한 것이 아니겠습니까?"

능수 진인은 천화 진인이 죽음에 이르러서도 욕심을 버리지 못한 것에 대해 내심 쓴웃음을 지었다. 천화 진인이 그런 유언을 남긴 뜻은 도천상이 군웅대회에 참석해 특무대의 대주가 되길 바란 것이 아니겠는가.

"허, 그런 일이 있었던가? 한데 이토록 이른 시각에 빈도를 찾은 연유가 무엇인가? 굳이 찾아오지 않더라도 수일 내로 산동악가에서 볼 터인데……."

도천상은 말없이 품속에서 서책을 꺼내 내밀었다. 책을 받아 들어 몇 장 넘겨보던 능수 진인은 대번에 얼굴이 굳어졌다. 책 안에는 천화 진인과 정화와의 거래 내용이 상세히 적혀 있음은 물론 무당과 정화와의 거래 내용까지 기록되어 있었다.

"강호의 시시콜콜한 내용까지 일일이 정화에게 보고하셨더군요."

식은땀을 흘리던 능수 진인은 헛기침과 함께 얼굴에 철판을 한 겹 깔았다.

"험, 피차일반일세. 서로의 치부를 들추어 어쩌겠다는 것인가?"

"그렇습니다. 정화와의 일은 본 파나 귀 파나 부끄러운 치부지요. 한데 그 부끄러운 짓을 언제까지 할 작정이십니까?"

"무슨 말이 하고 싶은 것인가?"

능수 진인의 음성에 노기가 깃든다.

"지금은 과감히 치부를 도려낼 때라 말씀드리고 있는 것입니다."

"그와의 관계를 청산하라? 생각해 보게. 이건 수지맞는 장사일세. 그는 본 무당이나 자네의 화산에 막대한 자금을 제공했네. 반면 우리가 주는 정보로 그가 무엇을 할 수 있었겠는가?"

"말씀 잘하셨습니다. 강호의 대소사를 그에게 전하는 것은 그에게 큰 도움이 되지 않습니다. 굳이 그런 방법이 아니라도 그의 눈과 귀는 천지에 깔려 있을 테니까요. 그럼에도 그가 막대한 돈을 주면서까지 그런 일을 시킨 이유를 한 번쯤은 생각해 보셔야 했습니다."

도천상은 선뜻 입을 열지 못하는 능수 진인을 보며 말했다.

"그의 목적은 강호의 정보가 아닙니다."

"하면……?"

"정화의 목적은 귀 파와 본 파와의 거래 그 자체였습니다. 그는 거래가 오간 것 자체만으로도 약점을 잡은 것이라는 얘깁니다. 진인께서는 후일 정화가 무림을 손에 넣겠다고 하면 어쩌시겠습니까?"

"물론 그건 필사적으로 막아야겠지."

"정화가 그간의 거래를 강호에 폭로하겠다고 나오는데도 말입니까?"

능수 진인의 등에 식은땀이 흘렀다. 사실 그도 알고 있었다. 하지만 한 번 시작한 거래를 끊을 수가 없었던 것뿐이다. 아니, 좀 더 솔직히 말하면 달콤한 유혹을 뿌리칠 수가 없었다. 단적인 예로 정화와의 거래가 끊긴다면 스무 명 남짓한 인원이 기거

하려 이렇듯 여곽 한 채를 통째로 빌리는 일은 하지 못할 터였다.

"정화가 이번 군웅대회에 참석하는 것은 그와 무관하지 않습니다. 그는 천하를 마니교의 세상으로 만들 생각을 하고 있습니다."

도천상은 더없이 심각한 어조로 무한에게서 들은 정화의 정체를 이야기했다. 모든 이야기를 듣고 난 능수 진인은 복잡한 표정을 지었다. 다른 자가 그 같은 말을 했다면 실소를 터뜨리고 넘길 일이겠으나, 도천상의 입에서 나온 말이니 믿지 않을 도리가 없었다.

"본 파나 화산이나 같은 처지인데 자네는 어찌할 작정인가?"

"정화를 쳐야지요. 이미 황제께서 나섰습니다. 그를 찍어낼 기회는 이번밖에 없습니다."

도천상은 능화 진인의 마음을 확실히 돌려놓기 위해 황제를 거론했다. 효과는 곧바로 나타났다. 아무리 허수아비라도 황제는 황제이니.

"하면 본 파는 무엇을 해야 하는가."

"폐하께서 정화의 수족을 자르라 명하셨습니다."

"허어! 수족 따위가 문제가 아니지. 정화가 죽어야 끝나는 문제인 것을!"

"그 일은 빈도보다 뛰어난 사람이 맡았으니 걱정하지 마십시오."

"혹 백선기협이 이 일에 나선 것인가?"

도천상은 쓴웃음으로 대답을 회피했다. 능화 진인은 그것을 궁정으로 오해한 모양이었다.

"역시 그였군. 그가 나섰다면 걱정할 이유가 없지. 어서 정화의 간적들을 자르러 가세."

도천상이 품속에서 서찰을 꺼내 내밀었다.

"우선 이것부터 무당파 본산으로 보내도록 하십시오."

능화 진인이 서찰을 살펴보니 수취인이 정선으로 되어 있었다.

"자네가 사백께 무슨 일로?"

"기련존자에 관한 소식입니다. 반드시 정선 어르신께서 직접 보셔야 할 일입니다."

"그분께서는 늘 기련존자를 그리워하셨지. 등선하시기 전에 꼭 한 번 보고 싶다 하셨으니 사백께서 매우 기뻐하시겠군."

화산파와 무당파 도사들은 새벽이슬을 밟고 길을 나섰다.

한편 며칠 후 도천상 등이 북경으로 잠입할 즈음 무한은 챙이 넓은 삿갓을 쓰고, 산동악가가 있는 제남과 이백여 리쯤 떨어진 고청(高靑)이라는 곳을 지나고 있었다. 군웅대회를 불과 이틀 앞둔 시점이라 뒤늦게 군웅대회를 보고자 나선 무인들을 심심치 않게 볼 수 있었다. 무공 수위부터 행색, 무리의 규모까지 각양각색이었다. 삼삼오오 작게 무리를 지어 움직이는 자들부터 많게는 이삼십 명씩 소문파가 아예 단체로 이동하는 장면까지 목격되었다. 도천상이 말한 대로 열에 아홉은 무인이라고 하기도 민망할 정도로 삼류도 못 되는 수준들이었다. 이류니 일류니 하는 고수는 그야말로 손에 꼽을 정도였다.

더위가 기승을 부리는 한낮 시간, 산 중턱쯤 올랐을 때 고기

굽는 구수한 내가 풍겨왔다. 얼마쯤 더 가니 거목 아래 같은 복장을 한 스무 명 남짓한 젊은이들이 멧돼지 한 마리를 통으로 굽고 있었다.

다들 무공 수위가 제법 높다. 기재라고 말하기에는 부족했지만, 다들 눈빛이 맑고 생기발랄한 것이 명문 대파는 아니라도 꽤나 체계가 잡힌 문파에서 무공을 전수받은 자들임을 짐작케 했다. 무한이 그들을 스쳐 걸음을 옮겨놓을 때였다.

"여보시오, 거기 삿갓 쓴 분."

굵직한 사내의 음성이 무한의 걸음을 붙들었다.

"부르셨습니까?"

"고기도 마침 다 익었으니 와서 한 점 드시오. 사해가 동도라 잖소. 음성을 듣자니 우리와 비슷한 또래 같은데 말이오."

무한이 삿갓을 슬쩍 들어 올리고 바라보니 얼굴이 둥글둥글한 것이 여간 선한 인상이 아니다. 길은 바쁘나 호의를 거절하기 힘들어 돌아섰다.

"하면 잠시 신세를 지겠습니다."

사내는 무한이 선뜻 다가오자 껄껄 웃었다.

"하하, 신세는 무슨 신세, 넉넉하니 양껏 드시구려."

다른 사내가 노릇노릇 잘 익은 넓적다리 부위를 크게 한 점 베어 내민다. 무한은 넉넉한 인심을 느끼며 죽립을 벗어놓고 고기를 받아 들었다. 사내는 무한의 비쩍 마른 몸을 보고 혀를 차며 말했다.

"많이 좀 자셔야겠소. 그리 말라서야 어디 힘이나 쓰겠소?"

사내가 알통을 만들어 보이며 하는 말에 무한이 희미하게 웃으며 말했다.

"맛이 그만이군요. 딱히 입이 짧은 것도 아닌데 도통 살이 쪄야 말이지요. 한데 산동악가를 가시는 길이신가 봅니다?"

"왜 아니겠소. 우린 저 멀리 사천에서 오는 길이라오. 혹 용호방이라고 아시오?"

흔하디흔한 이름의 방파였으나 그들이 속한 용호방은 방원이 이백이 넘고 일류고수가 열 명이나 되는, 사천에서는 나름 알아주는 방파였다.

무한은 겸연쩍은 얼굴로 말했다.

"제가 강호 경험이 일천하여 식견이 워낙 짧습니다."

무한의 말에 다들 기분 나빠하기는커녕 웃음을 터뜨렸다. 이들이 웃는 이유를 알지 못해 어리둥절해하고 있을 때, 무한을 처음 불러 세웠던 사내가 웃음을 그치며 말했다.

"형씨는 정말 강호 초출이구려. 사실 강호에서는 알지 못해도 아는 척해주는 것이 예의라오. 이를테면 내 물음에 형씨는 모른다고 대답하기보다는 '내 일찍부터 용호방의 명성은 들었는데 이렇게 문원들을 만나니 영광이오' 라고 대답했어야 한단 말이오. 게다가 자신이 강호 초출이라 밝히는 건 되도록 하지 않는 편이 좋소. 자칫 질이 좋지 않은 자들에게 걸리면 손해를 볼 수 있으니 말이오."

"아, 그렇습니까? 하면 제가 결례를 하였군요."

"결례라니, 당치 않소. 사실 그런 속 들여다보이는 인사보다 형씨의 솔직한 대답이 더 마음에 흡족하오. 다들 그렇지 않은가?"

사내의 물음에 다들 미소를 지으며 끄덕였다.

"우리가 웃은 건 형씨를 무시해서가 아니니 기분 나빠 하지는 마시오. 우리도 실은 강호 경험이 그리 많지는 않소. 이번 강호행도 어른들이 반대하는 것을 거의 생떼를 쓰다시피 하여 나온 길이라오."

고기를 건넸던 사내가 무한이 기분 나쁠 것까지 배려해 묻지도 않는 말을 해준다.

"전혀 기분 나쁘지 않습니다. 인사가 늦었습니다. 저는 말씀드렸다시피 강호 초출이나 진배없는 사람으로 무한이라는 이름을 쓰고 있습니다."

무한은 일반 강호인답지 않게 온정 가득한 이들의 모습에 마음이 열려 본명을 말했다. 그가 이곳 방식대로 일어서서 권을 포개며 인사하자, 처음 불러 세웠던 사내를 시작해 차례로 자신의 이름을 말했다.

"나는 반석정이오."

"두해운이오."

"함거정이오."

화기애애한 분위기 속에 세 사람이 자신의 이름을 소개했을 때 불현듯 무한이 얼굴을 굳히고 벌떡 일어섰다. 굳어진 무한의 표정에 자신을 소개하려던 네 번째 사내가 말했다.

"무슨 일이오? 혹 어디 불편한 데라도 있으시오?"

굳어진 얼굴로 뭔가를 생각하던 무한은 산정 쪽으로 시선을 돌렸다. 무한의 행동에 용호방 사람들의 시선이 일제히 반석정을 향했다. 그가 가장 고수인만큼 무슨 낌새가 있었느냐는 무언의 물음이었다.

　반석정이 모르겠다는 듯 고개를 가로저을 때, 무한의 얼굴이 더욱 굳어지나 싶더니 지체없이 몸을 뽑아 올렸다.

2

　무한은 용호방도들의 경악성을 뒤로하고 산정을 향해 무서운 속도로 쏘아져 갔다. 용호방 사람들을 놀라게 할 마음은 없었으나, 촌각도 지체할 수 없어 자잘한 것까지 신경 쓸 여유가 없었다.

　무한은 일부러 거칠게 존재감을 발산하며 달려갔다. 현장과 가까워질수록 여인임에 분명한 누군가가 느끼는 공포가 피부로 전해져 왔다.

　피비린내가 코를 찌른다 싶은 순간, 시야를 가리던 수풀이 화악 걷히며 시야가 탁 트였다.

　무한은 적나라하게 펼쳐진 참경이 도무지 현실이라고 믿기지 않았다. 역겨운 냄새가 코를 찌르는 가운데 잘게 부서진 뼈와 살 조각이 사방에 널려 있었다. 모두 사람의 것이었다.

　왼편으로 시선을 돌리자, 한눈에 보기에도 용모가 절색인 두 여인이 공포에 전 얼굴로 바닥에 쓰러져 있는 것이 보였다. 그녀들은 옷매무새가 흐트러져 거의 반라나 다름없었다.

　무한은 여인들에게서 급히 시선을 돌려 그녀들과 이 장쯤 떨어진 곳에서 서 있는 녀석을 노기충천한 시선으로 바라보았다.

　녀석의 체구는 여인을 방불케 할 정도로 작았다. 뿐만 아니라

피 칠한 얼굴 사이사이로 보이는 둥근 얼굴은 분을 바른 듯 하얗다. 얼굴을 훑어 내려온 시선이 녀석의 바짓단에 머물렀다. 여기저기가 피로 물들어 있기는 했지만, 유난히 바짓단에 피가 많이 묻어 있었다.

'이놈이 색마로구나!'

무한이 녀석의 정체에 대해 눈치챘을 때, 녀석이 살기로 점철된 숨을 으르렁거리듯 내쉬며 고개를 들었다. 무한의 한없이 깊은 눈과 녀석의 혈안이 공중에서 얽혀들었다. 무한은 녀석의 눈에 서린 흉포함과 미증유의 힘, 그리고 끝을 알 수 없는 암울함에 침음을 삼켰다.

녀석의 눈과 마주한 순간 가장 먼저 떠오른 것은 마황진기를 익힌 혈아였다. 다만 이지가 흐트러졌을망정 깨어지지 않았다는 점이 다를 뿐. 굉장히 흥분해 있는 상태였지만 자신을 통제할 이성은 남아 있었다. 순간 무한의 정수리로 한줄기 뇌전이 스쳐 지나갔다.

마황진기를 익히고도 이성이 남아 있는 자.

"너는……!"

격랑이 흐르는 절벽 아래로 몸을 던진 후 십 년이 넘는 세월이 흘렀다. 그러나 놈과의 사이에 십 년이라는 세월의 강이 놓이고 놈의 얼굴이 알아볼 수 없을 만큼 선혈로 물들었다지만, 무한은 알아볼 수 있었다. 놈이 전립이라는 것을.

한눈에 놈을 알아보지 못한 것은 눈앞에 보이는 색마의 모습을 비록 위선에 가득한 모습일망정 선동(仙童)과 같던 지난날의 용모와, 오늘날 무림의 영웅이 되어 있는 백선기협을 한데 연결

시키기 힘들었기 때문이다.

녀석이 움찔 떨었다. 충혈된 눈동자에 거센 격랑이 이나 싶더니 이내 입꼬리가 치켜 올라간다. 무한은 녀석이 자신을 알아보았음을 직감했다.

"크크! 네놈이 누군지 나도 알았다. 명 하나는 징그럽게도 질긴 놈이구나. 이 도련님께서는 네놈이 중원에 발을 들인 것을 익히 알고 있었느니라. 찢어 죽이려 그토록 찾아도 없더니 네놈이 제 발로 내 앞에 나타날 줄이야."

무한은 놈을 마주하자 도리어 마음이 차갑게 가라앉았다.

"네놈에게 했던 마지막 말을 기억하느냐?"

전립의 입가에 깃든 조소가 더욱 짙어졌다. 전립 또한 그날의 일을 아직도 선명하게 기억하고 있었다. 무한은 절벽에서 떨어지기 직전 자신에게 반드시 비기를 얻어 익히라며 으르렁댔었다. 그래야 후일 자신을 만났을 때 조금이라도 더 버틸 수 있을 것이라면서.

"미친 녀석, 주제도 모르고 헛소리하는 것은 그때나 지금이나 여전하구나."

"마황진기는 완성했느냐?"

무한의 말에 전립의 입가에 드리웠던 비웃음이 일순간 씻은 듯 사라졌다. 전립이 딱딱하게 굳은 얼굴로 말했다.

"나는 네놈이 무슨 소리를 하는지 도무지 모르겠구나."

무한은 전립의 얼굴에 비웃음 대신 아로새겨진 당황스러움과 짙은 의문을 놓치지 않았다.

"어리석은 자, 아니, 네놈은 불쌍한 녀석이다. 조부를 비롯한 가문 어른들의 어리석은 욕심과 공명심의 희생양일 뿐이니.”

전립이 버럭 소리쳤다.

“돌아가신 조부님을 들먹이다니, 대체 무슨 말을 지껄이는 것이냐!”

“나는 적어도 네놈이 마황진기를 완성했을 거라는 것과 그로 인해 지독한 고통을 맛보고 있다는 것은 알고 있다.”

전립은 부르르 떨었다. 식은땀이 등줄기를 타고 줄줄 흘러내렸다. 그냥 떠보는 것이라 여겼다. 한데 이쯤 되면 떠보는 수준이 아니었다. 자신이 마황진기를 익히고 있다는 것을 넘겨짚는다는 것은 백번 양보해 추측할 수 있는 일이었지만, 그 후에 일어난 일신상의 변화까지 예측한다는 건 어불성설이었다. 마황진기를 대성한 후 몸에 일어난 변화는 심지어 조부나 부친도 모르는 일이었다.

무한은 전립이 극도의 혼란에 휩싸여 있는 틈을 타 두 여인을 바라보았다. 행색이 말이 아니었지만 지체 높은 집안의 규수라는 걸 알아보는 건 어렵지 않았다. 당장 공포에 전 그녀들을 구해주고 싶었다. 그러나 사정이 여의치 않았다. 무한과 그녀들과의 거리는 십여 장이 넘는 데 비해, 전립과 그녀들과의 거리는 고작 이 장 남짓밖에 되지 않았다.

만약 구해주려는 몸짓을 보인다면 전립이 여인들을 죽여 없앨 공산이 크다. 그렇다고 이대로 싸움을 시작한다면 전투의 여파로 목숨을 부지하기 힘들 터였다.

[내 말이 들리시오? 들리면 눈을 한 번 깜빡여 보시오.]

무한의 전음을 듣고 놀란 표정을 짓던 두 여인은 이내 눈을 깜빡였다.

[잠시 후 굳어진 몸을 풀어주겠소. 하지만 명심해야 할 것이 있소. 몸에 힘이 들어가더라도 섣불리 움직이지 말고, 내가 신호를 주면 그때 놈으로부터 도망치시오. 아시겠소?]

두 여인은 눈을 수차례 깜빡여 알았다는 신호를 보내왔다. 둘 중 한 여인은 비교적 눈동자에 침착함이 깃든 반면 다른 여인은 공포로 거의 정신을 차릴 수 없는 듯 보였다. 무한은 그 점이 다소 마음에 걸렸지만, 자신의 생사가 걸린 일이니만큼 잘 따라주리라 여겼다.

한편 무한이 자신만이 아는 비밀을 어찌 아는지 고민에 휩싸여 있던 전립은 문득 무한이 마선의 제자로 소문이 났던 것을 상기했다.

가능성은 희박하다. 하지만 달리 생각할 수도 없는 것이, 무한이 마황진기에 대해 속속들이 알 수 있을 상황이라고는 자신과 마찬가지로 마선이 남긴 비급을 얻었을 경우밖에 없었다.

"설마 네놈도 마황진기를 익힌 것이냐?"

"그럴지도 모르지."

"하하하!"

난데없이 전립이 폭소를 터뜨렸다. 전립은 어떤 경로로 비급을 입수했는지는 모르나, 무한이 마황진기를 익혔으리라 생각했다. 또한 자신이 겪고 있는 고통을 아는 것으로 보아 무한도 마황진기를 대성했음이 분명하다고 여겼다.

세상천지에 산 사람 몸에 곰팡이가 피고 피고름이 맺혀 서서히 썩어 들어가는 이 고통을 누가 알랴 통탄했는데, 놈도 같은 고통을 당하고 있다고 생각하니 웃음이 절로 나왔다. 무엇보다 그가 웃을 수 있는 것은 당장이라도 무한을 죽일 수 있다고 여겨졌기 때문이다.

마황진기의 폭주는 곤충의 탈각과도 같은 것. 지렁이와 다름없이 땅속을 꿈틀대던 굼벵이가 한 번의 탈각으로 매미가 되어 창공을 날아가듯, 폭주는 비약적인 발전을 가져온다. 다만 어떤 폭주를 거치느냐에 따라 얼마나 높게 또 멀리 비상하느냐가 결정된다. 자신은 모종의 방법으로 최상의 재물을 공급받아 그야말로 인간의 모든 능력을 극대화시켰다.

반면 녀석은 어떤가. 지난 사 년간 모습을 감춘 것으로 보아 쥐새끼처럼 어딘가에서 숨어서 일곱 번의 폭주를 보냈거나, 그도 아니면 고향인 조선으로 돌아가 폭주를 보내고 왔을 공산이 컸다. 둘 중 어느 방법을 택했더라도 자신을 넘어설 가능성은 없었다. 똑같이 마황진기를 대성했더라도 차원이 다를 수밖에 없었다.

"어쨌든 네놈은 내가 마황진기를 익힌 것을 아는 놈이니 죽어줘야겠다."

"네놈은 몸이 썩어 들어가는 지경에 이르러서도 아직 욕심을 부리느냐?"

"그게 어떻단 말이냐? 나는 이미 천하제일고수이며 천하제일협객이니라. 또한 마선으로부터 무림을 구할 영웅이란 말이다!"

"뻔뻔한 놈. 네 문파에서 만들어낸 괴물을 죽여놓고도 영웅 행세를 하다니. 그러고도 큰소리가 나오느냐?"

전립은 무한의 말을 듣고 가슴이 서늘해졌다. 무한은 자신과 자신의 가문의 치부를 그야말로 손바닥 들여다보듯 속속들이 알고 있다. 대체 한시라도 살려둬서는 안 될 놈이 아닌가.

전립이 무한에 대한 살심을 무럭무럭 키워가던 시점, 미풍이 불어와 무한의 소맷자락을 슬쩍 흔들어놓았다. 무한에게 시선을 고정하고 있던 전립조차도 대수롭지 않게 여길 만큼 아주 사소한 변화에 지나지 않았다. 한데 바로 그때,

"아악! 사람 살려!"

이제껏 돌처럼 굳어져 있던 여인 중 하나가 벌떡 일어나 비명을 지르며 전립과 반대 방향으로 뛰어갔다.

'이런!'

그리 당부했건만 혈도를 풀어주자마자 저리 달려나갈 줄이야. 늦었다. 여인이 비명을 지르는 순간 전립이 반사적으로 장력을 여인을 향해 내쏘았다. 무한이 아니라 옥황상제가 와도 이제는 그녀를 구할 도리가 없었다.

무한은 전립을 향해 유령처럼 쇄도하며 그가 당부한 대로 아직 바닥에 납작 엎드려 꼼짝도 않고 있는 다른 여인을 향해 전음을 날렸다.

[바로 지금이오! 이쪽으로 힘껏 달려오시오!]

무한이 공중을 날아 전립과의 거리를 단숨에 사 장 이내로 압축했다. 때를 같이해 무한의 말을 듣지 않고 뛰어나간 여인이 장력에 직격당해 한 줌 혈수로 변해 사방으로 흩뿌려지고 있었다.

파리 죽이듯 간단히 인명을 해친 전립은 무한의 전음을 듣고

막 일어선 여인을 향해 팔을 뻗어갔다.

"놈! 멈춰라!"

차라랑!

무한의 벼락같은 호통성과 함께 만화를 뽑아 던졌다. 만화는 신검의 위용을 뽐내며 무한의 손을 떠나 전립을 향해 전광석화와 같이 쏘아졌다. 전립은 눈부시게 밝은 빛을 머금은 만화가 모골이 송연해지는 소리를 발하며 들이닥치자, 여인을 향했던 팔을 즉시 거두어들였다.

콰앙!

반쯤 일어섰던 여인이 도로 풀썩 주저앉아 귀를 틀어막을 만큼 강력한 폭음이 울리고, 전립이 마치 누군가가 뒤에서 끌어당긴 듯 일 장여를 주르륵 밀려났다. 전립은 밀려나는 와중에도 언제 뽑아 들었는지 모를 순백색 부채를 여인을 향해 한차례 강하게 털어냈다.

"어림없다!"

무한이 팔을 뻗자 저 멀리 튕겨져 날아가던 만화가 쏜살같이 돌아와 여인을 향해 치닫는 음풍(陰風)을 조각조각 갈라놓았다.

저척!

검을 받아 들고 지상에 내려선 무한은 겉옷을 벗어 여인의 반쯤 드러난 몸을 감싸고 뒤로 물렀다.

"되도록 멀리 몸을 피하시오."

"하지만 은인께서……."

"놈에게 당할 내가 아니오."

여인은 무한의 말에 부르르 떨었다. 공포나 두려움 따위에 기인한 떨림이 아니라 격정의 떨림이었다. 여인은 우거진 숲을 향해 달려가다 수풀 속으로 몸을 묻기 직전 돌아섰다.

"소녀의 이름은 유화예요. 다시 만나뵐 수 있다면 공자께 반드시 이 은혜를 갚겠어요."

자신을 유화라 소개한 여인이 수풀 속으로 사라지는 것을 바라보던 전립이 말했다.

"네놈이 명을 재촉하는구나. 느긋하게 상대하려 했는데, 도망친 년을 붙잡아 숨통을 끊어놓으려면 시간을 오래 끌 수 없으니 말이다."

"지난 세월 네놈을 숙적으로 여겨왔다. 한데 이렇게까지 최악이 되어 있을 줄은 몰랐구나. 고작 힘없는 여인이나 겁간하고 죽이는 놈으로 전락해 있을 줄이야."

무한의 말에 전립이 비웃으며 말했다.

"네놈은 위선자다."

"무슨 뜻이냐?"

"네놈도 실은 나와 같이 하고 싶지 않느냐? 생살이 썩어가는 고통을 네놈 또한 알 터, 그 고통은 맨 정신으로 버틸 수 있는 것이 아니다. 네놈도 나와 같은 고통을 당하고 있으니 자비를 베풀어주겠다."

잠시 말을 멈춘 전립은 유화가 사라진 방향을 바라보며 다시 말을 이었다.

"멀리 가지 못했을 게다. 쫓아가 마음껏 유린해라. 흐흐, 본성대로 즐기란 말이다. 그리고 즐긴 후에는 갈기갈기 찢어 죽여라. 그때만큼은 고통을 잊을 수가 있느니라."

"미친놈."

무한은 말과 동시에 상의를 양쪽으로 잡아당겼다. 단추가 두 둑 떨어지며 맨살이 드러났다.

전립은 눈을 부릅떴다. 무한의 피부는 자신과는 달랐다. 흡사 고행을 거친 행자처럼 갈비가 드러나 보일 정도로 마르기는 했지만, 곰팡이가 피고 썩어 들어가기는커녕 아기 피부처럼 매끈하기만 했다.

마황진기를 익히고도 멀쩡하다? 물론 그럴 수도 있다. 대성하기 전까지는.

"대성도 못한 주제에 감히 누굴 상대하겠다고……!"

전립의 말이 끝나기도 전에 사 장 이상 떨어져 있던 무한이 일순간 전립의 코앞에 나타났다. 나비의 팔랑거림 같은 만화의 몸짓. 하지만 그 움직임에 담긴 힘은 상상을 초월했다.

"헉!"

파팟!

전립은 무한의 상식을 벗어난 속도에 헛바람을 집어삼키며 백선(白扇)을 휘둘렀다.

콰앙!

공력의 수발에 있어 시간에 제약받는 경지를 넘어선 지 오래. 아무리 급습이었다 하나 뜻이 인 순간 진기가 일어나 결코 적지 않은 공력이 부채에 담겼다. 한데도 손목이 시큰하고 가슴이 뻐근하다. 예삿일이 아니었다.

파라랑!

무한이 재차 만화를 흩뿌려 왔다. 이를 악문 전립은 보법을 펼쳐 꺼지듯 물러섰다. 하지만 전립이 무한의 공세에서 벗어난 건 잠시 잠깐뿐, 공간을 늘인 듯 급격히 멀어지던 둘 사이가 다시 급격히 가까워지기 시작했다. 그리고 다시 한 번 충돌.

전립은 무한의 가공할 공세에 연이어 현마진린보를 펼쳤다. 현마진린보를 익힌 이래로 보법을 공격이 아닌 방어의 용도로 사용하기는 처음이었다. 하지만 그마저도 신통치가 않았다.

현마진린보는 세상에서 가장 빠른 신법, 게다가 대성의 경지에 이른 터. 보법을 후방으로 펼쳤음을 감안하더라도 너무 쉽게 따라잡혔다.

하지만 전립은 속절없이 무한의 공세를 감내해야 했다. 검끝의 잔 떨림 하나에도 엄청난 검기의 폭풍이 몰아닥쳤다. 죽어라 퇴보를 밟아도 무한을 떨쳐 낼 수가 없었다. 전립은 한 가지 사실을 인정할 수밖에 없었다. 무한은 현마진린보를 대성했다, 그것도 자신 못지않은 수준으로.

현마진린보의 대성은 마황진기의 대성을 의미하는 것. 전립은 무한이 마황진기를 대성하고도 몸이 썩어 들어가는 부작용을 피했다고 생각했다.

콰콰쾅!

격렬한 격돌 후 무한과 전립이 십여 장을 격하고 표표히 내려섰다.

"네놈은 마황진기의 약점을 보완했구나!"

전립의 음성에 낭패감이 아닌 희열의 감정이 깃들었다. 그럴 수밖에 없었다. 꼼짝없이 죽는구나 생각했는데 이제 빌어먹을 저주에서 풀려날 방도를 알아낼 수가 있는 것이다. 전립의 의중을 꿰뚫어 본 무한은 싸늘히 말했다.

"헛된 기대는 하지 않는 것이 좋을 것이다. 나는 애초에 네놈이 익힌 마황진기를 익히지도 않았으니."

"그런 얄팍한 거짓으로 나를 속일 수 있다고 생각했느냐?"

전립은 코웃음 칠 뿐 믿으려 하지 않았다. 마황진기가 아니고서는 현마진린보를 극성에 이르도록 익힐 수 없다고 알고 있었으니 당연했다.

무한은 전립의 어리석음에 고개를 저었다.

"생각해 보아라. 내가 마황진기를 익히고도 아무런 부작용이 없었다면 어찌 네놈이 겪고 있는 고통을 알았겠느냐?"

"네놈도 나처럼 처음에는 부작용이 일어났겠지. 하지만 네 녀석은 모종의 방법으로 그것을 고친 것이 아니냐?"

"그게 그리 쉽게 되는 것이었다면 당대 천재 중 하나라 일컬어지던 마선이 사십 년이 넘는 동안 동분서주할 일도 없었겠지."

전립은 무한이 마선을 언급하자 흠칫 놀랐다.

"정말 마선이 살아 있기라도 한 것이냐?"

"네놈의 조부가 버젓이 살아 있다는 것, 그리고 네놈이 익힌 무공이 마황진기이고 지금껏 출현한 마선의 제자라는 살인귀들이 모두 너희 산동세가의 작품이라는 것, 그 모든 것을 내가 어찌 알게 됐다고 생각하지?"

"그게 마선과 무슨 상관이 있단 말이냐?"

"모두 그가 벌인 일인데 왜 상관이 없겠느냐?"

"개소리!"

"부정해도 숨길 수 없는 사실이다. 과거 마선은 마황진기를 대성하자 네놈이 겪고 있는 천형을 얻었다. 마선은 네 조부를 이용해 도선비기를 얻은 후 병을 치유하고자 했던 것이다. 이 모든 일의 원흉이 마선이지만 어찌 보면 그가 네놈보다 낫다는 생각이 드는구나. 그는 적어도 네놈처럼 여인들을 겁간하고 죽이는 방법으로 고통을 잊기보다는 백방으로 고칠 방법을 찾아다녔으니 말이다."

전립은 무한이 모든 일을 안다는 듯 마선을 언급하자 마른침을 꿀꺽 삼켰다.

"내 조부께서 마선의 유해를 직접 목격하셨는데 무슨 헛소리냐!"

"구룡폭포 뒤편에 있는 그 목내이를 말하는 것이냐?"

전립의 얼굴이 하얗게 질렸다.

"서, 설마 정말 마선이 살아 있다는 것이냐?"

"그는 살아 있다."

전립은 여러 정황상 무한의 말을 믿지 않을 수도 없었지만 그렇다고 액면 그대로 받아들이기도 힘들었다.

"네놈의 말에는 명백한 허점이 있다. 조부께서 마황진기를 습득한 건 마선이 모든 폭주를 마친 후의 일이었으나, 보법 책을 습득한 건 마선이 마황진기를 대성하기 훨씬 전의 일이다. 마선 본인도 마황진기가 대성하기 전까지는 자신에게 닥칠 불행을 몰랐을 것이 분명한데, 어찌 내 조부를 이용할 속셈을 가질 수 있었겠느냐?"

"네 말이 맞다. 네 조부가 현마진린보를 습득한 곳은 황보세가로, 고작 세 차례 폭주를 일으키고 난 뒤의 일이라 시간상 맞지가 않지.”

전립은 무한과 대화가 길어질수록 경악을 금치 못했다. 도대체 모르는 것이 없지 않은가. 마선이 생존해 무한과 사제지연을 맺고 모든 일을 얘기했음이 분명해 보였다.

“그래서 그게 어쨌다는 거냐?”

“마선은 현마진린보를 의도적으로 흘린 것이 아니라 분실했던 것이다. 비급을 잃어버린 것을 알아채고 되돌아갔을 때, 마침 막역지우가 위험에 처한 것을 알고도 쥐새끼처럼 숨어 있었던 네 조부가 밖으로 나와 비급을 챙기고 있었지. 마선은 폭주가 끝난 상태라 전 기력을 소진하여 감히 네 조부를 막지 못했던 것이다.”

“말도 안 된다!”

전립은 커다란 충격에 빠졌다. 무한의 말을 믿을 수가 없었다. 조부가 황보세가에 도착했을 때는 이미 마선이 다녀간 뒤라 모든 상황이 끝나 있었다고 하지 않았던가.

“진실은 네 조부와 마선, 그리고 하늘이 알고 있을 것이다. 지금 중요한 건 그게 아니지.”

그렇다. 충격적인 일이었지만 지금 중요한 것은 모든 것이 마선의 음모였느냐는 것이었지, 조부가 황보세가에 언제 도착했느냐가 아니었다.

“계속 지껄여 보아라!”

“폭주를 마치면 어떤 상태가 되는지는 네가 누구보다 잘 알 것이다. 마선은 막 폭주를 마친 상태라 어두운 밤에 비급을 가

저간 네 조부의 얼굴을 볼 수가 없었다. 하여 비급 회수를 포기했는데 후일 마황진기를 대성하여 병을 얻은 후, 고칠 방도를 찾다가 보법을 습득한 자를 이용할 생각을 한 것이다. 보법을 습득한 자가 보법을 익히다 벽에 부딪치면 반드시 절영문을 찾을 것이라 예상했던 것이지."

전립이 난데없이 광소를 터뜨렸다.

"호호호, 으하하하!"

이제 더는 부정할 수 없었다. 무한의 이야기를 거짓으로 치부하기에는 모든 이야기가 너무도 자세했고 아귀가 들어맞았다. 어디 한 군데 미심쩍은 부분이 없었다.

평생을 한낱 누군가의 꼭두각시로 살았다니. 순간적으로 만감이 교차했다. 분노가 들끓는가 하면 분노를 넘어 허탈감이 밀려들었다. 지난 세월 일거수일투족을 마선에게 감시당했을 것을 생각하니 소름이 돋았다. 전립이 순간 광소를 뚝 그치며 말했다.

"그래서 네놈은 마선 그자를 사부로 맞아 내가 얻어온 비기로 완벽해진 마황진기를 익힌 것이냐?"

"나는 마황진기를 익히지 않았다. 마선을 스승으로 맞은 적 또한 없다. 더군다나 마선은 너를 이용해 도선비기를 얻었지만 너와 마찬가지로 마황진기의 단점을 고치지는 못했다."

무한은 지난 사 년간 천마지동에 들었던 것과 천마의 심득을 노리고 들어온 마선과의 만남, 그리고 그에게 천마의 심득을 빼앗긴 일을 이야기했다.

모든 이야기를 풀어놓은 무한은 만화를 단단히 틀어쥐었다. 전립이 어찌 나올지 불 보듯 뻔했다. 무한의 예상대로 전립은 살기를 키웠다.

전립은 삽시간에 자신이 어찌 행동해야 하는지를 결정했다. 먼저 자신과 가문의 치부를 속속들이 알고 있는 무한을 처치한다. 그 후 특무대주가 되어 마선을 잡아 병을 고칠 방도를 알아낸다.

무한은 전립의 손에 들린 백선이 가공할 공력을 품는 것을 보며 말했다.

"잠깐 기다려라. 네 의문을 모두 풀어주었으니 이번에는 내가 한 가지 묻겠다."

"좋다. 이 빌어먹을 병을 고칠 실마리를 주었으니 그 정도의 아량은 베풀어주지."

"너는 무슨 수로 마황진기를 대성한 거지? 지금껏 벌어진 혈사만으로는 설명이 안 된다."

"네놈은 무척이나 머리가 좋은 척하면서 고작 그걸 짐작하지 못한단 말이냐?"

무한이 한층 서늘한 시선으로 전립을 노려보며 말했다.

"설마 네놈들 산동악가가 그간 외부로부터 받은 문원들을 이용한 것이냐?"

무한은 일의 전말이 설마 했던 자신의 짐작과 다르지 않음을 확인하고 치를 떨었다. 산동악가는 일 년에 한 차례씩 문원들을 받는다. 그리고 은밀한 장소에 감금해 두고 마황진기를 익히게 한다. 시일이 지나 폭주를 하면 이성을 잃은 그들은 서로를 죽인다. 자연히 폭주를 거듭할수록 가장 강한 자들만이 남게 되고 그들은 최종적으로 전립의 폭주 상대가 된다.

“어떻게 그것이 가능했던 거지?”

“조선에서 가져온 비기와 마황진기를 접목해 이뤄낸 성과였다. 폭주 자체를 없애지는 못했지만 내 스스로 폭주 시기를 어느 정도 조절할 수 있게 되었던 거다.”

무한은 문득 또 다른 충격적인 사실을 유추해 냈다. 혼천등마부뿐만 아니라 북경혈사 등, 모든 혈사들은 전립이 직접 저지른 것이 아니라는 점이었다. 그렇다면 그 혈사들은 어떻게 해서 벌어진 것일까. 감금해 놓았던 자들이 탈출해서 벌어진 것일까?

아니다. 그럴 리가 없었다. 천마지동처럼 절대로 들고날 수 없는 곳에서 무인들을 사육했을 터였다. 그들 중 하나라도 탈출하여 전말을 세상에 알린다면 그야말로 산동악가에게는 치명적인 일이니 관리를 그처럼 소홀히 했을 리가 없다.

그럼에도 수차례나 혈아가 세상에 나온 건 산동악가에서 의도적으로 데리고 나왔다고밖에 볼 수 없다. 되짚어보니 자신이 알고 있는 혈사들은 모두 산동악가에는 유리하게 작용했다.

가장 먼저 일어난 북경혈사에서는 산동 진출을 호시탐탐 노리던 경천신문의 봉공들이 죽었다. 그로 인해 경천신문의 전력이 크게 약화되었다. 그뿐만이 아니었다. 산동과 맞닿은 강소성의 가장 강대한 문파였던 혼천등마부가 사라짐으로써 강소성이 무주공산이 되었다. 혼천등마부가 무너지면 가장 큰 득을 볼 남궁세가도 지부 하나가 박살 나고 가문을 대표하는 고수가 출혈을 입었다. 그 때문에 남궁세가는 무주공산이 된 강소성을 접수하지 못했다.

결국 오늘날에 이르러 산동악가는 경천신문이 사라진 북경과 무주공산이 된 강소성에 무혈 입성해 세력을 공고히 한 상태였다. 바야흐로 산동악가는 백선기협이라는 천하제일고수를 배출해서만이 아니라, 세력 면에서도 명실공히 천하제일세가가 된 것이다.

"이제 모든 궁금증이 풀렸느냐? 그럼 이제 시작해 볼까?"

"아니, 아직은 아니다."

"흥, 뭐가 또 남았느냐?"

"네놈이 도둑질해 간 비기를 내놓아라."

"곧 죽을 녀석이 보물을 탐하다니, 네놈도 별수 없구나. 그걸 익힌다 해도 지금의 네놈에게는 아무런 도움이 되지 못하니 미련은 버려라."

"이미 조선에 있을 때부터 네놈이 가져간 것 이상의 비기를 얻은 나다. 그럼에도 나와 사질들이 비기를 찾아 명나라 땅을 밟은 이유는, 도선비기는 짐승과 하등 다를 바 없는 네놈들 따위가 보관해도 될 정도로 하찮은 물건이 아니기 때문이다."

"흥, 어디 할 수 있으면 그 짐승을 쓰러뜨리고 가져가 보려무나."

일순 비웃음 가득했던 전립의 얼굴이 딱딱하게 굳어졌다. 난데없이 무한의 뒤쪽에서 한 번에 수십 명의 기척이 느껴진 것이다. 거리는 십 장 밖, 일반인도 무한과 나눈 모든 대화를 똑똑히 들을 수 있을 정도로 근거리였다.

저들이 이토록 가까이 접근하도록 느끼지 못하다니. 상대가 자신의 이목을 속일 정도로 고수여서가 아니었다. 그들에게서 느껴지는 기파는 이류 수준에 불과했다.

"네놈이 저들의 접근을 알아채지 못하도록 기파를 차단한 것이냐?"

무한은 미소로 답했다. 전립으로서는 기가 막힌 일이었다. 무한에게 속아 저들이 듣는 앞에서 모든 일을 털어놓았으니 수많은 중인을 만든 셈이었다.

"제법 잔꾀를 썼다만 쓸데없는 짓을 하였구나. 모조리 쓸어버리면 그뿐인 것을!"

그때 한 무리의 사람들이 수풀 속에서 모습을 드러냈다. 무한의 뒤를 쫓아온 용호방 무인들과 전립의 마수에서 벗어난 여인, 유화였다.

용호방 무인들은 도무지 믿기지 않는 얼굴로 전립과 무한을 번갈아 바라보았다. 무한을 따라서 무작정 숲으로 뛰어들 때만 해도 이런 엄청난 이야기를 듣게 될 줄은 몰랐다. 낭패한 신색으로 산을 내려오던 유화를 만나 색마와 싸우고 있는 협사를 구해달라는 간청을 받았을 때도 이런 일은 상상조차 하지 못했다.

"진정 천하제일세가의 백선기협입니까?"

반석정의 불신 가득한 물음에 전립이 벌레 씹은 표정을 지으며 말했다.

"그렇다면 어쩔 테냐?"

"놈! 색마 따위가 어찌 그분을 사칭하는 게냐!"

반석정은 믿으려 하지 않았다. 그를 본 무한이 냉정한 음성으로 말했다.

"잘못 들은 것이 아닙니다. 들으신 저자는 산동악가의 전립입니다. 그는 마황진기와 현마진린보를 익혔고, 모두 마선의 제자라 알고 있던 혈아도 산동악가의 소행이었습니다.”

“하면, 당신은 누굽니까.”

“나는 저자를 쫓아 조선에서 온 사람입니다.”

“북진무사!”

“기검신협!”

조선에서 왔다는 무한의 말에 용호방 무인들이 제각각 토해 낸 말들이었다.

“물러서십시오.”

무한의 말이 아니라도 용호방 무인들은 비척비척 물러서고 있었다. 전립의 기세가 심상치 않았다. 눈은 핏발이 곤두서고 제멋대로 풀어헤쳐진 머리는 사방으로 뻗어 거센 기류에 미친 듯이 춤추고 있었다. 거기에 얼굴은 피 칠을 한 채로 진득한 살기를 피워내기 시작하니 용호방 무인들이 견뎌낼 재간이 없었다.

전립은 끝 간 데 없이 끌어올린 공력을 백선에 실었다. 극렬한 살기가 사방을 휩쓸었다. 산천초목마저 그 서슬에 숨죽인 그때, 먼저 전립의 신형이 허공을 가르고 이어 무한 또한 땅을 박찼다. 무림 최강의 보법을 대성한 그들에게 있어 일이십 장은 아무런 의미가 없었다. 발이 땅에서 떨어졌다 싶은 순간 둘은 허공에서 격렬하게 맞닥뜨렸다.

카라라랑!

공수가 눈에 보이지 않을 정도로 빠르게 교차되었다. 필살의 기세를 품은 만화와 백선은 천변만화하며 틈을 비집고 상대의 목숨을 끝없이 탐했다. 만화는 변화의 극의를, 백선은 그에 맞서 극한의 쾌로 응수하고 있었다.

용호방 무인들은 귀청을 찢을 듯 울리는 공명음에 진저리쳤고, 무공이 없는 유화는 털썩 주저앉아 귀를 틀어막았다. 만변과 극한의 쾌라는 엇갈린 무위를 선보이고 있었으나 두 사람 공히 밑바닥에 산이라도 쓸어버릴 만한 공력을 깔고 있는 터였다.

"저, 정녕 이게 진정 사람의 싸움이란 말인가!"

반석정의 입에서 나온 말은 모두의 심정을 대변하고 있었다. 사방으로 휘몰아치는 진기의 폭풍은 차치하더라도 허공에 뜬 채로 수백 초를 교환하는 모습은 인간이 아니라 흡사 신들의 대전 같았다.

그러나 제아무리 인간의 경지를 초월했다고 해도 언제까지 허공에 머물 수는 없는 법. 맹렬한 충돌을 끝으로 둘은 십여 장을 격하고 지상으로 내려섰다. 하지만 그들이 바닥에 발을 붙인 건 그야말로 찰나에 지나지 않았다. 둘은 바닥에 발이 닿기가 무섭게 박차고 날았다.

콰쾅!

충돌 후 튕겨지듯 떨어져 내린 둘은 땅에 뿌리라도 박은 듯 서로를 응시한 채 미동도 하지 않았다. 무한의 안색이 처음과 별로 달라진 점이 없는 것과는 달리 전립은 낭패한 기색이 역력했다. 붉게 상기된 얼굴에 놀람과 당황, 그리고 분노의 감정이 혼재해 있었다.

무한이 전립의 굳은 얼굴을 보며 말했다.

"소용없는 짓, 패배를 받아들여라."

"건방진 놈! 한 수 득했다고 기고만장하다니. 네놈에게 하늘

위에 하늘이 있음을 보여주마!"

순간 전립으로부터 뿜어지던 압력이 씻은 듯 사라지고, 대신 백선으로 기운이 집중되기 시작했다. 곧 백선을 둘러싸고 희뿌연 안개가 서리고 주변 공간이 일그러졌다. 대체 어떠한 기운이 실렸기에 공간의 왜곡 현상이 일어난단 말인가.

무한은 전립이 일격에 승부를 결정지으려 한다는 것을 깨닫고 최후의 일격을 준비했다.

"핫!"

"차하!"

무한과 전립은 동시에 억눌린 기합을 토하며 서로를 향해 빛살처럼 쏘아져 갔다. 아니, 쏘아진 것은 그들 자신이 아니라 병기였다.

위잉!

무섭게 회전하며 기괴한 소리를 동반한 백선과 흡사 사라지듯 무한의 손을 떠난 만화는 정확히 중앙에서 맞닥뜨렸다.

쩌저정!

굉음이라 할 만큼 강력한 충돌성이 터졌다. 신병(神兵)이라 불리기에 손색이 없는 두 병기는 강력한 충격 직후 조금의 손상도 없이 각기 반대편으로 세차게 튕겨져 날아갔다.

전립이 대뜸 쏘아져 오는 백선을 향해 팔을 뻗었다. 대결을 지켜보던 사람들은 당연히 백선을 잡아채려는 동작으로 생각했다. 그러나 결과는 그들의 예상을 초월했다.

파락!

전립이 허공을 움켜쥐듯 틀어쥐니 접혀 있던 백선이 저절로 퍼졌다. 그것으로 끝이 아니었다. 두 팔을 앞으로 밀어붙이는 시늉을 취하자 믿을 수 없는 일이 벌어졌다. 엄청난 속도로 쏘아지던 백선이 방향을 바꿔 무한을 향했다. 처음 그의 손에서 떠날 때와 비교해도 못하지 않은 속도였다.

"가라!"

무한 또한 물러서지 않았다. 그 또한 팔을 휘젓는 간단한 동작으로 자신을 향해 날아오던 만화를 되돌렸다.

카라라랑! 쩡! 쩡!

경악을 넘어 기괴한 기분마저 느껴졌다. 병기의 주인은 멀찍이 떨어져 있는데 병장기들은 중앙에서 살벌한 전투를 벌이고 있었다. 어떤 악전고투 못지않았다. 더욱 놀라운 것은 그곳으로부터 뇌전과 천둥성이 연이어 터져 지축을 뒤흔든다는 것이었다.

용호방 무인들이 생전 듣도 보도 못한 일에 귀신에라도 홀린 듯 기묘한 기분에 휩싸여 있을 때, 어느 순간 사람의 형상은 보이지 않고 셀 수도 없는 숫자의 부채 그림자가 허공을 가득 메웠다. 부채 그림자가 햇빛을 가려 주위가 온통 어두워질 정도였다.

"이런, 기검신협이 밀린다."

반석정의 음성에 숨도 멈춘 채 싸움을 지켜보던 용호방 무인들의 얼굴이 사색이 되었다. 백선이 천지를 점했으니 결코 길한 징조가 아니었다.

그 생각을 뒷받침이라도 하듯 전립의 굳었던 안색에 언제부터인가 득의한 웃음으로 가득 차 있었다.

용호방 무인들은 서로를 마주 보았다. 그들의 눈빛은 하나같이 이곳을 한시바삐 떠나야 한다고 말하고 있었다. 하지만 단 한 사람, 반석정은 미련을 버리지 못하고 있었다. 그 또한 무한의 패배가 곧 자신들의 죽음과 직결된다는 걸 잘 알고 있었다. 무한이 조금이라도 버텨줄 때 이 산을 벗어나는 것이 이성적인 판단이었다.

그럼에도 쉽게 등을 돌리지 못하는 건 이 같은 싸움을 다시는 볼 수 없을 거라는 아쉬움 때문이었다. 그는 심지어 이 싸움의 결말을 곁에서 지켜볼 수 있다면 예서 죽어도 좋다고 생각하고 있었다.

하지만 지금은 자신만 있는 것이 아니었다. 자신을 두고 갈 동료들이 아니었기에 고집을 피운다면 애꿎은 그들을 죽음으로 몰아갈 수도 있었다.

"망설일 이유가 없네. 속히 가세! 일단 살아 나가야 저자와 산동악가의 악행을 세상에 알릴 수 있을 것이 아닌가?"

두해운의 재촉에 반석정은 그제야 고개를 끄덕였다.

"소저, 갑시다. 우리가 집까지 안전히 데려다 주겠소."

반석정이 팔을 잡아끌자, 곧 울음을 터뜨릴 것 같은 얼굴로 중앙을 뚫어져라 바라보고 있던 유화는 손을 강하게 뿌리치며 말했다.

"다, 당신들은 왜 저분을 도와주지 않고 가자는 거죠?"

"우리라고 왜 그러고 싶은 마음이 없겠소. 하지만 소저가 모르는 것이 있소. 저 둘은 강호에서 첫째 둘째를 다투는 고수라오. 부끄럽게도 우리는 끼어들 힘이 없단 말이오."

"하지만……."

으드득!

유화의 말을 비집고 육중한 뭔가에 짓눌려 바스러지는 소리가 울렸다. 반석정이 바라보니 무한의 다리가 발목까지 땅속으로 파고들어 가 있었다.

"미안하오."

더 이상 지체할 수가 없었던 반석정은 유화를 기절시켜 들쳐안았다. 용호방 무인들이 무한의 패배를 직감하고 서둘러 하산하고 있는 그때, 무한과 전립의 싸움은 일대 변화를 맞고 있었다. 변화는 아주 사소한 것으로부터 시작되었다.

허공에 가득하던 부채 그림자 중 하나가 옅어진다 싶더니 부서져 연기처럼 흩어지고, 만화가 똑바로 바라보지도 못할 만큼 눈부신 백광을 발하며 수면 위로 솟아나듯 검첨부터 천천히 모습을 드러냈다.

만화가 반쯤 모습을 드러냈을 때 검 주위에 있던 수많은 부채 그림자가 득달같이 달려들었다. 만화는 곧 부채 그림자에 겹겹이 둘러싸여 버렸다. 또다시 찾아온 어둠. 그러나 어둠은 길지 않았다. 만화를 덧씌웠던 그림자에 수많은 실선이 그어지고 이어 그 틈새로 강렬한 빛이 새어 나왔다. 만화를 덧씌웠던 백선의 그림자들이 산산이 부서져 검신으로 녹아들 즈음,

"으윽!"

전립의 앙다문 입술을 비집고 신음이 흘러나왔다. 이어 가일층 몸집을 불린 만화가 남은 그림자들마저 흡수해 버리자 전립은 급기야 피를 토해냈다.

그림자 따위가 깨졌다고 피까지 토하다니, 기이한 노릇이었지만 사실은 그렇지 않았다. 무한이 깨뜨린 그림자는 단순한 잔영이 아니라 전립이 추측할 수 없는 공력으로 빚어낸 유형화된 진기였다. 전립이 가진 무공의 총체였던 것이다.

넝마 조각처럼 부러지고 찢긴 백선을 간신히 회수한 전립은 비틀비틀 물러섰다. 허공에 둥실 떠 강대한 위용을 자랑하는 만화를 향한 그의 핏발 선 동공에 거센 격랑이 일었다. 눈부신 빛무리에 감싸인 만화는 천상천하 유아독존을 부르짖고 있는 것만 같았다.

하늘 위에 하늘이 있음을 보여주겠다고 큰소리를 쳤었다. 한데 도리어 무한에게서 또 다른 하늘을 보았다. 아니, 눈앞에 펼쳐진 경지는 전립 또한 이미 발을 들여놓은 경지였다. 무한과 자신의 차이는 비유하자면 절정 초입과 절정 끝단 정도라고 할 수 있었다.

짐작할 수조차 없는 까마득한 차이였다면 좌절했을지도 모를 일. 하지만 두 번째 단전에 대한 존재를 깨닫기 시작한바, 시간이 허락된다면 얼마든지 도달할 수 있는 경지였다. 물론 적지 않은 시간이 필요하다. 하지만 전립은 또 다른 꿍꿍이가 있었다.

전립이 빠져나갈 방도를 강구하고 있을 때, 무감정한 어조로 말했다.

"마지막으로 남길 말은?"

"이놈! 아직은 이르다! 받아라!"

전립은 짐짓 한 수가 남았다는 듯 넝마가 된 백선에 막대한 공력을 실어 던졌다.

쐐액! 쩡!

백선이 살벌한 음향을 발하며 중앙에 떠 있던 만화에 부딪쳐 폭발하듯 터져 나가는 찰나,

파팟!

전립은 혼신의 힘을 기울여 몸을 뽑아 올렸다.

"……."

전립이 비장의 한 수를 쓰려는 것이라 짐작하고 단단히 대비하고 있던 무한은 순간 어리둥절한 얼굴이 되었다. 전립은 쇄도해 오기는커녕 반대편 숲으로 도망치고 있었다.

일생의 숙적이라 여겨왔던 자가 색마인 것도 모자라 등을 보이고 도망을 치다니. 무한은 밀려드는 허무함과 당황스러운 감정을 떨쳐 내느라 무진 애를 써야 했다. 생각 같아서는 복수고 뭐고 이만 내버려 두고 싶었다. 대체 상대할 가치가 없는 자가 아닌가.

하지만 쫓아야 했다. 도선비기를 찾아야 하는 건 둘째 치고 인간 같지도 않은 자가 인간 가죽을 뒤집어쓰고 세상을 멋대로 주무르는 꼴을 두고 볼 수는 없는 일이었다.

대략 차 한 잔 마실 시간 동안 전립을 쫓던 무한은 문득 전립이 조금씩 방향을 틀어 동쪽으로 향하고 있는 것을 깨달았다. 산동악가가 있는 제남과 같은 방향이라 대수롭지 않게 생각했다. 그런데 문득 그게 아닐 수도 있다는 생각이 들었다. 수풀 사이에 떨어진 여인의 작은 머리 장식을 본 후 그 생각은 확신으로 굳어졌다.

　깊은 산속에 떨어진 여인의 머리 장식. 누구의 것인지는 불보듯 뻔했다. 놈은 앞서 간 용호방 무인들의 흔적을 따르고 있었다.

　"이놈이 끝까지!"

　무한은 낼 수 있는 최대한의 속도로 전립을 추격했다. 덕분이 한 식경 쯤 지났을 때 드디어 전립의 기척을 느낄 수 있었다. 무한의 표정은 더욱더 굳어졌다. 전립뿐 아니라 가까운 곳으로부터 용호방 무인들의 기척이 느껴진 때문이었다.

　지금 속도대로라면 전립을 따라잡기 전에 간발의 차이로 저들이 먼저 전립과 맞닥뜨리게 된다. 간발의 차이라고는 해도 전립이 저들 모두의 목숨을 앗아가고도 남을 시간이었다.

　차라랑!

　무한은 달리는 속도를 유지하며 의도적으로 살기를 증폭시켰다.

　"용호방 협사들은 속히 흩어지시오!"

　백선기협의 마수로부터 벗어나기 위해 산을 급히 내려가던 용호방 방도들은 무한의 음성에 깜짝 놀라 돌아보았다.

　"노, 놈이다!"

　함거정의 음성에 공포심이 짙게 묻어 나왔다. 유화를 안고 달리던 반석정이 뒤를 돌아보니 과연 전립이 엄청난 속도로 거리를 좁혀오고 있었다.

　"흩어져! 흩어져라!"

　고함을 친 반석정은 뿔뿔이 흩어지는 동료들을 보며 본인 또한 소로를 벗어나 숲으로 뛰어들었다.

사삭!

무작정 앞만 보고 달리던 반석정은 곧 전립이 자신을 따르고 있음을 깨달았다. 순간 복잡한 심정이 되었다. 동료가 아니라 자신이어서 차라리 다행이라는 생각이 들면서도, 품에 안겨 있는 유화에 대해 미안함을 금할 길이 없었다.

이대로 따라잡힌다면 어차피 둘 다 죽는다. 젖 먹던 힘을 다해 도망치던 반석정은 급히 바위 틈바구니에 유화를 은신시켜 놓고 방향을 틀어 달리기 시작했다.

"이놈! 여기다! 네놈이 나를 따라잡을 수 있을 성싶으냐?"

일부러 소리를 치는 것은 유화만이라도 살아남기를 바라는 마음에서였다. 한데 한참을 달리다 돌아보니 놈이 따라오는 기척이 없었다.

불길한 예감에 속히 길을 되짚어 가보니 유화의 모습이 온데간데없었다. 그때였다. 눈앞에 퍼뜩 유령처럼 누군가가 나타났다.

"어이쿠!"

반석정이 깜짝 놀라 뒷걸음질치다 엉덩방아를 찧었다. 하얗게 질린 얼굴로 고개를 들어보니, 다름 아닌 백선기협과 일전을 벌인 기검신협이 아닌가.

"아니, 어 어떻게! 하면 아까 흩어지라 소리친 분이……."

"제남에 아는 객주가 있습니까?"

"풍운객잔이라고 제법 큰 곳이 있습니다."

현 상황에 맞지 않는 무한의 엉뚱한 질문에 반석정은 얼떨결에 언젠가 사숙에게 들었던 객주를 입에 담았다.

“하면 거기서 기다려 주시겠습니까. 군웅대회 전날 찾아뵙겠습니다.”

“아, 알겠습니다.”

고개를 끄덕이기가 무섭게 무한의 모습이 씻은 듯 사라졌다. 반석정이 꿈꾸는 얼굴로 사방을 둘러볼 때 연기처럼 귓전에 스며드는 말이 있었다.

“제남은 산동악가의 세상, 이곳에서 보고 들은 이야기는 숨기는 것이 안전할 것입니다.”

“알겠습니다. 어디에서도 이야기는 하지 않겠습니다.”

반석정은 나직이 대답했다. 간신히 자신의 귀에 들릴 정도로 나직한 음성이었지만, 왠지 무한은 알아들었을 것 같았다.

한편 무한은 전립을 따라잡는 데 성공했다. 남은 거리는 기껏 이십 장 안팎이다. 전립과의 싸움에서 선보였던 두 번째 단전, 곤(坤)의 공능으로 펼친 검법, 굳이 이름을 붙이자면 곤검(坤劍)을 시현한다면 단숨에 꿰뚫고도 남을 거리였다.

그러나 무한은 섣불리 검법을 펼치지 못했다. 놈이 유화를 방패 삼아 등에 메고 달리고 있었기 때문이다. 보면 볼수록 비열하기 짝이 없는 자였다.

“당장 그 여인을 내려놓아라!”

전립은 들은 척도 하지 않고 곧장 앞만 보고 달리기만 했다. 무슨 꿍꿍이가 있다고 느낄 때쯤, 별안간 전면에 수백 길 낭떠러지가 나타났다. 마치 산 중단을 거대한 도끼로 내려친 듯 십여 장을 사이에 두고 깎아지른 골이 파여 있었다.

우연히 이곳에 이른 게 아니다. 전립이 의도적으로 이 길에 들었다는 예감이 들었다. 예상대로 전립은 반대편 벼랑으로 건너갈 생각인지 도리어 속도를 높였다.

파팟!

전립에 이어 그 뒤를 바짝 쫓던 무한도 허공에 몸을 띄웠다. 거의 절벽 끝에 다다른 전립이 공중에서 빙글 돌아 무한을 바라보았다.

위잉!

무한의 손에서 만화가 쏘아졌다. 전립이 반대편 절벽에 먼저 도착해 장력으로 공격해 온다면 허공에서 당할 수밖에 없었기에 이미 준비를 하고 있었던 차다. 전립은 땅에 발을 딛자마자 만화를 방비해야만 할 테고, 그 틈을 이용해 내려선다는 계산이었다. 하지만 무한은 자신이 전립을 너무 쉽게 생각했음을 후회했다.

반대편 절벽에 도착하기 직전 빙글 돌아선 전립의 얼굴에 떠오른 의미심장한 미소. 무한은 잔인한 미소가 무엇을 뜻하는지 금세 눈치챘다. 불길한 예감은 언제나 적중하게 마련. 전립은 차가운 음성과 함께 뒷목을 눌러 혼절한 유화를 깨우고는 절벽 아래로 던져 버렸다.

"아아악!"

찢어지는 비명이 온 산을 뒤흔들었다. 무한은 찰나의 망설임도 없이 전립의 가슴을 가리키고 있던 손끝을 아래로 향했다.

차라랑!

전립을 노리고 세차게 날아가던 만화가 일순 거친 요동과 함께 수직으로 방향을 틀어 유화를 향해 쏘아졌다.

쉬이익! 쩡!

만화가 속절없이 떨어져 내리던 유화를 절벽 중단 즈음에서
따라잡아 옷깃을 꿰뚫고 절벽에 깊이 틀어박혔다. 그 순간,

"떨어져라!"

땅에 내려선 전립이 허공에 떠 있던 무한에게 살인적인 위력
의 장력을 내뿜었다. 무한은 유화가 무사한지 확인할 겨를도 없
이 신속하게 장력으로 응수했다.

퍼펑!

무한이 거친 힘에 떠밀려 반대편 절벽 끝에 내려섰을 때, 전
립의 모습은 온데간데없었다.

第六章
결전 전야

결전 전야 1

　"정녕 네가 당해낼 수 없었단 말이냐?"

　불신과 경악의 감정이 뒤섞인 노회한 음성이 석실을 쩌렁 울렸다.

　"놈에게서 새로운 가능성을 보았습니다. 빠르면 열흘, 늦어도 한 달 안에는 적어도 놈과 대등한 무력을 키울 자신이 있습니다."

　전립은 큰 죄를 저지른 사람처럼 조부와 가문의 어른들 앞에 고개를 푹 숙였다.

　"다행스러운 일이다. 그러나 평소라면 한 달은 촌각과도 같은 시간이나, 무림대회는 당장 내일 일이 아니더냐? 녀석이 이쪽으로 향한 것으로 보아 방해할 목적이 있음이 분명하다."

　전립이 굳은 얼굴로 말했다.

"그보다 다른 문제가 있습니다. 놈과 제가 나누는 세상에 알려져서는 안 될 대화를 들은 자들이 있습니다."

순간 석실이 차갑게 냉각되었다.

"대체 그자들이 누구이기에 대화를 들을 정도로 접근하도록 몰랐단 말이냐? 설마 구대문파의 고수들은 아니겠지?"

"그렇지 않습니다. 설령 구대문파의 장문들이었다고 해도 삼십 장 이내의 접근은 허용치 않았을 것입니다. 오히려 하찮은 놈들이었는데, 녀석이 놈들의 기척을 차단하는 바람에 어쩔 수 없었습니다."

석실 분위기가 더없이 침중하게 가라앉았다. 전립의 이목으로부터 저들의 기척을 차단시키고 자신과 전립의 음성은 새어 나가도록 손을 쓸 정도라니, 대체 무공이 어느 경지가 돼야 그런 일이 가능한 것인가.

그러나 전립이 단시간에 그러한 경지에 도달할 수 있다고 자신하니 다들 그 말을 믿고 불안감을 떨쳐 냈다. 그때 악후륜이 대수롭지 않다는 듯 말했다.

"그래 봐야 중소 문파의 삼류 나부랭이들입니다. 놈들이 떠들고 다닌다고 해도 누가 그들의 말을 믿겠습니까?"

"모르는 소리! 그런 소문이 퍼져서 결코 좋을 것이 없다. 더군다나 본 가를 시기 질투하는 문파가 한둘이 아니거늘!"

악대명이 끄덕이며 말했다.

"그건 아버님 말씀이 옳습니다. 그런 소문이 나돈다면 암중으로 소문을 부풀려 본 가를 음해하려는 세력이 나타날 것입니다."

"그렇다. 대들보를 쓰러뜨리는 건 태풍만이 아니다. 하찮다 하여 벌레들의 행사를 우습게보았다가는 집안이 통째로 무너지는 재앙을 입을 수가 있느니!"

악환수의 따끔한 질책에 악후륜이 얼굴을 붉히며 고개를 숙였다.

"소질의 생각이 짧았습니다."

"혹 놈들에 대해 아는 바가 있느냐?"

악대명의 물음에 전립이 품속에서 그림 몇 장을 꺼내 돌 탁자 위에 가만히 펼쳐 놓았다. 용호방의 반석정과 두해운, 함거정의 얼굴이 실물과 매우 흡사하게 그려져 있었다.

"기억나는 몇몇의 얼굴을 그려보았습니다. 놈들은 대략 스무 명 남짓으로 무리를 이루고 있으니 찾는 것이 불가능한 일은 아닙니다. 또한 놈들이 해서는 안 될 말을 퍼뜨리고 다닐 가능성이 큰 만큼, 이야기가 크게 번지기 전에 속히 소문의 진원지를 역추적한다면 의외로 쉽게 찾을 수도 있다는 생각입니다."

악환수는 전립의 말에 고개를 끄덕이고는 즉시 명했다.

"가주는 정화를 맞을 만반의 채비를 하라. 그리고 너희 둘은 은밀하고 신속하게 동원 가능한 전 인원을 풀어 이들과 흡사한 자들은 가리지 말고 도륙하라! 단, 그림 속 인물들의 수급만은 반드시 수습하여 그자들이 맞는지 립아에게 확인을 시켜야 할 것이다."

가주와 악후륜 형제가 급히 석실을 나간 후 악환수가 말했다.

"무한이란 녀석을 뛰어넘으려면 촌각이 아까울 터, 돌아가 깨달음이 희미해지기 전에 네 것으로 만들도록 하여라."

"그전에 드릴 말씀이 있습니다."

"내게 따로 할 말이 있었던 것이냐?"

전립은 악환수와 단둘이 되자 무한에게 들었던 악환수와 관련된 마선의 비화를 상세히 꺼내놓았다. 이야기를 듣는 내내 악환수는 이를 악무는가 하면 주먹을 으스러져라 쥐었고, 전신을 부들부들 떨었다. 나중에는 숫제 식은땀을 줄줄 흘렸다.

모든 이야기를 끝냈을 때, 악환수는 침음성과 함께 눈을 감아 버렸다. 전립은 이 모든 일이 사실이냐고 묻고 싶었지만 그만두었다. 이야기를 듣는 내내 조부가 보인 반응은 어떤 대답보다 정확하게 사실을 말해주고 있었다.

한참 만에 눈을 뜬 악환수는 한차례 악전고투를 치른 얼굴로 입을 열었다.

"못난 꼴을 보였구나. 이 할아비에게 실망하였더냐?"

"아닙니다. 사실이든 아니든 상관없습니다."

그렇다. 이제 와서 그것들이 무슨 상관인가. 과거 조부의 파렴치한 행동은 그 후에 저지른 일들에 비하면 아무것도 아니고, 마선의 계교였다고 한들 이제 와 어쩌겠는가.

악환수는 상관없다는 전립의 말에 마음이 놓이는 한편 커다란 상실감을 느꼈다.

"이미 걸어온 길, 나 또한 후회는 없느니라."

후회하지 않는다는 조부의 말에 전립은 쓴웃음을 삼켰다. 과연 조부는 자신이 마황진기로 인해 죽음보다 더한 고통을 겪고 있다는 것과, 그 고통을 떨쳐 내려 수백 명이나 되는 여인을 겁간하고 죽인 것을 알고도 후회하지 않는다 말할 수 있을까 궁금했다.

전립의 마음을 모른 채 악환수가 말을 이었다.

"그러나 끝까지 후회가 없으려면 반드시 무림의 정점에 서야한다. 하여 본 가가 세세토록 천하제일세가 소리를 들을 수 있도록 그 기틀을 확고해 다져야 할 것이다."

"명심하겠습니다."

"한데 어쩌다가 그자를 만나게 된 것이냐?"

"여인을 희롱하는 무리가 있어 가르침을 내리고 있었사온데, 마침 본 가를 향하던 녀석이 소리를 듣고 달려와 만나게 된 것입니다."

악환수가 만족한 표정을 지으며 고개를 끄덕였다.

"그 일은 천 번 잘하였다. 민심을 얻은 성군은 하늘조차 마음대로 하지 못하는 법. 너는 협객 흉내를 내는 것에서 그치는 것이 아니라, 이제부터는 진짜 협객이 되어라. 너는 누가 뭐라 해도 천하제일고수이자 무림을 구한 영웅이며, 차후로도 백 년은 무림을 영도할 대협객 백선기협인 것이다. 그리한다면 세상 누가 모함하려 해도, 아니, 설령 있는 사실을 가지고 너를 몰아붙여도 민심이 너를 시켜줄 것이다. 무슨 뜻인지 이해하겠느냐?"

전립은 고개를 깊이 숙였다. 극한의 쾌락을 선사하는 그 짓을 과연 자신이 끊을 수 있을지에 대해 고민하면서.

방에 든 전립은 벽 앞에 서서 족자를 뚫어져라 바라보고 있었다. 족자, 그것은 명화도 명필도 아닌 한 판의 바둑 대국을 옮겨놓은 기보였다. 망부석이라도 된 양 두 시진이 넘도록 기보와 눈싸움을 하던 전립은 분에 겨워 허공에 주먹을 내질렀다.

쾅!

폭음과 함께 단단한 벽에 머리통만 한 구멍이 뚫렸다. 어마어마한 무위였으나 전립은 답답하기만 했다.

"아무리 보아도 모르겠구나."

전립의 궁금증은 다른 것이 아니었다. 대체 도선비기가 무엇이관데 무한이 이것을 찾으려 불원천리 자신을 따라왔느냐 하는 것이었다. 그도 기보가 하나의 심법을 담고 있음을 알고 있었다. 하지만 그뿐이었다. 훌륭한 심법이기는 했다. 그러나 절세신공과는 거리가 있었다.

"절세신공을 익힌 놈이 굳이 이것을 찾는 데는 분명 그만한 이유가 있을 터! 내 반드시 찾아내 네놈에게 받은 치욕을 돌려주고야 말겠다!"

단기간 내에 무한을 따라잡을 수 있다고 한 것은 이를 염두에 두고 한 말이었다. 비밀만 푼다면 당장 내일이라도 무한을 쓰러뜨릴 수 있을 것 같았다.

2

한편 용호방 방도들은 급히 무한과 약속한 풍운객잔에 들었다.

"지금이라도 돌아가세. 그분이 하찮은 우리를 만나러 이곳으로 올 리가 없질 않은가."

식어가는 차를 바라보는 함거정의 얼굴은 뭔가에 쫓기는 사람처럼 불안감으로 가득했고, 음성은 기어들어 가듯 나직했다. 다른 일행의 행동도 이상하기는 마찬가지였다. 다들 경계의 눈빛으로 객잔에 든 손님들을 살피는가 하면, 객잔 입구를 주시하고 있다가 누군가 무리 지어 들어오면 깜짝깜짝 놀라곤 했다.

그들이 이런 행동을 보이는 데는 그럴 만한 이유가 있었다. 불과 반 시진 전, 일행은 은자가 넉넉지 않았던 데다 웬만한 곳은 인산인해를 이루는지라 번화가와는 상당한 거리가 있는 허름한 객주를 찾았다. 그곳에서 끼니를 대충 해결하고 무한과의 약속 장소로 갈 참이었다. 그런데 벽 쪽에 앉아 식사를 하던 함거정이 우연찮게 끔찍한 광경을 목격하게 되었다.

허물어진 벽 귀퉁이를 대충 나무판으로 막아놓았는데, 뒤틀리고 갈라진 나무판 틈으로 밖이 빠끔히 내다보였다. 밖은 쓰레기로 가득한 불결한 골목이었는데, 네 명의 사내가 정체불명의 무리에 둘러싸여 무릎이 꿇려져 있었다. 처음에는 삼류도 못 되는 건달인 줄로만 알고 흥미진진한 광경이 펼쳐지길 기다렸다. 그런데 곧이어 벌어진 광경은 흥미진진을 넘어 끔찍하기까지 했다.

무리의 중앙에 서 있던 자가 들고 있던 그림과 포위한 자들을 번갈아 바라보고 있었다. 함거정이 언뜻 무리에게 포위된 인물 중 하나가 자신과 굉장히 닮았다고 느끼고 있을 때, 그림을 들고 있던 자가 고개를 끄덕였다. 그러자 기다렸다는 듯 곁에 있던 사내들이 검을 뽑아 휘둘렀고, 즉시 네 개의 머리가 몸통과 분리되었다.

그 과감한 칼질이라니. 단도로 단칼에 목을 깨끗하게 자르는 솜씨만 봐도 놈들은 절대 삼류건달 따위가 아니었다. 함거정이 숨도 쉬지 않고 지켜보는 가운데, 정체불명의 무인들은 잘라낸 수급과 몸통을 따로 포대 자루에 담고 선혈까지 수건으로 말끔히 처리한 뒤 신속히 자리를 떴다. 한두 번 해본 솜씨가 아닌 듯 깔끔한 뒤처리였다.

그들이 사라진 후 함거정은 조용히 자신이 본 것을 상세히 동료들에게 털어놓았다. 놈들의 목적이 자신들일지도 모른다는 결론을 내리는 건 어렵지 않았다. 최대한 빠르게 이곳 풍운객잔으로 이동하면서 오가는 무인들을 살피는 수상쩍은 무리를 발견한 그들은 놈들이 노린 자들이 자신들임을 확신하게 되었다.

"조금만 더 기다려 보세. 아직 초저녁일세. 차도 다 식지 않았잖은가."

곁눈질로 객잔 입구를 살피던 함거정이 어두운 안색으로 말했다.

"아무래도 장소를 잘못 잡은 것 같아 그러네."

함거정의 말마따나 풍운객잔은 그들과 어울리지 않았다. 말만 객잔이지 분위기가 기루나 진배없었다. 이따금 위층에서 여인들의 야릇한 신음과 코맹맹이 소리가 들려오는가 하면, 실내 장식이 지나치게 화려하고, 드나드는 손님들의 차림새 또한 무척이나 고급스러웠다.

용호방 무인들의 차림도 나쁘지는 않았지만 다른 손님들에 비교하니 초라하기 그지없어 절로 시선을 끌었다. 아닌 게 아니라, 객잔에 든 손님들이 힐끔힐끔 그들을 바라보고 있었다.

시간이 얼마나 더 흘렀을까. 좌불안석 차갑게 식어버린 찻잔을 바라보던 반석정이 나직이 한숨을 내쉬며 끄덕였다. 그만 나가자는 신호였다. 하지만 다소 늦은 감이 있었다. 그들이 막 자리에서 일어났을 때, 객잔으로 일단의 무리가 들어섰다. 숫자는 일곱에 불과했으나 그들이 내뿜는 기운은 결코 간단치가 않았다. 특히나 무리의 중심에 선, 각기 장창과 두 개의 단창을 든 두 사람은 기상이 사뭇 헌앙하여 나머지 다섯을 합친 것보다 오히려 강해 보였다.

안으로 들어선 자들을 본 용호방 무인들은 낯빛이 일제히 하얗게 질렸다. 객잔으로 들어선 일곱 명 모두가 창을 소지하고 있었으니 놀라지 않을 수가 없었다.

무리의 중심에 있던 장창을 소지한 사내가 객잔을 쓸어보다 객잔 구석에서 엉거주춤 서 있는 용호방 일행을 발견하고 곧장 다가왔다. 잠시 시선을 교환하던 용호방 방도들이 즉각 도검을 뽑아 들자, 일순 객잔 안에 스산한 분위기가 감돌았다.

"더 이상 다가오지 마라!"

반석정이 칼을 겨누며 위압적인 음성으로 소리치자, 다가오던 사내가 말 잘 듣는 착한 아이처럼 이 장을 사이에 두고 걸음을 멈췄다. 걸음을 멈춘 사내는 이내 품속에서 인물 그림이 그려진 종이 뭉치를 꺼내 펼쳐 들었다.

그가 한 장 한 장 사람이 그려진 종이를 살피고 있을 때, 뒤에 있던 두 개의 단창을 든 자가 다가와 곁에 섰다. 단창을 든 자가 용호방 일행과 그림을 번갈아 살피더니, 그림과 반석정 등을 차례로 가리키며 말했다.

"형님, 저들이 맞습니다. 무리의 숫자도 비슷하고 그림 속 세

명이 다 있지 않습니까."

장창을 든 사내가 끄덕여 긍정을 표한 후 나직하면서도 차가운 음성으로 명을 내렸다.

"한 놈도 빠져나가지 못하도록 철저히 방비하라."

명령이 떨어지기가 무섭게 뒤쪽에 서 있던 다섯 명의 창수들이 신속하게 이층으로 향하는 계단과 객잔 입구를 틀어막았다. 그때 장창을 든 자가 굳은 얼굴로 말했다.

"본인은 산동제일가의 관일창 구화엽이다. 순순히 포박을 받아라."

"이 비열한 악가 놈들!"

반석정이 이를 바드득 갈며 도를 곧추세웠다.

"너희들의 악행이 낱낱이 드러난바, 혹여 억울함이 티끌만큼이라도 있다면 관아에서 억울함을 호소하도록! 끝내 반항한다면 부득불 무력으로 제압할 수밖에 없음을 명심하라."

저들이 사람을 어찌 다루는지 보았던 함거정이 버럭 소리쳤다.

"개 같은 소리 하지 마라! 네놈들 산동악가에서는 쥐새끼도 살지 못하는 쓰레기로 뒤덮인 골목을 관아라 부르느냐?"

구화엽이 얼굴을 찌푸렸다.

"쓰레기 골목이라니? 무슨 소리냐?"

"네놈들의 행태를 낱낱이 알고 있다. 지금 이 시간에도 우리와 행색이 비슷한 사람들이 어느 골목에서 죽임을 당하고 있다는 것을 누가 모를 줄 아느냐?"

구화엽이 실소하며 동생 구정엽을 바라보았다. 구정엽도 고개를 저어 무슨 소리인지 모르겠다는 뜻을 보냈다.

"형님, 이놈들 하는 말을 계속 듣고 있다가는 본 가의 이름만 더럽혀질 것 같습니다."

"네 말이 옳다."

처척!

두 형제는 말로 풀어낼 생각을 접고 창을 고쳐 쥐었다. 이들 일월쌍창 형제는 이미 사오 년 전부터 일류 반열에 들어 강호의 인정을 받는 자들이었다. 게다가 북경혈사 때 죽은 경천신문 소속 화염도 진충에게 호되게 당한 후로, 무공을 더욱 일심으로 닦아 전날의 진충과 비교해도 뒤지지 않은 경지에 올라 있었다.

일류를 훨씬 상회해 거의 절정에 육박하는 무위를 지닌 두 형제가 진심으로 나오자, 가슴을 짓누르는 위압감이 퍼져 나갔다.

"고집을 부려 미안하네. 아무래도 우리의 운명은 예서 끝날 것 같군."

반석정의 말에 함거정이 결연한 음성으로 말했다.

"그때 나갔다 하여 무사하리란 보장이 어디 있나. 어차피 이리 된 것, 군자연하며 세상을 속이고 있는 악취 나는 놈들을 하나라도 더 죽이고 저승에 가세나."

"이놈들!"

용호방도들이 서슴없이 자신들과 산동악가를 모욕하자 구화엽이 한소리 호통과 함께 무리의 중앙으로 뛰어들어 스스로 포위되었다. 다섯 개의 도검이 기다렸다는 듯 일제히 구화엽을 공격해 들어갔지만, 구화엽은 담담하게 모든 공격을 받아내고 반격까지 가했다. 거기다 밖에 있던 관월창 구정엽이 쉼없이 쾌속

하고 현란한 창술을 발휘하니 용호방 무인들은 그야말로 내우외환에 빠졌다. 더군다나 스무 명이 두 사람을 합공하기에는 객잔이라는 한정된 공간이 큰 장애가 되어 용호방도들은 그나마 제 실력의 반도 발휘하지 못했다.

"크윽!"

쨍그랑!

기어이 용호방 무인 중 하나가 구정엽의 단창에 어깨를 찔려 무기를 떨어뜨렸다. 단창이 뽑혀 나가자 어깨에서 피분수가 터졌다. 어깨에 구멍이 뻥 뚫린 것이 거의 무인의 생명이 끝났다고 봐도 무방할 정도로 큰 부상이었다.

침착해도 힘들 판에 첫 부상자가 생기고 눈앞에서 피가 분수처럼 터지자 용호방도들은 격앙되었다. 노기가 치민 탓에 도에 실리는 내기는 많아졌지만 그것이 다였다. 오히려 쓸데없이 흥분한 나머지 검끝이 흔들리고 정확도가 떨어졌으며 시야가 좁아졌다.

반면 경험이 일천한 그들에 비해 산전수전 다 겪은 일월쌍창은 달랐다. 그들은 속속 드러나는 허점을 침착하게 파고들었다.

푸욱! 파팟!

"컥!"

채챙! 퍽!

피가 튀고 심심찮게 뼈가 으스러지는 보기 좋지 않은 광경이 펼쳐졌다. 한데도 손님들 대부분은 객잔을 떠나지 않고 산동악가의 행사를 구경하고 있었다. 심지어 이층 계단이나 난간 쪽으로 몰려나와 고개를 삐죽이 내밀고 있었다.

용호방도들의 옆구리가 꿰뚫리고, 본능적으로 막은 팔뚝에 창이 꽂혀들었다. 마치 양 떼 무리에 호랑이가 뛰어든 듯 일월쌍창은 용호방 무인들을 무인지경처럼 헤집었다. 다행히 두 형제의 손속에 일말의 정이 있어 사망자는 나오지 않고 있었다. 하지만 부상자가 사망자로 바뀌는 건 시간문제일 듯했다.

반석정은 자신이 별 수를 다 써도 동료들이 창에 꿰뚫려 고목나무처럼 쓰러지는 것을 막지 못하자 피눈물을 흘리며 울부짖었다.

"산동악가 이 개 같은 종자들아! 내 저승에 가서라도 반드시 네놈들을 저주할 것이니라!"

되도록 살기를 억제하며 용호방 일행을 제압해 가던 일월쌍창 형제는 반석정의 말에 낯빛을 납덩이처럼 굳혔다. 형제는 산동악가 소속이란 것에 대해 어느 누구보다 자부심을 가지고 있었다. 그런 그들에게 개종자 운운하며 모욕을 했으니, 역린을 제대로 건드린 셈이었다.

두 형제로부터 살기가 물씬 풍기기 시작했다. 살기를 품은 두 형제의 창은 지금까지와는 또 달랐다.

슈슉!

반석정은 빛살처럼 찔러 들어오는 구화엽의 장창을 본능적으로 막았다. 일행 중 무공이 가장 강한 그가 아니었다면 누구도 막지 못했을 일격이었다. 하지만 막았다고 다가 아니었다.

투둑!

창두에 직격당한 칼이 힘없이 부러져 나갔다. 두툼한 칼을 두 조각을 내고도 힘이 남은 창은 반석정의 가슴 한복판을 거침없이 찔러 들어왔다. 반석정의 목숨이 풍전등화의 위기에 놓인 그때였다.

"멈추지 못할까!"

모골이 송연해지는 음성과 동시에 입구를 지키고 있던 산동악가 무사들이 짚단처럼 날아가 구석에 처박혔다. 죽었는지 살았는지 미동도 없는 가운데, 구화엽은 반석정의 가슴을 찔러 들어가던 자세 그대로 정지했다. 마치 시간이 멈춘 듯 창두가 정확히 반석정의 가슴에 맞닿은 채 멈춰 있었는데, 창에 찔린 가슴에서 선홍색 피 몇 방울이 흘러 옷을 적시고 있었다. 피의 양이 미미한 것으로 보아 단지 생채기만 난 것 같았다.

객잔 입구로 죽립을 쓴 장신의 사내가 모습을 드러냈다. 두말할 필요도 없이 무한이었다. 입구를 지키고 있던 동료들이 날아간 직후, 무한이 안으로 들어서자 이층 계단 입구를 지키고 있던 산동악가의 두 창수가 창을 꼬나 쥐고 득달같이 달려들었다.

무한은 지척에서 찔러 들어오는 창이 보이지 않는 모양, 아무런 방비도 없이 창을 향해 걸어갔다. 그때 이해할 수 없는 일이 벌어졌다. 부모를 죽인 원수에게 달려들 듯하던 두 창수가 일순 말 잘 듣는 아이처럼 제자리에 멈춰 섰다. 그러더니 인심을 쓴 김에 얌전히 길까지 내어준다.

막상 양옆으로 비켜선 두 창수는 황당하다는 표정으로 서로를 마주 보았다. 무한이 자신들을 스쳐 지나갈 때도 그들은 눈만 깜빡이고 있었다. 막대한 기운에 얼어붙었다거나 혈이 짚여서 옴짝달싹 못하는 상황이라면 차라리 이해가 된다. 내력은 평상시와 다름없이 운용되고 있었고, 다리에도 창을 든 팔에도 힘

이 제대로 실린다. 그런데 막상 무한에게 창을 들이댈 엄두가
나지 않았다.

반석정은 다가오는 무한을 바라보며 쏟아지는 눈물을 주체하
지 못했다. 무한의 극적인 등장에 산동악가라는 거대한 벽을 맞
아 느낀 설움과 울분, 그리고 공포가 녹아내리고 있었다. 아직
구화엽의 창끝이 가슴팍을 찌르고 있었지만 그는 전혀 두렵지
않았다.

무한이 두 창수를 유유히 지나 다가오자 구정엽이 무한을 향
해 창을 겨누며 소리쳤다.

"네놈은 누구냐!"

무한은 대답도 하지 않았고 걸음도 늦추지 않았다. 곧 구정엽
이 내민 단창 앞에 도달한 무한은 아무렇지도 않게 손을 뻗어
창끝을 잡았다.

"치워라."

무한은 아이를 타이르듯 말하고 창끝을 한쪽으로 밀어냈다.

"이익!"

구정엽이 이를 악물며 무한을 공격하려 했지만 어찌 된 일인
지 창을 내칠 수가 없었다. 그도 앞선 두 창수처럼 멀쩡한 상태
였기에 기가 막혔다. 객잔에 있던 모든 사람들이 일련의 연극
같은 상황을 숨도 쉬지 않고 지켜보는 가운데, 무한은 용호방
일행에게 다가갔다.

"오, 오셨습니까."

반석정의 파르르 떨리는 음성에는 깊은 안도와 얼마만큼의
원망이 스며 있었다.

"죄송합니다. 긴한 일이 있어 늦었습니다."

무한이 도착하자 간신히 서 있던 용호방 무인들은 긴장이 풀려 무너지듯 와르르 쓰러졌다. 몇몇은 이미 출혈이 상당해 정신을 잃은 상태였다.

무한은 품속에서 옥함을 꺼내 뚜껑을 열었다. 음식 냄새와 주향(酒香), 그리고 여인의 분 냄새에 피 냄새까지 온갖 냄새로 가득하던 객잔 안에 순간 청아한 향이 퍼졌다.

무한은 자소단을 조각내어 상처가 심한 방도부터 먹였다. 상처가 중했던 자들은 자소단을 조각내 복용시키고 등을 몇 번 쓸어주자 하얗던 낯빛이 거짓말처럼 혈색이 돌았다.

무한이 빠른 손놀림으로 용호방도들의 부상을 다스리는 동안, 구화엽은 여전히 그 자세 그대로 굳어져 있었고, 구정엽은 으스러져라 단창을 쥔 손을 움찔움찔 떨고 있었다. 무슨 힘을 그리 쓰는지 얼굴이 불붙은 숯덩이처럼 달아올라 있었다.

무한이 부상 치료를 마치고 일어서며 말했다.

"들어오십시오. 이분들을 옮겨야겠습니다."

무한의 말에 한 무리의 사내들이 객잔 안으로 뛰어들어 왔다. 그들은 설공상단의 호위대장 파산도 진웅을 비롯한 상단 호위들이었다.

구정엽은 진웅 등이 용호방 일행을 부축해 밖으로 나가는 것을 두 눈으로 보면서도 무한을 공격하지 못했던 것처럼, 수족이 뜻대로 움직이지 않아 제지할 수가 없자 버럭 소리쳤다.

"이놈! 우리에게 무슨 짓을 한 것이냐! 어서 사술을 풀지 못하겠느냐!"

구정엽은 살면서 이런 위력의 사술이 있다는 말은 금시초문이었다. 하지만 사술이 아니고서는 이 같은 비상식적인 현상들을 설명할 길이 없었다.

"한 시진 후면 뜻하는 바대로 행동할 수 있게 될 것이오."

부축을 받으며 객잔을 나가려던 반석정이 무한의 말을 듣고 돌아섰다.

"대협께서는 이자들을 그냥 내버려 두시려는 것입니까?"

"이들은 진짜 협사들입니다."

"그 말씀은……?"

"이들은 아무것도 모르고 있습니다."

무한의 말은 사실이었다.

3

극진한 예우 속에 산동악가에 입성한 태자 일행은 가주가 마련한 연회를 마치고 만안정으로 안내되었다. 만안정은 산동악가의 후편에 위치해 한적할 뿐 아니라 경치가 그만이었다.

건물 주변으로 수목이 우거지고 군데군데 고풍스러운 석탑이 서 있었다. 무엇보다 상당한 규모의 연못까지 끼고 있어 자금성의 어화원이 부럽지 않았다.

늦은 밤 달빛 드리운 연못을 바라보며 생각에 잠겨 있던 정화가 나직한 음성으로 말했다.

"준비는?"

그림자처럼 시립해 있던 하만이 허리를 숙이며 대답했다.

"식이 시작되고 태자가 단에 서면 즉시 행동을 시작하라 명해두었습니다."

"좋아. 그건 그렇고, 원적의 졸개들은 어쩌고 있느냐?"

"다들 한자리에 모여 있습니다. 지금이라도 명을 내려주신다면……."

"두어라. 두어도 제 발로 찾아올 것이니."

말을 마친 정화는 연못 가운데 떠 있는 부용화에 시선을 고정시켰다. 달빛을 한껏 품은 반개한 부용화의 모습은 탄성을 불러일으켰다. 더러운 진흙탕을 밟고 수면으로 떠올라 저토록 황홀한 꽃을 피워내다니, 마치 자신의 삶과 비슷하지 않은가.

파사국의 일개 평민의 자식으로 태어났다. 천출, 진흙탕과도 같은 암울한 환경이었다. 그런 자신이 국왕을 능가하는 영향력과 하늘을 나는 재주를 가진 대천사를 물리칠 중책을 맡게 될 줄 누가 알았으랴. 이제 그 불가능할 것 같았던 대업의 완성이 코앞까지 다가왔다. 반개한 저 부용화가 만개하는 내일이 되면 대업의 마지막 단추가 꿰어지리라.

세상 사람들은 그가 이번 무림대회에 참석한 이유가 자신의 힘을 무림에까지 떨치려는 의도로 알고 있었지만, 감추어진 노림수는 따로 있었다.

계획대로라면 비정상적으로 한쪽으로 치우친 비인연공비결을 익힌 태자는 죽어도 벌써 죽었어야 했다. 하지만 예상은 빗나갔다. 거동조차 하지 못함에도 어찌 된 영문인지 태자는 아직까지 살아 있었고, 앞으로도 이삼 년은 족히 살 것 같았다.

그간의 기다림에 비하면 이삼 년이란 시간은 짧은 것일 수도 있었다. 하지만 주화입마에 빠져 이지를 상실한 대천사를 모시는 마니교 신도들에게는 영겁과도 같은 시간이었다.

태자를 비인연공비결로 자연사한 것처럼 위장시키려는 계획은 실패했다. 물론 지금이라도 태자의 목숨을 빼앗는 것은 손바닥 뒤집는 것보다 쉽다. 하지만 태자는 그리 죽어서는 안 될 사람이었다.

정화는 수백만 군대보다 무서운 것이 민심임을 누구보다 잘 알고 있었다. 역사가 그것을 증명해 주고 있었다. 태자가 비인연공비결을 익히도록 유도한 것도, 당장이라도 황제를 폐할 힘이 있음에도 그리하지 않는 것도 모두 그 때문이었다.

일개 태감의 손에 태자가 암살이라도 당한다면 성난 민심이 들끓어 나라가 혼란에 빠질 터, 그리 되어서는 안 된다. 군대의 힘이 아니라 모두가 인정하는 가운데 세자가 태자의 자리에 올라야 했고, 나아가 정식 절차대로 황제의 자리까지 양위받아야 했다.

정화는 무림대회 개회식 때 수많은 사람들 앞에 태자와 세자를 동시에 선보일 생각이었다. 태자의 몸이 비대하다는 것쯤은 이미 천하가 아는 사실. 하나 풍문으로 듣는 것과 직접 보는 것이 같을 수는 없는 일이었다.

빈곤하여 하루 끼니조차 해결치 못하는 사람이 천지인 세상이다. 한데 비대하여 스스로 걸음조차 제대로 걷지 못하는 태자를 보면 사람들은 어떤 생각을 하게 될까. 그것을 접어두고라도 인간이라기보다는 서유기의 저팔계와 흡사한 황제를 과연 사람들이 인정하려 할까?

민심은 태자를 등질 것이다. 아니, 민심이 태자를 버리도록 만들 생각이었다. 그 후 조정에 들어 태자 폐위를 간한다면 황제도 어쩌지 못할 터였다. 민심이 떠났다는데 고립무원의 황제가 무엇을 할 수 있겠는가.

태자가 연못 좌측 짙은 나무 그늘 쪽으로 시선을 보내며 말했다.

"내일은 재미있는 일이 벌어질 게다. 어쩌면 태자가 먼저 굴욕을 감당치 못해 쓰러질지도 모를 일이지. 허허, 한데 밤벌레들이 군자의 흥취를 깨는 연유는 무엇이뇨?"

"명나라도 국운이 다했군. 내시가 스스로를 군자라 칭하는 세상이라니."

만평 사형제가 어둠을 벗어나 달빛 속으로 모습을 드러냈다.

"이빨을 드러내다니, 애송이들이 제법 컸구나."

기다렸다는 듯 옥환과 남진무사 장윤이 정화 뒤편 어둠 속에서 걸어나오며 서늘한 음성으로 응수했다. 곧 자연스럽게 상대가 정해졌다. 만평은 옥환과 마주 섰고 오평은 하만과 청평은 남진무사 장윤과 대치했다.

만평 등은 옥환과 장윤에게서 이전에 느끼지 못했던 음험함을 느끼고 있었다. 무공 수위가 급격히 올라가 그들의 진면목을 느낄 수 있게 된 것이다. 그들이 느낀 것처럼 옥환과 장윤은 하만 못지않은 힘을 품고 있었다. 무한이 교주에게서 과거의 이야기를 듣고 했던 짐작대로, 옥환과 장윤, 그리고 하만은 마교 장로들로부터 사대신병을 받고 그 안에 수록된 무공을 사사한 자들이었다.

그러나 만평 사형제의 관심은 옥환이나 장윤이 아니라 정화였다. 정화를 죽여 무한의 원한을 풀 수 있다면 목숨조차도 아깝지 않은 그들이었다. 만평 사형제가 눈빛을 교환해 모종의 뜻을 모으고 있을 때, 한 무리가 새롭게 합류했다. 적운 형제와 하북이협이었다.

기회를 노리고 있던 만평 사형제는 이목이 그들에게 쏠린 틈을 타 동시에 박차고 날았다.

현마진린보를 일정 수위 이상으로 채득한 만평 등은 단숨에 옥환과 장윤을 뛰어넘어 정화를 향해 전광석화같이 쇄도했다. 속도를 십분 활용한데다 저마다 일격필살의 기세를 실어 가히 폭발적인 위력이었다.

파아앙! 파팟!

강철이라도 바스러뜨릴 만평과 오평의 권력과 전면을 발그림자로 가득 차게 만드는 현란한 청평의 각법은 달빛마저 일순간 숨죽이게 만들었다.

쿠쿠쿵!

격렬한 마찰음에 연못이 크게 일렁인다. 충격파가 연못 중앙에 핀 부용화까지 뻗어나갔다. 하지만 그러한 위력도 정화에게는 무용지물이었다.

파아앙!

당장이라도 정화를 짓이겨 놓을 것처럼 달려들었던 만평 등이 쇄도할 때만큼이나 거칠게 튕겨져 나갔다.

처척!

공중제비를 돌아 땅에 발을 디딘 만평은 안색이 하얗게 변했다. 반면 분을 바른 듯 하얗던 얼굴의 정화는 다소 상기된 안색으로 말했다.

"가만두어서는 아니 될 놈들이구나."

만평 사형제에게 합공을 받은 정화는 깊은 살심을 품었다. 사년 전만 생각하고 대수롭지 않게 생각했던 자들이 이토록 성장했을 줄이야. 이대로 두었다가는 장차 커다란 위협이 될 자들이 아닌가. 화근의 싹은 일찌감치 뿌리째 제거해야 뒤탈이 없는 법!

"저희들이 맡겠습니다."

"아니다."

정화는 옥환과 상윤이 만평 사형제에게 달려드는 것을 팔을 들어 저지했다. 옥환과 장윤, 그들이라면 충분히 만평 등과 자웅을 겨루어볼 만하다. 하지만 그건 신병상의 천마의 무공을 펼쳤을 때 이야기. 만평 사형제는 무공을 숨긴 채 이길 수 있는 상대가 아니었다.

"옥환과 장윤은 번복들을 풀어 누구도 접근을 못하도록 경계하라. 설령 가주 악대명이 온다 해도 결코 길을 열어줘서는 안될 것이다."

"존명!"

옥환과 장윤이 어둠을 향해 몸을 날린 후 정화가 소매를 걷어붙이고 앞으로 나섰다.

만평 등은 정화가 자신들을 상대할 뜻을 보이자 눈빛을 교환했다. 이제 정화를 처치할 일말의 가능성이 생긴 것이다.

파파팟!

정화가 양손으로 둥근 공을 어루만지는 것처럼 허공을 쓰다듬는 동작을 취하더니 곧장 쌍수를 뻗어냈다. 이른바 혼원장력이었다. 만평 등은 득달같이 보법을 펼치려 했다. 한데 발이 땅에서 떨어지기기가 무섭게 장세가 코앞으로 들이닥치는 것이 아닌가.

경악스러운 일. 거리가 가깝다는 것을 감안하더라도 상식적으로 납득이 가지 않는 속도였다. 마치 장력이 밀려드는 것이 아니라 공간을 뛰어넘어 나타난 것 같았다. 온전히 피할 수 없음을 직감한 만평은 즉시 장력에 맞섰다. 하지만 정화의 장력은 급히 짜낸 공력으로 막기에는 무리가 있었다. 특히 만평에 비해 공력이 달리는 오평과 청평은 더더욱 그러했다.

장력을 맞받은 청평은 순간적으로 중심을 잃고 뒤로 휘청 밀렸다. 청평은 밀려나며 섬뜩한 기분에 휩싸였다. 장력은 속도에 비해 위력은 보잘것없었다. 혼원장력의 위력이 형편없어서가 아니라 정화가 장력의 쾌만을 극대화해 펼친 때문이었다.

'이건 허초?'

눈속임이었다. 그렇다는 건 노림수가 따로 있다는 뜻? 청평은 급히 정화의 행방을 찾았다. 하지만 어디에도 보이지 않았다.

"헛!"

청평은 좌측에서 들려온 헛바람 소리에 급히 고개를 돌렸다. 어느새 정화가 오평의 코앞까지 육박해 허공에 무수한 손 그림자를 만들고 있었다. 정화 너머로 어느새 만평이 맹호의 기세로 정화를 덮쳐들고 있었지만 한발 늦어 보였다.

파파! 빠가각! 콰앙!

정화와 오평의 권이 수차례 얽혀든다 싶더니, 섬뜩한 소리와 함께 오평이 피를 뿜으며 날아갔다. 청평이 전력을 다해 오평에게 몸을 날림과 동시에 만평의 강력한 공격이 정화를 쓸어갔다. 청평이 정신을 잃고 대전 기둥을 향해 날아가던 오평을 받아내려 팔을 뻗는 찰나,

"뒤다!"

만평의 다급한 음성에 청평은 그제야 음유한 살기가 엄습함을 깨달았다. 피하든지 몸을 뒤집어 공격을 막든지 해야만 하는 상황이었다. 하지만 그러자면 오평이 석탑에 부딪쳐 생명을 잃을 판이었다. 그때 고민을 끊는 음성이 들려왔다.

"내가 막는다! 오평을 잡아!"

언제 나타난 것인가, 지척에서 들려온 음성은 틀림없이 장량의 것이었다. 준 것 없이 정이 안 가는 녀석이었는데 이때만큼은 세상 누구보다도 반가웠다. 청평은 뒤를 장량에게 맡기고 오평을 간발의 차이로 잡아채 바닥으로 내려섰다.

발이 땅에 닿자마자 장량이 정화와 허공에서 격돌했다.

콰콰쾅!

청평은 귀가 먹먹할 정도의 연이은 소음에 가슴이 철렁해서 돌아섰다. 만평과 장량이 사이좋게 입가에 검붉은 피를 흘리며 비틀거리고 있었다.

웅웅!

정화가 한 걸음 다가서자 천지가 괴로운 듯 공명음을 토해낸다. 가히 무적자의 기세 그대로였다. 한데 장량을 바라보는 정

화의 눈빛이 기이하다. 이해할 수 없다는 표정이었다.

"무엇 때문이지?"

정화의 분노 깃든 물음에 장량이 입가에 흐르는 피를 소매로 쓱 닦으며 말했다.

"화산의 주인이 바뀌었소."

"뭐라?"

"말귀를 못 알아듣는군. 화산과 그대와의 연이 끊어졌단 뜻이오. 사부께서 돌아가시고 사형께서 새 문주가 되셨소."

장량이 말하며 품속에서 검은색 봉투를 꺼내 보였다. 한눈에 보기에도 죽음을 알리는 부고(訃告)였다.

"본관의 치부라도 기꺼이 핥고자 했던 너희였거늘!"

"사형은 강직한 분이시오. 또한 어느 누구보다 정의로운 분이시지. 사부처럼 그대에게 기대지 않고도 화산을 능히 반석에 올려놓을 분이란 말이오."

다들 장량과 정화의 대화에 깜짝 놀랐다. 천화 진인의 죽음도 죽음이지만, 화산파와 정화 간에 모종의 관계가 있었고, 장량이 정화의 하수인 노릇을 했다는 건 믿기 힘든 일이었다. 장량의 얼굴에는 홀가분한 감정이 떠올랐다. 그의 전신에서 당당한 장부의 기상이 모락모락 피어나는 듯했다.

장량이 만평에게 고개를 숙이며 말했다.

"그간 나는 저자에게 너희와 금의위의 일거수일투족을 알렸다. 용서해 다오."

만평은 장량과 정화의 대화로 이미 사정을 짐작했다. 그렇지 않아도 내부에 간자가 있는 것 같다는 이야기가 나오고 있던 차다. 하지만 그 사람이 장량이었다는 큰 충격이었다.

"우설 건도 네가 정보를 제공한 것이냐? 우설을 사로잡으면 사숙을 잡을 수 있다고?"

만평의 딱딱한 음성에 장량은 더욱 고개를 숙였다. 시인한 것이나 진배없었다.

"네놈 때문에 우리 사숙께서……."

"미안하다. 그 죄는 같이 죽어주는 것으로 갚으마."

만평이 핏물과 함께 분노를 꿀꺽 삼키며 재차 공격할 태세를 갖췄다.

"최선을 다해라. 저자의 가슴에 칼침 한 방을 놓는다면 없었던 일로 해줄 수도 있으니."

"용서받기가 쉽지만은 않겠구나."

결전을 앞두고 대화를 마친 만평과 장량은 동시에 정화를 공격해 갔다.

쿠쿠쿵!

만평과 장량은 전광석화같이 쇄도해 정화와 거칠게 얽혀들었다. 공수를 교환할 때마다 귀를 먹먹케 할 정도의 뇌성이 멀리까지 울려 퍼졌다. 만평과 장량은 혼신의 힘을 기울여 공격해 들어갔지만 번번이 혼원장력에 막혀 거칠게 튕겨 나왔다.

"장난은 끝이다!"

정화가 버럭 소리치며 쌍수를 짧은 순간 수십 번을 뻗어냈다.

우르릉!

혼원장력이 벽력의 기세를 품고 만평과 장량에게 몰아쳤다. 둘은 이를 악물며 권과 검을 뿌려 장력을 해소해 나갔지만, 끝내 사이좋게 한 가닥 음풍에 가슴을 강타당했다.

"컥!"

"으음!"

인정사정없이 석탑에 등을 부딪친 만평과 장량은 검붉은 피를 울컥 게워냈다. 그들은 눈동자가 풀리고 다리를 부들부들 떨면서도 앞으로 다가섰다.

"물러나 계십시오. 놈은 내가 잡습니다."

만평과 장량의 앞을 가로막고 나선 자는 뜻밖에도 중평이었다. 만평은 중평의 비장한 음성에 흠칫 놀랐다.

"그게 무슨 소리냐? 네가 어찌 저자를 상대한단 말이냐?"

서 있는 것만으로도 비 오듯 땀을 쏟아내는 사람이 무엇을 어떻게 하겠다는 것인가.

중평이 핏발 선 눈동자에 정화가 가득 담고서 조선말로 말했다.

"제게 생각이 있습니다. 사형은 모두를 데리고 멀리, 되도록 멀리 피하십시오."

"중평!"

"사형, 못난 사제의 마지막 부탁입니다."

중평의 음성에 거절할 수 없는 애잔함이 깃들었다. 그렇다. 어차피 죽음은 정해진 길. 누가 먼저고 나중이면 어떠랴.

"알았다."

만평이 물러서자 중평은 아주 잠깐 단전을 개방해 소량의 뇌정진기를 일으켰다. 뇌정진기가 누더기처럼 변한 경맥을 사정없이 내달아 용천혈에 이르렀다.

파팟!

중평의 비대한 몸이 빛살처럼 허공을 가로질렀다. 죽음을 목전에 둔 탓일까? 불현듯 묘향산의 향기가 코끝을 스친다. 아담한 절과 완고하고 깐깐한 스승의 얼굴도 떠오른다. 사무치도록 그리운 묘향산, 정겨운 보현사. 시신마저 그곳을 찾지 못할 것을 생각하니 가슴이 먹먹해진다. 마음이 약해지려는 순간 비웃음 가득한 정화의 얼굴이 확대되어 동공을 가득 채웠다. 증오심을 일깨웠다. 저 조소를 경악과 절망으로 만들어주리라!

단전에 웅크린 막대한 뇌정진기를 풀어주기만 하면 모든 것이 끝난다. 뇌정이 일시에 풀려 나오며 비대한 몸을 터뜨릴 터였다. 살점 하나, 뼛조각 하나, 심지어 세포 하나하나까지 무시무시한 무기가 되어 정화에게 폭사될 것이니 신이 아닌 이상 죽음을 피할 수 없으리라.

"하아!"

중평이 무수한 감정을 실어 한소리 기합을 뱉어낸 그때, 정화가 느긋하게 팔을 들어 올려 혼원장력을 쏠 자세를 취했다.

'됐다!'

중평은 자신의 계획이 성공하리라 확신했다. 정화는 자신의 계획을 눈치채지 못하고 있었다. 단전을 개방했다. 그 즉시 단전 안에 웅크리고 있던 뇌정진기가 단전 밖으로 뿜어져 나왔다. 아니, 뿜어져 나오려는 찰나였다. 중평은 옆구리에 따끔한 통증을 느끼고 몸이 뻣뻣하게 굳어져 버렸다. 단전 또한 뇌정진기가 한 푼도 빠져나오지 못한 채로 굳게 닫혀 버렸다.

귀신이 곡할 노릇. 중평은 아무런 낌새도 느끼지 못한 상태에서 정화에게 혈이 짚여 계획이 불발되자 절망감에 휩싸였다. 손가락 하나 꼼짝 못하게 되었으니 이제 정화의 장력에 휩쓸려 헛된 죽음을 맞는 수밖에 없었다.

한데 정화가 장력을 날리려는 그때였다.

"주군!"

옥환이었다. 방해를 받은 정화가 탐탁찮은 음성으로 옥환을 질책했다.

"주변을 단단히 경계하라 일렀거늘, 무슨 일이기에 돌아온 것이냐!"

단걸음에 달려온 옥환이 소매 속에서 손바닥만 한 종이를 꺼내 내밀었다. 지급 인장이 찍힌 전서였다. 급히 전서를 받아 들어 읽어 내려가던 정화의 표정이 환하게 밝아졌다.

"하하! 놈이 끝내 빠져나왔단 말인가? 하만, 옥환!"

"명을 내려주십시오!"

"일각에 한해 금제를 해제시켜 주마. 쓸모가 있으니 본관이 중들을 사로잡는 동안 너희는 화산의 애송이들을 사로잡아라! 나머지 놈들은 죽여도 좋다!"

"손명!"

第七章
군웅대회

산동악가 북동쪽 십 리, 턱이 낮고 바닥이 평평한 사발 모양의 십리목분지는 새벽녘부터 몰려든 사람들로 인산인해를 이루었다.

사시(巳時)가 가까워질 무렵 분지 남서쪽에 자리 잡고 있던 인파가 좌우로 갈라졌다. 그 틈으로 거창한 행렬이 등장했다.

수백 명의 금의위 위사들과 특수 임무만을 맡는다는 흑화가 네 개나 그려진 동창 번복이 좌우에 서고, 앞뒤에서 중무장한 수백의 병사들이 철통같이 호위하는 가운데 세 대의 대형 마차가 분지 중심부로 들어섰다.

태자를 태운 마차가 도착하자 각자 배정받은 막사 안에 있던 고수들이 속속 밖으로 모습을 드러냈다. 무당과 화산을 제외한 칠대문파의 장문들이 모두 참석했으며, 문파당 적어도 세 명의 절정 이상 경지에 오른 장로들과 이십에서 많게는 오십 명에 가까운 일류고수들이 하산하여 자리를 함께했다.

"아미타불, 태감을 뵈오이다."

"무량수불, 태감을 뵈오이다."

"태감을 뵈오."

다른 마차에 태자가 있다는 것을 아예 잊은 모양인지 정화에게 허리를 굽히기 바쁘다. 정화는 그런 그들을 거만한 시선으로 바라보다 이내 시선을 단 위로 돌렸다. 장문인과 뭇 세가의 가주들의 얼굴에 쓴웃음이 번지는 가운데, 악대명이 멋들어진 신법으로 높이 일 장, 너비 십 장 규모로 지어진 단 위로 날아올랐다.

"신창이다!"

족히 이만은 되는 사람들이 일제히 함성을 지르자 분지가 떠나갈 듯했다. 개활지이긴 하나 병풍처럼 둘러친 산으로 인해 소리가 빠져나오지 못하고 되돌아와 함성의 여운이 오래토록 남았다.

악대명은 단을 에워싼 형태로 몰려든 좌중을 호랑이 같은 눈으로 쓸어보다, 함성이 어느 정도 그치기를 기다려 음성에 공력을 가득 실어 소리쳤다.

"본인은 신창이라는 허명을 얻은 산동악가의 가주올시다! 이제 약속했던 사시가 되었소!"

내력 실린 악대명의 음성이 맞은편 산을 때리고 돌아왔을 때, 좌중이 열화와 같은 박수로써 기대감을 표했다.

"태감께서 개회를 선언하실 것이오."

정화, 정화, 말만 들었지 언제 본 적이 있었던가. 사람들은 대체 황제마저 쥐락펴락한다는 내시가 어떤 인사인지 보기 위해 목을 빼고 단 주변을 살폈다.

파락!

정화는 자신의 이름이 언급되자 무릎을 슬쩍 굽히는 동작만으로 단 위로 단숨에 날아올랐다. 좌중은 탄성마저 잊고 숨을 죽였다. 정화의 경공에 칠대문파의 장문들마저 얼굴색이 변했으니, 좌중이 느낀 놀라움이란 대단한 것이었다.

단 위에 선 정화가 좌중을 쓸어보며 말했다.

"한낱 내시가 어찌 이같이 큰 대회의 개회를 선언할 자격이 있겠소이까. 태자 전하께서 직접 무림대회의 개회를 선언하실 것이외다. 여봐라, 태자 전하를 단 위로 모셔라!"

예정에 없던 일이다. 정화의 명령이 떨어지기가 무섭게 건장한 병사 넷이 용상을 방불케 하는 거대한 교자를 들고 태자를 태운 마차 앞에 섰다.

"전하, 신들이 모시겠사옵니다."

마차 문이 열리고 태자가 모습을 드러냈다. 태자가 병사들의 부축을 받으며 간신히 교자에 앉자 그제야 장문인과 가주들이 나가가 허리를 굽혔다.

"태자 전하를 뵈옵니다."

태자는 약간의 거동만으로 얼굴 가득 솟아난 땀을 훔치며 피곤한 안색으로 끄덕였다. 이윽고 병사들이 교자를 들고 단으로 향했다. 높이가 있는 만큼 단으로 오르는 계단이 열대여섯 개 정도 있었는데, 계단 앞에서 잠시 주춤하던 두 병사가 첫발을 뗐다.

"끄응."

두 병사의 입에서 앓는 소리가 터진다. 이를 악물며 일곱 계단을 오르고 이내 뒤에서 교자를 멘 병사가 계단에 첫발을 올렸을 때 일이 벌어졌다. 위에서 끌어주어야 할 두 병사가 다리를 후들후들 떨 뿐 좀처럼 남은 계단을 오르지 못했다. 자칫 태자가 위험할 수도 있는 상황, 각파의 고수들이 병사들을 도우려 할 때였다.

정화가 노골적인 방법으로 모두의 행동을 저지했다. 소림 방장 정허 등은 일찍이 체험해 본 적이 없는 강력하고도 진득한 살기를 받고 그제야 정화가 자신들이 나서는 것을 원치 않는다는 것을 깨달았다. 그러고 보니 태자를 수행해 온 동창 번복이나 위사, 일반 병사들까지 전혀 나설 생각을 하지 않고 있었다. 이미 정화에게서 언질을 들은 것이 틀림없었다.

예서 정화의 뜻을 거스르고 태자를 돕는다면 커다란 불이익을 각오해야 했다. 그런 저런 계산을 마친 각파의 수장들과 세가의 가주들은 자신들이 나서기는커녕, 눈치없이 나서려는 제자들을 제지하기에 바빴다.

교자를 든 네 명사는 계단 중간에서 오도 가도 못하는 처지였다. 자못 심각한 상황인데, 제삼자에게 비친 모습은 그렇지 않았다. 웃지 않고는 못 배기는 장면이 아닌가.

하지만 감히 누가 있어 태자의 저런 모습을 보고 웃음을 터뜨리랴. 목숨이 둘이 아닌 이상 상상도 못할 일이었다. 아예 눈을 질끈 감는 자, 제 허벅지를 피멍이 들도록 꼬집는 자, 자기 뺨을 때리는 자, 입술을 피가 나게 깨무는 자까지, 방식은 조금씩 달랐으나 군웅들은 웃음을 참기 위해 갖은 노력을 기울이고 있었다.

그러나 어딜 가나 하나씩 말썽을 부리는 자는 있는 법.

"크크, 으하하하!"

기어이 몇 사람의 입에서 폭소가 터져 나왔다. 그것을 시작으로 웃음이 그야말로 전염병처럼 번져 순식간에 분지 전체로 퍼졌다. 단 위에 서 있던 악대명의 안색이 흙빛이 되었다. 그뿐 아니라 단 아래에 있던 다른 정파 고수들도 하나같이 당황하여 어찌할 바를 모르면서도 애써 계단 쪽을 외면하고 있었다.

그때 정화에게 고개를 숙이기 싫어 천막 안에서 나오지 않고 있던 개방 방주 노공과 장로 풍천개 등이 웃음소리를 듣고 나오다가 계단 중간에서 끙끙대는 병사들을 발견했다.

"저, 저런!"

노공을 위시한 개방 사람들은 경악성을 터뜨리며 달려갔다. 그리고 밀려드는 살기를 접했다. 노공은 일찍이 접해보지 못한 살기에 치를 떨었다. 대체 이런 스산한 기운이라니……

그는 이제야 소림 방장 등이 선뜻 나서지 못했는지 깨닫고, 살기의 주인을 찾아 고개를 들었다. 노공과 풍천개의 시선이 단 위에 선 정화에게 꽂혀들었다.

"이건 무슨 뜻이오!"

노공의 추궁에 정화가 입을 열어 뭐라 말하려 할 때였다. 마차 밖으로 나온 세자가 대경실색하여 달려왔다. 공중제비를 돌아 단 위로 올라선 세자는 즉시 교자를 든 채 부들부들 떨고 있는 두 병사를 밀어내고 자신이 직접 교자를 단 위로 끌어올렸다.

　세자는 태자를 곤경에서 구해낸 즉시 한 병사의 허리에 꽂혀 있던 칼을 냉큼 뽑아 들며 소리쳤다.

　"이런 모자란 것들 같으니! 네놈들의 죄를 알렷다!"

　세자의 서슬 퍼란 모습에 웃음이 걷히고 싸늘한 정적이 감돌았다.

　"저하, 죽여주시옵소서!"

　힘이 모자라 태자를 웃음거리로 만든 네 명의 병사가 엎드려 죽음을 청했다. 하나같이 부들부들 떠는 모습이 애처롭기 그지없었다. 그 모습에 잠잠하던 군웅들이 웅성이기 시작했다.

　"사실 저 병사들이 무슨 잘못이림? 질못이 있다면 장정 넷이서 들지 못할 정도로 무거운 태자에게 있지. 그렇지 않나?"

　"그러게 말일세. 이건 해도 너무하는군."

　"쯧쯧, 세상에 말로는 들었지만 저게 저팔계야, 사람이야?"

　군웅들 틈에서 두 사내가 나직하게 대화를 주고받자, 곁에 있던 자들까지도 수군거렸다.

　"밤낮 나라를 어찌 다스릴지 고민해야 할 태자가 먹는 데만 전심전력을 다하는 모양일세."

　"쯧쯧, 장차 이 나라가 어찌 되려고."

　이런 일들이 곳곳에서 벌어지고 있었다. 태자의 모습이 설령 사두육미의 괴물이라 할지라도 평소라면 감히 입 밖에 내지 못했을 사람들이, 약속이라도 한 듯 몇몇이 곁에서 슬쩍 불씨를 지피자 덩달아 간이 커져서는 태자를 험담했다. 군웅들의 웅성임이 커지자 정화가 내기를 실어 소리쳤다.

"다들 다물지 못할까!"

한마디로 소요를 가라앉힌 정화가 세자에게 말했다.

"저하, 놈들의 목을 치십시오. 감히 태자 전하를 욕보였으니 죽어 마땅하옵니다."

당장이라도 목을 칠 것처럼 병사들을 나무라던 세자가 얼굴을 와락 찌푸렸다.

"홍, 그대는 일개 태감의 신분으로 감히 세자인 내게 누구를 죽이라 마라 명령하는 겐가!"

"명령이라니요. 당치 않사옵니다. 소신은 그저 순리대로 처결하라 말씀을 드린 것이옵니다."

"순리? 홍! 말 한번 잘했군. 그래, 신하가 저지른 한 번의 실수를 용납지 못하고 목을 치는 것이 그대가 말하는 순리인가?"

세자는 정화를 대함에 있어서 당당하기 그지없었다. 일개 태감이 나라 전체를 좌주우지하는 것에 대해 심히 마땅치 않게 여기고 있던 군웅들은 세자의 거침없는 언동에 감화되어 주먹을 불끈 쥐었다.

"하면 저자들을 살려두실 요량이시옵니까?"

"그것은 아바마마께서 결정하실 일!"

세자는 눈을 감고 있는 태자 앞에 한쪽 무릎을 꿇고 간했다.

"전하, 저들의 죄는 비록 참수를 하여도 모자라지 않사오나, 의도가 없었고 뭇 영웅들이 모여 화합하는 자리이오니 전하께서 넓은 아량으로 저들을 용서하여 주시옵소서."

나라 권력의 대부분을 움켜쥔 태감에게 당당히 맞서고, 일반 백성이나 다름없는 말단 병사들의 목숨을 지키기 위해 무릎까

지 끓는다. 세자의 이 같은 행동은 군웅들의 마음을 사로잡기에
충분했다.

"뜻대로 처결하라."

태자가 눈을 감은 채 신음처럼 한 말이었다. 세자 덕에 목숨
을 구한 네 명의 병사가 단 아래로 내려가자 함성이 터져 나왔
다.

"세자 저하 만세!"

태자는 세자를 연호하는 백성들의 음성에 입술을 짓씹었다.
할 수만 있다면 단 아래로 거꾸러져 죽고만 싶었다. 저 간악한
정화의 의도를 이제야 알았다. 자신이 끝내 죽지 않으니 이 자
리에서 몰아내려는 게다. 입궁하면 진 신료들이 자신을 폐위하
자 들고일어설 것이다. 이제 민심마저 떠났으니 자신이 세자를
지켜주지 못했던 것처럼, 폐하조차 자신을 지켜주지 못할 것이
다. 아니, 아무것도 모르는 황제는 큰 고민 없이 세자에게 태자
의 위를 넘겨주실 것이다.

태자는 복받치는 설움을 참기 힘들었다. 가슴을 쥐어뜯어도
할 수 있는 일이 없었다. 눈을 뜨니 실눈으로 청명한 하늘이 쏟
아져 들어온다. 진저리가 쳐지도록 무심한 하늘이다. 눈이 부시
게 청명하기에 더더욱 슬픈 하늘이다. 문득 하늘에 한 사람의
얼굴이 그려진다.

'못난 아비를 용서해 다오.'

영특한 아이였다. 문에 빠진 자신과 무에 미친 아우를 합쳐
놓은 것처럼 문무에 두루 탁월한 재능을 보이던 아이이다. 한데
그런 아이를 지켜주지 못했다. 지켜주기는커녕 비인연공비결과

씨름하느라 언제 어떻게 된 영문인지도 모른 채 잃고 말았다. 아들의 얼굴이 흐릿하게 지워진다. 그리고 그 자리에 떠오른 얼굴, 참으로 믿음직한 사람이었다.

'허허, 사 년 전 그때 죽을 것을 잘못했나 보이. 그랬다면 이런 꼴은 당하지 않았을 것이 아닌가. 과인 때문에 자네에 이어 자네 사질들마저 죽게 되었으니 이제 내 무슨 면목으로 저승에서 자네의 얼굴을 볼까.'

태자는 손에 쥐고 있던 손톱만 한 독단을 남몰래 입으로 가져갔다. 언제든 때가 이르면 목숨을 끊으리라는 생각으로 지니고 다니던 것인데, 하루하루 헛된 희망을 품고 연명하다 보니 오늘에 이르렀다.

그가 하루하루 죽음을 미루었던 것은 순전히 무한 때문이었다. 막연히 무한이 돌아오면 모든 일이 해결될 것만 같아 임을 기다리는 심정으로 기다리고 또 기다렸다. 하지만 이제는 희망을 접을 때였다. 무한은 죽었다.

태자는 입에 넣은 독단을 천천히 굴려 어금니 위에 올렸다. 씹기만 하면 이생의 고통과는 영영 작별이다. 비대한 몸만큼이나 버거운 삶이었지 않은가. 이제는 홀가분해지고 싶었다.

그러나 이생의 고통은 아직 태자를 놓아줄 마음이 없는 모양이었다.

"감히 누가 태자 전하 앞에서 세자 저하 만세를 외치느냐!"

분지 한쪽에서 터진 일갈이 수만 명의 함성을 일시에 잠재웠다. 정화가 얼굴을 찌푸리며 좌중을 훑었다. 그리고 보았다. 십리목분지 저편으로부터 무서운 속도로 다가오는 한 남자를.

"어어! 난다! 사람이 날고 있다!"

빼곡히 들어찬 사람의 숲, 누군가의 외침대로 사내는 숫제 날고 있었다. 사람들의 어깨에서 어깨로 한 번에 사오 장씩 쭉쭉 미끄러지는 모습은 난다는 표현 외에 다른 어울리는 표현이 없었다.

만인의 시선을 한 몸에 받으며 십리목분지 저편에서 삽시간에 단 근처까지 다다른 사내는 수직으로 솟구쳤다가 단 위의 태자 곁으로 표표히 내려섰다. 천신의 강림도 이보다 더 멋지고 극적이지는 않을 것 같았다.

난데없이 정체불명의 사내가 어마어마한 존재감을 드러내며 단 위로, 그것도 태자 바로 곁에 내려서자 각파의 장문들과 고수들이 일제히 단 위로 뛰어올라 사내에게 도검을 겨누었다.

"이놈! 전하에게서 당장 물러서지 못할까!"

"세자는 나서지 마라!"

호들갑 떠는 세자의 일갈로 물리친 태자가 떨리는 음성으로 말했다.

"정녕, 정녕 자네란 말인가?"

"전하, 상황이 여의치 않아 합당한 예를 올리지 못함을 용서하소서."

태자의 눈시울이 촉촉이 젖어들고 얼굴이 푸들푸들 떨린다.

"허허, 예가 무슨 대수라고, 엎드려도 과인이 엎드려야 할 것을! 자네가 살아 있을 줄이야. 내 이리 죽기 전에 자네를 보게 되었으니 여한을 덜었군. 속히 이곳을 피하게. 자네 사질들은 이미 당했네. 그러니 어서!"

사내가 깊이 눌러쓴 죽립을 벗어 들었다. 당장이라도 장력을 뿌린 채비를 하고 있던 풍천개가 해연히 놀라 장을 거두며 소리쳤다.

"자네는 무한이 아닌가!"

무한은 자신을 알아보는 사람들에게 살짝 고개를 숙여 보이고는 태자에게 말했다.

"전하, 제 사질들은 아직 무사합니다."

무한은 한쪽에서 자신을 바라보고 있는 정화에게로 시선을 돌렸다.

"그렇지 않소, 태감?"

태감이 굳은 얼굴을 풀고 웃음을 지으며 말했다.

"북진무사, 아니지, 전(前) 북진무사라 해야겠군."

정화의 말에 쥐 죽은 듯 조용하던 군웅들 속에서 한바탕 소요가 일었다.

"전 북진무사면 기검신협이 아닌가?"

"기검신협이다!"

"내 생전 기검신협을 보게 되다니!"

"저분에 내 어깨를 밟고 지나갔다고!"

중구난방 떠들어대는 군웅들을 일견한 정화가 다시 무한을 바라보았다.

"이제 보니 자네 명성이 하늘을 찌르는군그래. 오랜만이라 무척이나 반갑군. 자네가 없는 동안 공석으로 둘 수가 없어 잠시 북진무사 자리를 장윤이 맡았었네. 자네가 왔으니 다시 맡아야겠지?"

"필요없소."

"필요가 없다? 성에 차지 않는다는 말인가? 하긴 자네 정도의 능력이면 그럴 만도 하지. 하면 내 폐하께 아뢰어 자네 능력에 합당한 직위를 내리도록 힘써보겠네."

"나는 그대에게 아무것도 줄 것이 없는데도 그리하시겠단 말이오?"

정화가 억지웃음을 지었다.

"그러고 보니 자네는 본관에게 무척이나 적대적이군. 혹 너무 오래 지나 본관과 웃으며 했던 약조를 전부 잊어버린 것은 아닌가?"

말을 끝냄과 동시에 정화의 눈농자에 살기가 감돌았다. 약조를 지키지 않으면 만평 등을 가만두지 않겠다는 협박을 하고 있는 것이다. 그러나 정화의 기대와는 달리 무한의 얼굴에는 초조해하는 기색이 조금도 없었다.

"약조라……. 말해주시겠소? 내가 태감과 무슨 약속을 했는지?"

정화가 돌연 얼굴을 굳히며 말했다.

"정말 잊은 모양이군. 자네는 내게 한 권의 고서(古書)를 전해주어야만 하네."

"오래된 책이라, 그러고 보니 생각이 나는 것 같기도 하오. 한데 책이라면 수십만 종이 있는데 대체 어떤 종류의 책을 말하는 것이오?"

"아무래도 자네는 뭔가 크게 착각을 하고 있는 것 같군. 그 이야기는 본관과 따로 하는 것이 좋겠어."

사람들은 무한과 정화의 알 수 없는 대화를 듣고, 정화와 맞섰다고 알려진 북진무사 무한이 실은 정화와 은밀한 거래가 있었음을 알고 실망을 감추지 못했다. 그런데 그때였다.

"아! 이제야 생각이 나는구려. 책, 그랬지. 태감께 책을 구해다 주기로 했던 것이 이제야 기억나는군. 천마뇌정공의 구결이 적힌 비급이었지, 아마?"

마선의 마황진기가 세상에 나오기 전까지 천하제일마공 자리를 공고히 지켰던 전설적인 심공, 천마뇌정공이라는 이름은 마황진기와는 또 다른 느낌으로 정파 고인들의 마음속에 깊이 자리 잡고 있었다.

노공이 파랗게 굳어진 안색으로 물었다.

"자네 지금 천마뇌정공이라 했나?"

무한이 노정을 가만히 바라보자 풍천개가 얼른 말했다.

"본 방의 방주님이시네."

"그렇군요. 처음 뵙겠습니다."

"인사는 나중에 하세. 그보다 노부의 물음에 대답을 해주게."

"분명 그리 말씀드렸습니다. 개방의 방주님이시라니 아실지도 모르겠군요. 천마의 유지가 잠든 동굴, 천마지동의 존재를 말입니다."

천마지동, 대부분 처음 듣는 표정이었지만 노공과 풍천개 등은 달랐다.

"정확한 위치는 모르나 그런 곳이 있다는 건 이미 오래전부터 알고 있었네. 한때 천마의 심득을 좇아 고수들이 부나방처럼 들어가 아무도 나오지 못했다는 이야기도 들었네."

“저는 지난 사 년간 그곳에 있었습니다.”

“믿을 수 없네. 그곳에서 나왔다는 것도 믿기 힘들지만, 조선인인 자네가 그곳의 위치를 어찌 알고 들어갔다는 겐가?”

무한이 정화에게 시선을 보내며 말했다.

“물론 방주님 말씀대로 조선에서 온 지 얼마 되지 않은 저는 천마지동이 무엇인지도 몰랐습니다. 하지만 그런 제게 천마지동에서 무공 비급을 가져오면 원하는 것은 무엇이든 주겠노라며 접근한 자가 있었습니다.”

무한이 말하는 그자가 누군지 모르는 자는 아무도 없었다.

노공이 심각한 음성으로 말했다.

“왜 하필 자네였지?”

“천마지동의 다른 이름이 극기지동이라는 것을 그자가 알고 있었기 때문입니다.”

천마지동의 다른 이름이 극기지동이라는 것은 노공조차 모르는 이야기였다. 그러나 무한의 말이 사실이라면 무한을 천마지동에 들여보낼 이유는 충분했다. 기검신협이라 불릴 정도로 무한의 바둑은 정평이 나 있지 않은가.

노공이 정화에게 물었다.

“태감께 묻겠소이다. 북진무사가 한 말이 모두 사실이오?”

“홍, 사실이라면 어찌할 텐가. 본관은 흉악한 자에게 경천동지할 사도의 무공이 들어갈 것을 염려하여 미리 손을 써두려 한 것뿐인 것을.”

정화다웠다. 그는 전혀 위축됨이 없었다. 노공이 시선을 무한에게 돌리며 말했다.

"하면 자네는 권력이 탐나 죽음을 무릅쓰고 천마지동에 들어 갔단 말인가?"

그때 잠자코 듣고 있던 태자가 입을 열었다.

"북진무사가 사라졌을 당시 그는 과인의 지병을 치료하느라 무공의 태반을 쓸 수 없는 상태였네. 아마도 태감의 강압을 이기지 못했을 것일세."

다름 아닌 태자의 증언이다. 누가 감히 의심하랴.

"하면 자네는 원치 않게 천마지동에 들었던 게로군?"

"원치 않았더라도 그리할 수밖에 없었던 상황은 맞습니다. 그러나 만일 무공이 온전하여 그 자리를 벗어날 힘이 있었다고 해도 저는 여전히 천마지동에 들었을 것입니다."

노공이 실망한 기색을 드러내며 말했다.

"역시 자네도 무공이 탐이 났던 겐가?"

"전설적은 고수의 심득을 보고 싶지 않았다면 거짓이겠지요. 하지만 저는 그 때문에 천마지동에 든 것이 아닙니다."

"다른 이유가 있다는 얘긴가?"

"태자 전하께서 말씀하신 것처럼 태감에게서 천마지동에 대해 듣던 그날 저는 무공을 전혀 쓸 수 없는 상황이었습니다. 전하의 옥체에 깃들었던 뇌정을 흡수하여 그것을 억제하기도 벅찬 상태였기 때문입니다."

"뇌정? 설마 천마뇌정공의 그 뇌정을 말하는 건 아니겠지?"

"그 뇌정이 맞습니다."

과거의 비화가 나오려 하자 정화가 대갈했다.

"보자 보자 하니 끝이 없구나. 이제 보니 네놈은 천마의 심득을 얻어 엄청난 무력을 쌓아놓고 이제 와 본관을 모함하여 약속했던 책을 돌려주지 않으려 드는구나! 허어! 참으로 간악한 자가 아니더냐!"

무한에게 일갈한 정화가 이번에는 정파의 고수들을 바라보며 소리쳤다.

"뭇 정파의 고인들은 들으시오! 본관은 악인의 손에 들어갈 것을 저어하여 일찍부터 은밀히 천마의 무공에 대하여 조사하였소! 마공을 찾아내어 불살라 세상에서 없애려 하였던 것이었소이다! 그리하여 마침내 천마지동의 위치와 극기지동이라는 이름을 알아낸 본관은, 고심 끝에 당시 북진무사였던 저자를 불러 모든 정황을 이야기하였소! 비록 본관과는 대립하는 사이였으나, 본시 청렴결백하여 마공을 얻더라도 결코 현혹되어 사사로이 익힐 자가 아니라 보았기 때문이오!"

정화는 잠시 말을 끊고 군웅들과 정파의 고인들을 쓸어본 후 다시 입을 열었다.

"그러나 보다시피 그것은 본관의 완벽한 오판으로 드러났소. 견물생심, 본시 청렴하고 욕심이 없는 자라도 보물을 눈앞에 두면 유혹이 생기는 법. 하물며 음흉함을 깊이 숨기고 있던 자였으니 더 말해 무엇 하겠소이까? 내 그 점을 간과하고 북진무사를 너무 믿은 탓에 선의로 시작한 일이 도리어 악인의 손에 악마의 무공이 떨어지게 만드는 결과가 되고 말았소이다. 누가 뭐라 하여도 본인의 책임이 크다고 할 것이오. 하나 공과를 따지기에 앞서 우리는 해야 할 일이 있소이다. 놈이 이 자리를 벗어난다면 필시 마선 못지않은 화근이 될 것은 자명한 일! 놈을 쳐단하는 것이야말로 현 시점에서 가장 시급한 일일 것이오!"

무한은 정화의 말이 끝나기가 무섭게 자신을 향해 쏟아지는 살기와 의심의 눈초리를 느꼈다. 무리도 아니었다. 자신이라도 저런 말을 들었다면 다르게 행동하지 않았을 것이다. 그만큼 정화의 말은 설득력이 있었다. 군웅들도 기검신협이 보인 무공이 마공을 익힌 공능이 아니냐며 중구난방으로 떠들어댔다. 급기야 군웅들 중 누군가가 만만치 않은 공력을 실어 소리쳤다.

"기검신협을 처단하라! 그는 가짜 협객이다!"

또 다른 자가 소리쳤다.

"기검신협은 마선의 제자다!"

"살인마를 죽여라!"

"죽여라!"

"반드시 시비를 가려 공정하게 처결할 것이니 모두들 진정하시오!"

정화가 미리 풀어놓은 자들이 소리치자, 풍천개가 굳은 안색으로 말했다.

"태감의 말이 사실인가? 정말 자네는 천마의 무공을 익혔나?"

무한은 화를 내기는커녕 도리어 미소 지으며 말했다.

"어르신께서는 한때 마황진기를 익혔다 의심하시더니 이제는 천마의 무공을 익혔냐고 물으시는군요."

일전 무한을 마선의 제자로 오인하여 크게 곤욕을 치른 풍천개가 얼굴을 붉혔다.

"그때 일도 있고 하여 함부로 자네를 의심치 않으려 묻는 것일세. 물론 자네는 사 년 전 그때도 마선의 제자로 의심받을 정도로 엄청난 무력을 가지고 있었지. 그러니까 자네는 어쨌거나 천마의 무공을 익히지 않았다는 말이지?"

"그렇습니다. 애초에 익힐 수도 없었습니다."

"익힐 수 없었다?"

"천마는 천마지동에 들기 전, 교에 천마뇌정공의 칠 단계까지의 구결을 남겼습니다. 그것이 바로 여러분이 아는 교주 비전 천마뇌정공인 것입니다. 태감은 저를 믿어서가 아니라, 천마지동에 칠 단계 이후의 구결만 있다는 걸 알고 있었기에 본인을 천마지동에 거리낌없이 들였던 것입니다. 그 정도 되는 심공을 후반부만 보고 익힐 수 있겠습니까?"

"불가능하네. 코끼리의 머리만을 보고 어찌 몸 전체를 짐작할 수 있겠나. 그렇다면 태자 전하의 옥체에 깃들어 있다던 뇌정은 무엇이며, 태감의 강압이 없었더라도 천마지동에 갔을 거라는 말은 또 무엇인가?"

무한은 대답 대신 도리어 물었다.

"극약에 중독되었다면 어찌하여야 합니까?"

"그야 내력으로 밀어내거나 그 방법이 안 된다면 해약을 찾아야겠지."

"바로 그것입니다. 저는 극약이나 다름없는 곡해된 무공으로 인해 상해를 입은 태자 전하와 제 사질을 위해 무공의 진본을 찾으러 들어갔던 것입니다."

풍천개가 이번만은 믿을 수 없다는 투로 말했다.

"자네 사질과 태자 전하께서 왜곡된 천마의 무공으로 상해를 입으셨다는 말인가?"

"그의 말은 모두 사실이네. 개방의 의협이여, 과인의 몸에는 지금도 뇌정의 기운이 충만하니 직접 확인해 보아도 좋네."

태자가 선뜻 팔을 내밀자 노공이 앞으로 나섰다.

"하면 무례를 범하겠습니다."

파락!

그때 정화가 소매를 털어 노공의 걸음을 막았다.

"불가! 본관의 허락 없이는 누구도 전하의 옥체에 손을 댈 수 없다!"

태자가 싸늘한 음색으로 말했다.

"흥, 태감이 과인을 이리도 끔찍이 여기는지 몰랐군. 과인이 이미 허락을 하였는데 그대가 막는 것은 태감의 말이 과인의 뜻보다 우위에 있다는 것인가?"

"전하, 그것이 아니오라 소관은 단지……."

태자가 말을 끊었다.

"아니라면 되었다! 북진무사는 태감을 막을 자신이 있는가?"

"제 허락 없이는 누구도 전하와 방주에게 위해를 가할 수 없을 것입니다."

"좋네. 개방의 의협은 안심하고 과인의 몸을 살피시게."

노공이 결의 가득한 얼굴로 다가와 맥을 잡고 진기를 흘리려 하자, 정화의 행동을 유의 깊게 살피던 무한이 당부했다.

"방주께서는 반 푼 이상의 힘만을 사용하십시오. 그 이상의 진기를 쓴다면 화가 있을 것이니 명심하셔야 합니다."

노공과 풍천개 등 개방 고수들의 얼굴에 언짢은 기색이 들어

찼다. 태자에게 위해를 가하면 그냥 두지 않겠다는 경고로 들렸기 때문이다.

노공은 노기를 가라앉히고 진기를 천천히 밀어 넣었다. 그리고 태자와 무한 입장에서는 익히 예상되는, 반면 다른 사람들에게는 천만뜻밖의 일이 벌어졌다.

"허어!"

노공이 난데없이 헛바람을 토하며 거칠게 튕겨졌다. 거의 모든 이들의 시선이 노공을 향해 있는 그때, 무한이 눈을 가늘게 뜬다 싶더니 손가락을 강하게 튕겨냈다. 정화의 소맷자락이 바람도 없이 펄럭임과 동시에 은밀하고도 지독한 기운이 노공에게로 곧장 뻗어나가는 것을 놓치지 않았던 것이다. 독으로 치면 무색무취의 무형지독과 비견될 공력이었다.

풍천개가 노공을 받아 바닥으로 내려서자마자 퍽 소리와 함께 검은 가루가 흩날렸다. 다들 독으로 오인하여 숨을 멈추고 팔을 마주 휘저어 가루를 밀어냈다.

"이놈! 대체 무슨 짓을 한 것이냐!"

가루가 사라진 후 풍천개가 노기충천하여 소리치자, 금방 본래 낯빛을 되찾은 노공이 그를 제지했다.

"풍 장로, 노부는 아무렇지도 않네. 그는 노부에게 아무 짓도 하지 않았으니 물러서게."

뒤이어 사천당가의 가주 당천우가 말했다.

"그 가루는 독이 아니었소이다."

"독이 아니라?"

풍천개의 물음에 당천우가 끄덕이며 말했다.

"그건 단순한 돌가루요. 정확히는 알 수 없지만, 바둑돌을 만들 때 주로 쓰이는 오석(烏石)이 아닌가 싶소. 아니 그런가?"

무한은 독과 암기에 정통한 당천우가 돌가루가 자신으로부터 기인한 것임을 눈치채고 묻자 손을 펴보였다. 과연 무한의 손에 손톱만 한 바둑돌이 들려 있었다.

독이 아닌 것이 밝혀졌음에도 사람들의 얼굴은 더욱 침중해졌다. 무한이 날린 바둑돌이 노공과 풍천개가 떨어진 자리 앞에서 부서져 아예 먼지가 되었다. 그것이 뜻하는 바는 명확했다. 누군가 그들에게 암습을 가했고 무한이 그것을 막은 것이다.

"본관을 그런 눈으로 보는 까닭이 뭐요? 원하는 곳에서 박살을 내는 기교야 간단한 것을!"

물론 정화의 말처럼 아무나 할 수 있을 정도로 간단한 건 아니었다. 하지만 무한 정도면 충분히 가능했다. 즉, 정화의 말은 무한의 자작극이라는 뜻이었다. 성난 눈초리로 정화를 일견한 노공이 무한 쪽으로 한 걸음 다가섰다.

"여러분, 노부는 태자 전하의 옥체에서 뇌정을 확인했소이다. 노부가 충격을 받고 물러난 것은 뇌정의 힘 때문이었소. 내 일찍이 이보다 디 강력하고 지독한 내력은 처음이오. 처음 기검 신협의 충고를 듣고 고깝게 여겼는데, 만약 그의 말을 듣지 않고 한 푼 이상의 공력을 실었다면 필시 큰 내상을 면치 못했을 것이오."

소림승 중 하나가 미심쩍은 얼굴로 말했다.

"아미타불. 노방주, 정말 그 정도로 대단하단 말입니까?"

노공은 다른 자라면 모를까, 의문을 제기한 자가 정반임을 알고 노기를 드러내지 않았다. 그도 그럴 것이, 정반은 소림 최고의 무력, 금강승의 수좌였던 것이다.

"허허, 정반 대사에 비하면 노부의 공력은 그야말로 형편없음을 인정하오. 하나 그런 점을 감안해도 노부는 실로 무섭다는 말밖에 달리 할 말이 없소이다."

"아미타불, 태자 전하 빈승이 결례를 범하여도 되겠사옵니까."

무한은 정반을 제지하려 했다. 태자의 몸 상태로 단전을 열었다가 닫는 것은 무리가 따랐다.

"괜찮네. 한 번 정도는 더 개방하여도 문제가 없을 것 같네."

태자의 허락으로 소림의 최고 무력이라 해도 과언이 아닌 정반이 태자에게 공력을 불어넣었다. 여느 때처럼 반야진기가 단전에 이르렀을 때 태자가 찰나지간 단전을 개방했다. 그 즉시 정반이 상기된 얼굴로 서너 걸음을 주르륵 밀려났다.

"허허, 역시 소림이구려."

노공은 자신은 맥없이 날아간 데 비해 정반이 고작 서너 걸음 밀려난 것으로 버티는 것을 보며 감탄했다. 소림 방장 정허가 물었다.

"사제가 느끼기에는 어땠나. 정말 뇌정이 맞는 것 같은가?"

정반이 질렸다는 듯 고개를 절레절레 저으며 말했다.

"빈승이 천마의 심공을 경험해 본 바 없습니다. 그러나 이것이 뇌정이 아니면 무엇이 뇌정이겠습니까. 기검신협께서 태자 전하를 치료하다 무공을 쓸 수 없게 되었다는 것이 이해가 됩니다."

태자가 뭘 그 정도 가지고 그러냐는 듯이 말했다.

"일전 과인의 몸에는 지금보다 족히 다섯 배는 큰 뇌정이 잠들어 있었다네. 사 년 전 북진무사가 과인에게서 뇌정을 흡수하지 않았다면 과인은 이 세상 사람이 아니었을 것이네."

뇌정의 광포함을 몸소 경험한 노공이 놀라서 말했다.

"다섯 배나 되는 뇌정을 흡수하였다고 하셨사옵니까?"

"사실일세. 그는 과인과 그의 사질을 위해서 죽음을 무릅썼지. 그리고 끝내는 몸이 부서지는 고통을 감내하며 대부분의 뇌정을 일신에 흡수하였다네."

노공뿐 아니라 정반 또한 혀를 내둘렀다. 어쨌든 태자가 직접 무한의 말이 사실임을 증언한 셈이라 의심의 여지가 없었다. 노공이 놀람을 가라앉히고 무한에게 물었다.

"그야말로 궁금한 것이 한두 가지가 아니군. 묻겠네. 전하의 뇌정은 어찌 된 연유이고, 들어간 자치고 나온 자가 없다던 천마지동은 또 어떻게 해서 나왔나?"

"처음 물음의 대답은 과인이 하겠네. 과인은……."

태자가 비인연공비결이라는 이름으로 둔갑한 엉터리 심공을 익히게 된 과정을 상세히 풀어냈다. 태자가 지난 세월 겪은 고통이 좌중에게 고스란히 전해졌을 즈음, 태자가 이야기를 마쳤다.

"허어! 어찌 그런 일이!"

노정은 통탄하며 정화를 노려보았다. 정화는 무슨 생각을 하는 건지 무한에게 암습이 가로막힌 후 냉소만 짓고 있었다.

무한이 태자에 이어 말했다.

"두 번째 물음에 대한 답은 간단합니다. 천마지동에 들어 나오지 못했던 것은 절진이 펼쳐져 있었기 때문입니다. 제가 그곳을 빠져나올 수 있었던 것은 절진을 풀었기 때문이지요."

노공은 감탄했다.

"자네의 총기는 듣던 대로 대단하군."

"운이 좋았을 뿐입니다. 절진은 극기지동이라는 별칭답게 바둑에 관한 것이었는데, 마침 절진 안에 바둑에 해박한 분이 계셔서 큰 도움을 받아 나올 수 있게 된 것입니다."

무한의 말에 시종일관 냉소를 짓고 있던 정화의 얼굴에 언뜻 당황한 기색이 비쳤다. 그 모습을 본 무한은 정화에게 의미심장한 미소를 보냈다.

"절진 안에 바둑 고수가 있었단 말인가?"

"그렇습니다. 그분은 애써 키운 제자에게 배신을 당한 가여운 분이셨습니다. 방주께서는 혹시 늙은 사부의 다리를 생으로 뜯고 눈을 파낸 제자가 있다는 소리를 들어보셨습니까?"

기이한 일이었다. 무한의 음성은 그리 크다고 할 것이 없는데도 십리목분지 구석까지 퍼져 나갔다. 그리고 이제 정화의 안색이 눈에 띄게 굳어졌다.

노공이 듣는 것만으로도 노기를 참을 수 없는지 버럭 소리쳤다.

"세상에 어떤 미친놈이 그런 쳐 죽일 짓을 저지른단 말인가!"

"다름 아닌 일월신교의 교주 한림아 어르신이 말년에 몸소 당하신 일입니다."

군중이나 정파의 고수나 할 것 없이 모두가 경악했다. 침음을 삼킨 소림 방장 정허가 염주를 굴리며 물었다.

"아미타불, 일월신교의 교주라면 설마 마교의 마지막 교주 한림아를 말하는 것인가?"

"그렇습니다. 이곳 명나라에서는 일월신교를 마교라 부른다는 것을 들어서 알고 있습니다. 그러나 온 세상 사람들이 일월신교를 마교라 칭한다 해도, 그분께 은혜를 입은 저에게 영원한 일월신교입니다."

무한의 음성이 하도 비장하여 분위기가 절로 숙연해지는 듯했다. 명나라에서 마교를 일월신교라 칭하는 부류는 마교 교도들밖에 없었으나, 누구도 무한을 비난하지 않았다.

노공이 물었다.

"한림아를 그 지경으로 만든 제자가 누구였나? 아직 살아 있는 건가?"

"살아 있다 뿐입니까? 그는 바로 이 자리에 있습니다. 호의호식하다 못해 이제는 한 나라 전체를 삼키려 하고 있지요."

나라 전체를 삼키려 한다. 게다가 이 자리에 있다? 사람들의 시선이 일제히 정화를 향했다.

"하하하!"

갑자기 미치기라도 한 것일까? 정화는 웃지 않고는 못 배기겠다는 듯 박장대소했다. 그러나 그도 잠시, 정화는 난데없이 웃음기를 싹 거두고 북풍한설과도 같은 기세를 뿜으며 무한을 힐난했다.

"참으로 가증스러운 놈이로다! 네놈은 마교를 일월신교라 일컫는 것만으로도 이미 사교에 현혹된 것이 틀림없다. 더군다나 네놈이 한림아를 만난 것이 사실이라면 그로부터 세뇌된 것이 분명하구나. 한데 그는 지금 어디에 있느냐?"

"그분은 천마지동 안에서 운명하셨소."

"흥! 내 이미 그럴 줄 알았느니라. 보지 않아도 눈에 선하다. 네놈은 필시 마교의 맥을 이어주겠다며 한림아를 꼬드겼을 것이다. 그리고는 천마뇌정공을 전수받아 약삭빠른 두뇌로 마침내 천마의 마지막 심득까지 얻었겠지. 그 후 한림아의 하나 남은 다리를 생으로 뜯고 한쪽 눈을 파냈으며 그것도 모자라 그를 죽이고 혼자서 세상에 나온 것이 아니더냐? 그리고는 이제 와 네놈이 천마의 심공을 얻은 것을 알고 있는 유일한 사람인 본관에게 그 죄를 뒤집어씌워 제거하려 하나니! 그러고도 징녕 하늘이 두렵지 않단 말이냐?"

정화의 서슬 퍼런 추궁은 모든 이의 공감을 이끌어내기에 충분했다. 잠시 전만 해도 정화를 벌레 보듯 하던 자들이 이제 방향을 무한에게 돌렸다. 더군다나 정화가 은은한 내력을 실어 말한 탓에 군웅들 모두가 듣고 무한에 대한 비난을 쏟아내기 시작했다. 수백 명은 숫제 당장 죽이라고 소리치고 있었다.

말을 마친 정화는 단숨에 자신에게 유리한 쪽으로 상황이 전개되자 득의만면한 얼굴로 무한을 몰아붙였다.

"그리 말을 잘하던 네놈이 어찌 입을 떼지 못하는 것이냐?"

잠자코 상황을 지켜보던 세자가 위엄 가득한 음성으로 말했다.

"시커먼 속내가 만천하에 공개되었는데 무슨 할 말이 더 있겠소이까? 태감을 크게 오해한 본인이 부끄럽구려."

노공은 곤경에 처했음에도 전혀 당황한 기색이 없는 무한을 보고 기이히 생각했다.

"노부가 보기에 자네는 뭔가 할 말이 있는 것 같은데?"

"자신의 죄를 자복한 태감에게 어찌 감사의 말을 해야 할지 생각하고 있었습니다."

"정신이 나간 모양이구나. 대체 본관이 언제 무슨 죄를 자복하였다는 것이냐?"

"방금 자신이 한림아 교주의 제자라는 것과 그분에게 인간으로서는 하지 못할 악행을 저지른 것을 자복하지 않으셨소?"

"흥, 이건 기검신협라고 하더니 숫제 미친놈이 아닌가?"

무한은 정화가 비웃는 것을 보며 영문을 모르겠다는 듯이 말했다.

"거참 이상하구려. 어찌 지금껏 본 일도 없다던 사람이 그분의 다리가 애초에 하나뿐이었다는 걸 아셨소?"

"헛소리! 네놈은 또다시 본관을 모함하는구나! 본관이 언제 그자의 다리가 하나라는 것을 알았다는 것이냐?"

"아까 태감께서 그러지 않으셨소이까? 태감이 아니라 오히려 내가 그분의 하나 남은 다리를 생으로 뜯지 않느냐고 말이오."

"그, 그건……!"

"그뿐이 아니오. 태감은 그분의 제자도 아니고 본 적도 없다면서 어찌 개만도 못한 제자 놈이 두 눈 모두가 아닌, 한쪽 눈만 파낸 것을 아셨소?"

"그, 그건 네놈이 이미 말해준 것이 아니냐?"

"천만에. 나는 다리를 생으로 뜯고 눈을 파냈다고만 말했지,

남은 한 다리를 뜯고 한쪽 눈을 파냈다고 구체적으로 언급하지
는 않았소."

무한은 동의를 구하듯 정파의 고수들을 둘러보았다.

"동요치 마시오! 녀석이 본관을 모함하는 것이오!"

몇몇 세심한 사람들은 무한의 말이 옳다는 것을 알았다. 그러
나 누구도 섣불리 나서서 무한을 역성들지 못했다. 사안이 사안
인지라 신중해질 수밖에 없는데다 누구도 정화에게 밉보이려
하지 않았기 때문이다.

그때 노공이 뭔가 생각난 듯 자신의 허벅지를 철썩 치며 말했
다.

"누구의 말이 신실인지 명확히 확인힐 방도가 있소이다!"

"노방주, 이미 허공중에 흩어진 말을 무슨 수로 확인한단 말
이오?"

"두고 보면 아시게 될 게요. 신필(神筆) 향주는 냉큼 나서라."

노공의 부름에 단 가장자리에 서 있던 존재감마저 희미하던
중년 거지 하나가 노공의 물음에 종종걸음으로 달려와 뭔가를
건네주었다. 노공은 신필 향주라는 거창한 직함을 가진 중년 거
지의 등을 토닥여 보내고는 정파 고인들을 보며 말했다.

"자, 여기 태감이 단 위에 오른 이후의 모든 대화 내용들을 세
세히 기록되어 있소. 다들 와서 확인토록 하시오."

정화는 생각지도 못한 일이었으나, 강호 전반의 정보와 사건
사고를 취급하는 개방이라는 방파의 특성상, 이처럼 큰 무림대
회를 기록하는 것은 이상한 일이 아니었다. 각파의 수장들에게
기록을 확인시킨 노공이 이죽거리며 말했다.

"과연 북진무사는 제자 놈이 다리와 눈을 파냈다고만 했구려. 허허허, 참으로 기이한 일이로고. 태감은 어찌 그리 자세히 아신 거요? 혹 신기(神氣)라도 있으신 게요?"

노공의 조롱에 이어 소림 방장 정허까지 압박하고 나섰다.

"아미타불, 태감은 속히 어찌 된 일인지 해명을 하셔야 할 것이오."

정화는 한마디 말실수로 결정적인 파탄을 드러낸 꼴이라, 변명거리조차도 쉬이 찾을 수가 없어 얼굴만 붉으락푸르락하고 있었다. 무한은 틈을 놓치지 않고 정화에 대해 교주에게 들었던 정화의 실체를 중인들 앞에 낱낱이 풀어냈다. 실로 한마디 한마디가 사람들을 경악케 하는 비사인지라, 믿기 힘들면서도 앞뒤가 분명한데다 지금까지 무한의 말이 대부분 사실로 밝혀졌으니 믿지 않을 도리가 없었다.

시종일관 굳은 안색으로 상황을 지켜보던 세자는 은밀히 정화와 눈빛을 교환했다. 정화가 사람들이 눈치채지 못할 정도로 미세하게 고개를 끄덕이자, 세자가 갑자기 목청을 높여 정화를 꾸짖었다.

"파사국의 색목인은 어디 입이 있으면 말을 해보아라!"

"하하하! 그게 사실이면 또 어쩔 텐가?"

"이놈이 그래도! 여봐라, 뭣들 하는 것이냐! 간적을 당장 포박하라!"

세자와 태감이 쿵짝이 맞아서 한 편의 연극을 펼치고 있었다. 무한이 보기에는 같잖은 짓거리가 아닐 수 없었다.

예상대로 세자의 호통에도 병사들은 서로 눈치만 볼 뿐 누구도 선뜻 나서지 않았다. 금의위와 동창 번복들도 마찬가지였다. 낯빛이 창백해진 세자가 이번에는 정파의 고수들을 바라보았다.

"무림인들도 엄연히 명국의 백성, 다들 그렇게 국난의 위기를 바라보고만 있을 테요?"

세자의 말에 다들 앞으로 나서려는 순간 정화가 냉소하며 경고했다.

"이 일에 나서기 전에 다들 심사숙고해 보셔야 할 거요. 과연 어느 줄이 동아줄이고 어느 줄이 썩은 줄인지 말이오. 또한 그간의 정리를 생각한다면 본관에게 칼을 겨눌 수는 없을 텐데? 그렇지 않소, 정허 대사?"

정화의 의미심장한 말에 사파의 수장들은 당황한 기색이 역력했다. 다들 헛기침을 하며 도움을 요청하는 세자와 은밀한 거래를 폭로하겠다고 은근히 협박하는 정화의 시선을 피하기에 바빴다.

"허허! 이게 어찌 된 영문들이오! 무슨 구린 속내가 있기에 다들 이러고 있느냔 말이오!"

아무것도 모르는 노공은 이들의 작태에 분통을 터뜨렸다.

"본디 관과 무림은 서로를 간섭치 않는 것이 관례가 아니오?"

스스로 생각해도 염치가 없는지 뒤로 갈수록 점차 작아지는 남궁세가 가주의 변명에 노공은 기가 찬 표정을 지었고, 정화는 득의한 웃음을 터뜨렸다.

"잘 생각하셨소. 역시 중원제일의 검가를 이끄시는 분답게 현명하구려."

노공이 가슴을 치며 소리쳤다.

"대체 어떤 약점을 잡혔는지 모르나, 단지 이 순간의 위기를 넘기기 위해 방관하겠다는 것이라면 뭔가 크게 착각들을 하고 있는 것이오. 마니교가 득세하면 어찌 될 것 같소이까? 목숨을 걸고 장담컨대, 절과 도관은 주춧돌조차 남지 않을 것이외다!"

장문과 가주들의 낯에 짙은 갈등의 빛이 스친다. 정화의 말을 듣기에는 노공의 말이 걸리고 그렇다고 노공의 말대로 태자를 도왔다가 일이 잘못된다면 최악의 상황에 직면하게 된다.

"절대로 그러한 일은 없을 것이오. 내 예서 정식으로 약조하겠소. 구대문파와 오대세가를 대대적으로 지원하겠소이다."

무한은 돌아가는 상황을 묵묵히 지켜보며 정화의 속셈을 더 듬어보았다. 정화와 세자가 눈빛을 주고받는 순간 무한은 정화가 물러설 결심을 굳힌 것으로 보았다. 도마뱀이 꼬리를 자르고 도망치는 식으로 그가 빠져도 진짜 노림수는 따로 있으니 미련을 가질 필요가 없었다.

한데 지금 보이는 정화의 행태는 무엇인가. 의문에 사로잡힌 무한은 문득 시선을 군웅들에게 돌렸다. 그 순간 짙은 안개처럼 시야를 가리고 있던 의문이 깨끗이 걷혔다. 군웅들의 눈빛 속에서 정화의 의도가 빤히 들여다보였다.

소림 방장과 깨달음이 깊은 도사들을 바라보던 존경의 시선은 온데간데없이 군웅들은 싸늘하기만 했다. 분기가 들끓고 있었다. 설령 눈앞에서 도관을 파헤치고 소림사에 불을 놓는다고 해도 수수방관할 분위기였다.

구대문파와 오대세가를 민심으로부터 멀어지게 만드는 것, 정화의 의도는 바로 그것이었다. 자신이 물러나더라도 훗날 세

자가 정권을 잡고 명국을 마니교의 세상으로 만들 때 걸림돌이
될 구대문파 등을 제거할 명분을 쌓기 위해 미리 손을 쓰고 있
는 것이다.

무한은 정화가 참으로 대단한 자라는 생각이 들었다. 자신의
정체가 들통난 예기치 못한 상황에서도 그냥 물러서지 않고 뒷
일을 대비한 포석을 두다니.

정화가 물러설 생각을 굳힌 것만은 틀림없어 보였다. 대신 정
파를 민심으로부터 떼어놓았으니 이제 또 다른 걸림돌인 태자
를 반드시 죽이려 할 터였다. 그리되면 세자가 황제가 되는 데
있어 마지막 걸림돌마저 사라지게 되는 것이다.

소림 등 대문파의 행태가 마음에 들지는 않았지만 성화의 의
도대로 돌아가게 내버려 둘 수는 없는 일. 무엇보다 정화를 마
음 놓고 상대하자면 그를 상대하는 동안 하만이나 장윤 등으로
부터 태자를 보호해 줄 고수가 필요했다. 개방의 고수들만으로
는 역부족이었다.

"화산파와 무당파가 왜 이토록 늦는지 생각해 보셨습니까?"

무한의 다소 뜬금없는 발언이었지만 다들 긴장된 얼굴로 무
한을 바라보았다. 입을 열 때마다 사람을 놀라게 하니 그럴 만
도 했다.

"시주, 그게 무슨 말인가? 그들이 늦는 데 별다른 영문이라도
있다는 겐가?"

무한은 정반의 물음에 애매모호한 대답을 내놓았다.

"두 문파는 문파의 영달보다 나라의 안위를 먼저 생각했습니
다."

무한은 두 문파가 정화의 수족을 자르는 일에 투입되어 늦어지고 있다는 직접적인 언급을 하지 않았다. 정화에게 발각될 것을 염려해서가 아니었다. 이제는 계획이 실행되어 벌써 성패가 결정이 났을 시점이었기에 정화가 알아도 아무런 상관이 없었다.

그럼에도 무한이 두 문파의 부재에 대해 직접적인 언급을 피한 것은 그만한 이유가 있기 때문이었다. 정도문파가 정화의 수족이 잘려나가고 판세가 황제와 태자 쪽으로 기운 것을 안 뒤에야 태자를 따르는 건 의미가 없었다. 군웅들은 오히려 그들의 기회주의적인 태도에 더욱 환멸을 느낄 터. 군웅들의 마음을 움직이려면 그전에 태자 편에 서야 했다.

그러나 무한이 준 마지막 기회를 아는지 모르는지 정파 고인들은 결정을 내리지 못했다.

소림 방장 정허의 이마에 잡힌 주름이 깊어만 갔다. 그들이라고 왜 따가운 군웅들의 시선이 느껴지지 않겠는가. 하지만 의협심만으로 길게는 천 년, 짧게는 수백 년간 이어져 온 가문과 문파가 멸절당하는 모험을 할 수는 없는 노릇이었다. 문파와 가문의 대를 잇지 못한다면 무슨 낯으로 사조를 본단 말인가.

이민족의 침략으로부터 목숨을 초개처럼 던져 나라를 구함이 마땅하다 여기고 있던 무한으로서는 한심하게 생각되었다. 그러나 이들의 역사를 안다면 전혀 이해 못할 바도 아니었다.

중원은 역사 이래 이민족에 의한 지배가 빈번한 땅이었다. 몽골과 거란, 여진, 선비, 돌궐에 이르기까지 중원을 지배한 민족은 다양했다. 하지만 중원의 주인이 누가 됐든 숭산은 소림이 주인이었다. 사정은 무당이나 화산도 다르지 않았다. 관과 무림이 서로 간섭하지 않는다는 암묵적인 약속은 이처럼 무림 문파의 흥망이 나라의 성쇠와는 무관했기에 자연스럽게 생겨난 것이었다.

무한은 저들의 마음이 정화 쪽으로 기울고 있음을 느꼈다. 노공의 경고한 대로 저들은 마니교가 득세한 이후 일어날 일들이 마음에 걸리면서도, 대세가 정화에게 이미 기울었다는 판단에 쉽사리 마음을 바꾸려 하지 않았다. 정화와의 검은 거래가 밝혀진 후 불어닥칠 파장에 대한 껄끄러움과, 명나라가 무너져도 여전히 자신들은 무사하리라는 안일함 또한 그들의 마음이 태자 쪽으로 오지 못하도록 막고 있었다.

"빈승을 비롯한 소림은……."

2

고심 끝에 소림의 입장을 공표하려던 정허가 돌연 입을 다물었다. 이야기를 멈춘 정허는 무한을 똑바로 응시하고 있었는데, 무슨 일인지 몰라도 꽤나 놀란 기색이었다. 그리고 잠시 후 놀람 대신 의문이, 다시 의문이 물러간 뒤에는 번민에 사로잡힌 얼굴이 되었다.

그리고 다시 얼마 후, 정허는 모든 고민을 짊어진 얼굴로 내력을 실어 군웅들에게 말했다.

"빈승을 비롯한 소림은 무림 동도들에게 부끄러운 짓을 하였소. 지난 십수 년간 소림이 매해 태감에게 시주를 받은 것이 바로 그것이었소. 그 액수가 청빈한 삶을 살아야 할 불제자가 갖기에는 터무니없이 많았던 터라, 소림은 일반적인 시주가 아님을 알 수 있었소. 하나 빈승은 훗날 태감이 은자를 빌미로 어떤 요구를 하리라는 것을 충분히 짐작하였으면서도 물욕에 어두워 시주를 뿌리치지 못했소이다. 그 막대한 돈이 모두 백성들의 고혈임을 뻔히 알면서도 그리하였으니 어찌 죄가 작을 수 있겠소이까?'

정허는 잠시 숨을 고른 후 다시 말을 이었다.

"하여 빈승을 비롯한 소림은 차후 그간 정화에게서 받은 금은과 전답을 모두 빈민들을 위해 내놓기로 하였소. 물론 그것만으로 죄가 다 씻기지는 않을 터, 후의 일은 차차 방도를 찾아보겠소이다. 또 한 가지, 무림인도 결국은 명나라 백성인바, 본 소림은 오늘 태감과의 검은 관계를 청산하고, 태자 전하와 세자 저하를 위험으로부터 안전히 지킬 것이오."

치부를 거침없이 드러내는 것으로 시작해서 향후 소림의 행보까지 일사천리로 군웅들 앞에 털어놓은 정허는 홀가분한 얼굴이었다. 구대문파의 정신적 지주인 소림이 난데없이 이리 나오자 다른 문파들도 크게 동요했다. 더군다나 군웅들의 반응이 예상외다. 소림을 욕하기는커녕 역시 소림이라며 엄지를 치켜세우고 있었다.

"본 산동악가는 악비 장군의 후손으로 이미 이민족의 발호를 묵과할 생각이 없었소이다."

소림에 이어 악대명이 희대의 충신 악비까지 거론하며 정화를 배척할 뜻을 분명히 했다.

　구대문파와 오대세가의 수장 격인 그들이 이리 나오자, 눈치 빠른 청성파의 수유 진인이 마치 사전에 소림과 조율이 있었던 것처럼 말했다.

　"허허, 본 파도 소림과 뜻을 같이하기로 하였소이다."

　이에 다른 문파들도 뒤질세라 줄줄이 정화를 등졌다.

　정화는 상황이 급변하자 무한을 찢어 죽일 듯이 노려보았다.

　"놈! 대체 무슨 수작을 부린 것이냐!"

　"자신들의 힘으로 나라를 지키겠다는데 무슨 수작이 필요하단 말이오?"

　정화는 기필코 죽여야 할 자는 태자가 아니라 무한임을 깨달았다. 정화가 살기 번뜩이는 눈으로 무한을 쏘아보며 이를 가는 것을 본 악대명이 얼른 무한을 부추겼다.

　"태자 전하와 세자 저하의 안위는 우리가 책임질 테니 자네는 태감을 상대하게."

　무한은 악대명의 검은 속이 환히 보였다. 그러나 태감을 상대할 사람이 자신뿐임을 알고 있었기에 고개를 끄덕였다.

　"흥! 내 자금성에 입성하자마자 만군을 몰아 기필코 절과 도관을 남김없이 불태우고 말리라! 하만과 옥환은 태자의 목을, 장윤은 세자의 목을 취하라!"

　정화는 세자의 목을 치라는 눈속임용 명령까지 내린 즉시 무한을 향해 쌍장을 벼락같이 뻗어냈다. 무한 또한 산악 같은 기세의 장력에 맞서 지체없이 만화를 뽑아 들었다.

　스가가각!

　정화는 무한이 버들가지 같은 검을 뽑아 장력을 두부 자르듯 가르며 들어오자, 바닥을 박차고 거리를 벌리며 허공에서 장력을 연달아 뿜어냈다.

우르릉!

뇌성벽력을 동반한 장력은 벌써 발밑까지 다다른 무한을 향해 작렬했다.

콰앙! 콰앙! 쾅!

단 위에 거대한 사발 모양의 장흔이 찍히고 사방으로 크고 작은 돌먼지가 비산했다. 정화는 순간적으로 시야가 차단되기 전 장력의 범위에서 벗어나는 무한을 확인했으나 땅에 내려서자마자 오감을 활짝 열어 혹시나 있을 공격에 대비했다.

폭발의 여파가 가시고 시야가 희미하게 열렸다. 하만과 장윤 등이 정파 고수들과 일전을 벌이고 있는 모습이 눈에 들어왔다. 한데 정작 무한의 모습은 보이지 않았다. 불길한 예감에 전신의 털이란 털들이 바짝 곤두선 그때,

펄럭!

정화는 정수리 위에서 들려온 옷자락 펄럭이는 소리에 전력을 다해 몸을 뺐다. 몸을 뒤집으며 바라보니 무한이 허공에서 검첨으로 자신을 가리키는 것이 보였다. 그리고 극단적으로 빠르다는 것을 제외하면 기교라고는 눈곱만큼도 없는 일검이 폭사해 들어왔다.

파팟! 서석!

정화는 쾌검에 맞서 전신 공력을 쥐어짜 소매를 털어냈다.

"허!"

뇌정진력이 충만히 깃든 소매가 종잇장처럼 잘려져 나가자

정화의 입에서 헛바람이 터져 나왔다. 대경실색하여 물러서다 보니 어느새 단 아래다.

만화와 접촉한 옷깃을 통해 들어온 온몸을 저릿하게 만든 기운, 그것은 부정할 수 없는 뇌정진기였다. 경악스럽게도 자신이 품은 진기보다 가일층 정련된 느낌이었다.

고작 사 년이라는 단기간에 평생을 두고 절치부심 연공한 자신보다 월등한 뇌정진기를 품고 돌아왔다? 설혹 천마의 최종 심공을 얻었다는 것을 감안해도 이해가 안 되기는 마찬가지다.

예리하게 잘려 나간 소매 깃이 갈지자를 그리며 떨어져 내리는 가운데, 무한과 정화의 시선이 얽혀들었다.

정화는 화를 억누르고 극도의 냉정을 유지했나. 뇌정진기를 이용한 무공만으로는 무한을 꺾을 수 없음이 명약관화해졌다. 구결도 없는 칠단계를 파고들다 깨달은 경지, 무력 그 이상의 무력. 이제는 상단을 열 때가 된 것이다.

저런 애송이를 상대로 두 번째 단전을 열게 될 줄이야. 어쨌거나 기고만장한 얼굴이 잠시 후 어찌 변하는지 반드시 보고 싶었다.

"죽어라!"

정화가 살기 짙은 음성을 내뱉으며 손을 내밀자, 떨어져 내리던 소매 깃이 돌연 무한을 향해 폭사되었다. 무한의 얼굴이 순간 굳어졌다. 궤를 달리하는 무공이었다. 천 쪼가리에 지나지 않았으나 그 안에는 가히 미증유의 힘이 담겨 있었다.

전신을 휘돌던 뇌정진력이 건으로 치닫고 대신 두 번째 단전곤이 개방되었다. 무한은 그렇게 순간적으로 차원이 다른 무(武)

의 영역에 들어섰다.

번쩍!

강력한 의지가 무의식과 만나는 접점, 만화는 존재하되 어디에도 존재감을 드러내지 않는 도선진기를 충만히 머금고 허공을 힘차게 유영했다. 검이 지나는 자취를 따라 은빛 실선이 꼬리처럼 따랐다. 눈 깜짝할 사이에 수백, 수천 가닥의 선이 무한의 전면을 하얗게 수놓았음에도 그 흔한 파공음조차 없었다. 실선은 공간뿐 아니라 시간까지도 갈라내는 듯했다.

무한의 검에 수천, 수만 쌍의 시선이 집중되었으나 그중 만화가 펼쳐 내는 경지를 알아보는 사람은 아무도 없었다. 그나마 어렴풋이 더듬어 짐작 가능한 고수들은 하만 등을 상대하느라 정신이 없었다.

정화는 이곳에 모인 정파 고수 중 어떤 누구도 자신의 한 수를 막을 자가 없노라 장담할 수 있었다. 한데 그런 공격이 너무도 허무하게 막혀 버렸다.

강기를 머금은 비단천이 깎이고 깎여 먼지가 되어 흩어지는 장면을 바라보는 정화의 심정은 그대로 꽁꽁 얼어붙는 듯했다. 그러나 그에게는 놀라고 있을 틈조차 허용되지 않았다. 정화는 단 위에 서 있던 무한이 지워지듯 사라지는 것을 보고 본능적으로 몸을 솟구쳤다. 하지만 기민한 대응에 화는 면했지만 앞섶이 길게 베어 나가는 낭패를 면치 못했다.

무한은 일격이 빗나가자마자 지체없이 땅을 박찼다. 간발의 차이로 무한의 공격을 피해 군웅들 쪽으로 신형을 뽑아낸 정화는 무한의 잇단 쇄도에 가슴 한구석이 서늘해졌다. 천마가 직접

창안한 제황군림보를 극성으로 펼쳤음에도 속도가 급격히 좁혀
지고 있었다. 무엇 때문에 그토록 마선의 보법이 회자되나 했더
니 이제야 이유를 알 것 같았다.

우르릉!

정화는 하단전의 뇌정진기를 모조리 장에 모아 격렬하게 밀
어냈다. 무한을 어찌해 보겠다는 의도가 아니라 우선 거리를 벌
리겠다는 생각이었다. 태산이라도 무너뜨릴 것 같은 장세를 허
공에서 맞은 무한은 만화를 빛살같이 휘둘러 장력을 조각조각
갈라놓았다. 장력으로 마주 응수하면 간단할 일이었지만 혹시
공력이 조금이라도 과하다거나 덜하면 그 여파가 애꿎은 군웅
들에게까지 미칠 우려가 있었다.

무한이 장력을 해소하는 동안 정화는 장력을 뿜는 탄력을 빌
어 십여 장을 더 날아갔다. 하지만 인간이 새가 아닌 바에야 다
시 땅으로 떨어짐은 당연지사. 사람들은 정화가 자신들의 머리
위로 떨어져 내리는 걸 빤히 보면서도 피할 생각을 하지 않았
다. 인파가 마치 동이 안에 든 콩나물처럼 빽빽이 밀집해 피할
수도 없었지만, 그들의 머릿속에는 무한이 자신들의 어깨를 밟
고 지나갔던 기억이 생생했기에 아무런 일도 일어나지 않을 거
라는 생각하고 있었던 것이다.

정화는 그런 사람들의 믿음에 피로 화답했다.

빠득!

정화는 연이어 두 사람의 머리를 밟고 재도약했고, 정화의 무
정한 발에 짓밟힌 두 사람은 만근 거석에 짓눌린 것처럼 머리가
터지고 전신 뼈마디가 바스러져 처참한 죽음을 맞이했다.

바로 곁에서 참상을 목도한 사람들과 짓이겨진 시체의 잔해를 뒤집어쓴 자들이 찢어지는 비명을 토했을 때, 정화는 이미 십 장 밖에서 또 다른 자의 머리를 짓이기고 있었다. 그렇게 삽시간에 정화에게 벌레처럼 밟혀 죽는 자가 속출하자 언제 밟힐지 몰라 공포에 물든 사람들이 서로 밀고 밀리는 통에 장내는 아수라장이 되었다.

무한은 진한 피 냄새를 뿌리며 분지를 가로지르는 정화를 보며 이를 갈았다. 어쩔 수 없었다? 아니다. 정화는 머리를 밟고도 전혀 해가 가지 않게 할 능력이 있었다. 그럼에도 사람을 벌레처럼 밟아 으깨는 건 무한을 격동시켜 득을 보려는 속셈이었다.

무한은 이처럼 정화의 계산을 훤히 꿰뚫고 있었다. 하지만 들끓는 분노를 구태여 억제하지 않았다. 정화가 이런 치졸한 수법까지 동원해 평정심을 깨뜨리려 한 것은 자신이 한 수 아래임을 자인한 꼴, 오히려 일말의 거리낌마저 사라졌다. 마음을 얼음장처럼 차갑게 굳힌 무한은 정화를 매섭게 추격했다. 분지 가장자리를 향해 쏘아져 가던 정화는 잠시 후 무한이 근접한 것을 느꼈다.

정화는 무한이 십여 장 거리까지 다가왔을 때, 허공에서 몸을 빙글 돌려 무한을 향해 양팔을 전광석화같이 뻗었다. 기껏 격동을 시켜 틈을 만들어놓고 통하지 않을 장력을 쏜다? 무한이 한 가닥 의심을 품은 그때,

차차창!

난데없는 금속성에 귀가 먹먹해지고 곧이어 눈부신 빛이 시야를 차단했다. 무한은 동공으로 파고드는 강렬한 빛 너머를 바라보았다. 정화를 중심으로 반경 오 장 안, 군웅들의 허리에 꽂

혀 있던 무기들이 일제히 공중으로 튀어 올라와 있었다. 눈부신 빛은 검신과 도신에 반사된 태양빛이었다.

"가라!"

정화의 일갈과 함께 무기들이 무한을 향해 무서운 속도로 쏘아져 왔다. 백여 자루의 날 선 무기가 용의 비늘처럼 번쩍이며 한 방향으로 쏘아져 나가는 모습은 마치 한 마리 성난 용이 발톱을 세우고 달려드는 것 같았다.

병기 하나하나가 품은 힘은 절정고수가 혼신을 다해 내친 것과 맞먹을 정도, 즉 일백여 절정고수들이 한 번에 달려드는 것과 맞먹는 위력이었다.

피할 수 있다. 하지만 피해서는 안 되는 공격이었다. 무리를 해서라도 모조리 막아야 한다. 회피했다가는 목표를 잃은 병기가 그대로 군웅들을 덮칠 것이고, 그 뒤의 결과는 상상하기조차 싫었다. 결정은 빨랐고 행동은 더욱 빨랐다.

파팟!

무한은 넋을 잃고 서 있던 덩치 큰 사내의 어깨를 밟고 병장기의 진로 방향과 반대편으로 현마진린보를 극성으로 펼쳤다. 순간 시간이 멈췄다. 물론 정말 멈춘 것은 아니었다. 병장기가 다가드는 속도와 무한이 물러서는 속도가 거의 일치한 순간, 삼장 안까지 근접했던 병장기들이 순간적으로 정지한 것처럼 느껴졌을 뿐이다.

허락된 시간은 촌각의 시간을 다시 반으로 쪼갠 만큼뿐. 무한의 동공이 시리도록 차갑게 가라앉았다. 명인이 반상 위의 모든 돌을 관조하듯 무한은 승부의 향방마저 초월한 채 백여 자루의 병장기를 한눈에 담았다. 그리고 보았다.

정화와 병장기를 잇는 공력과 의지의 실을. 아녀자가 바느질을 할 때 쓰는 실 따위가 아니라, 초절한 공력과 강력한 의지가 결합하여 빚어낸 기사(氣絲)였다.

현마진린보가 제아무리 빠르다 한들 그러한 힘으로 쏘아낸 병장기보다 빠를 수는 없는 노릇.

스팟!

찰나의 시간이 지나가고 정지한 것처럼 보이던 병장기들이 급격히 좁혀들었다. 그때였다.

"멈춰라!"

그것은 절대적인 명령이었다. 무한의 입에서 십리목분지 전체를 들었다 놓을 만큼 창대한 음성이 터져 나온 순간, 모든 것이 정지했다. 정파 고수들과 그들과 손속을 나누던 정화의 심복들, 서로를 밀고 밀치고 밟고 밟히는 아비규환을 연출하던 군웅들. 모두가 움직임을 멈췄다. 심지어 무한을 향해 쏘아지던 병기들까지도 허공에 뜬 채로 얼어붙었다.

그러나 그 가운데서도 움직이는 것이 있었다. 일도(一刀), 그리고 일인(一人). 일인은 일백여 병장기를 날림과 동시에 무한을 향해 쇄도한 정화였고, 일도는 정화가 쏘아낸 병장기 중 간발의 차이로 무한의 통제를 벗어난 예도였다. 얇디얇은 예도가 커다란 태도(太刀) 뒤에 숨어 기세마저 절묘하게 묻혀 무한의 이목에서 벗어난 것이다.

파팟!

예도는 무한의 오른편 볼과 한 자 남짓을 격하고 비켜 지나갔다. 예도에 실린 힘이 어떤 기운이던가. 오른쪽 볼 전체가 통째로 뜯겨 나간 듯 고통이 밀려왔다. 예도는 도신의 너비가 고작 두 치에 길이는 손잡이까지 포함해도 한 자에 불과했다. 그러나 예도를 놓친 결과는 끔찍하기 그지없었다.

파파팟!

예도가 쓸고 지나간 자리에 짙은 피 운무가 피어났다. 예도는 관통하는 것 정도가 아니라 닿는 모든 것을 터뜨려 버렸다. 단 한 자루의 칼에 열이 넘는 생명이 사라졌다. 곤의 공력의 무서움을 새삼 실감케 하는 순간이었다.

"시주, 조심하시오!"

정반의 다급한 음성이 아니라도 분노로 이글거리는 무한의 동공은 일찍부터 정화를 담고 있었다. 허공에서 정지한 병장기들 너머, 정화는 불과 삼 장 앞에 이르러 있었다.

암기라도 뿌리려는 것일까, 정화의 양손이 교차해 품속으로 들어갔다가 나왔다.

촤촤촤!

무한의 눈썹이 꿈틀 요동쳤다. 정화의 손에 끌려 나온 건 암기가 아니었다. 한눈에 보기에도 범상치 않은 병기, 피에 담갔다 꺼낸 듯 온통 붉은 한 쌍의 채찍이었다. 하지만 어디 이 같은 고수 싸움에 병장기가 승패를 가르랴.

무한은 용의 혀처럼 뻗어오는 채찍에 맞서 손목을 비틀었다가 벼락같이 밀어냈다.

"돌아가라!"

병장기들은 이전에 그랬듯 말귀를 알아듣는 것처럼 방향을 돌려 정화에게 무섭게 쏘아져 나갔다. 둘 간의 거리는 지척. 누가 보기에도 정화가 공격에서 벗어나는 건 불가능해 보였다. 그런데 그때 누구도 예상치 못한 일이 벌어졌다.

병장기와 채찍이 교차하려는 순간, 거칠게 요동치며 쏘아져 오던 채찍 중 정화의 좌수에 들린 채찍이 돌연 편두에서부터 손잡이 부근까지 수십, 수백 가닥으로 길게 쪼개져 그물처럼 퍼져 나갔다. 흡사 용의 수염처럼 잘게 갈라진 채찍은 빛살처럼 펼쳐져 촉수 하나하나가 무한이 쏘아낸 병장기들과 부딪쳐 갔다. 그러는 동안에도 다른 하나의 채찍은 여전히 무한을 향해 벼락같이 쏘아지고 있었다.

채찍의 기묘한 변화에 금강승의 수좌 정반을 비롯한 정파의 원로들은 눈을 부릅떴다.

따다다다당!

경악스러운 일이었다. 노리개의 수술보다 가느다란 채찍과 부딪친 병장기는 여지없이 두 동강이 났다. 귀청을 찢는 금속성에 내공이 달리는 군웅들이 피를 토하며 풀썩풀썩 쓰러졌고, 그 순간 무한은 송곳처럼 찔러오는 또 하나의 채찍에 고스란히 노출되었다.

정반 등 채찍의 정체를 알아본 정파의 고인들은 무한이 정화의 공격에서 벗어나기를 간절히 바라면서도 절대로 피할 수 없다고 생각했다. 어디로 피하든 하늘마저 가둔다는 전설의 병기에서 벗어날 수는 없으리라. 앞서 본 채찍의 위력은 언젠가 한번 보고 경악해 마지않았던 사천당가의 만천화우조차도 어린애 장난으로 느껴질 정도였다.

신병이기의 가공할 위력에 얼어붙기라도 한 것일까?

무한은 채찍이 코앞에 들이닥치는데도 손가락 하나 꼼짝하지 않았고, 벼락같이 쏘아진 채찍은 영민하게 움직여 무한의 두 팔과 몸을 겹겹이 감싸 단단히 속박했다.

취릭! 빠드득!

"하하! 이놈! 잘난 척하더니 꼴좋구나!"

무한을 제압한 정화는 득의양양하여 낯빛이 창백하게 질린 무한을 한껏 조롱했다.

무한은 입을 다물고 어떤 말도 하지 않고 곤의 공력을 포함하고 있던 병기들을 모조리 두 동강 낸 채찍을 물끄러미 바라보았다. 채찍은 어느새 본래의 보양으로 돌아와 있었다. 무한의 시선이 채찍에 머문 것을 본 정화가 말했다.

"천망쌍룡편(天網雙龍鞭)이라는 것이다. 네놈은 세상에서 가장 질긴 포승줄에 묶인 것이니 살 생각은 버리는 것이 좋을 것이다."

정화의 말을 듣고 놀라지 않는 사람이 없었다. 특히 정파의 고인들은 안색이 더없이 침중해졌다. 천망쌍룡편은 적의 생사를 주관한다 하여 달리 생사신편이라고도 불리는 기병으로 마교사대신병 중에서도 으뜸이라 했다. 다른 삼대신병들과는 달리 단 한 번도 세상에 모습을 드러낸 적이 없어 소문만 무성하던 것이 드디어 사람들의 눈앞에 나타난 것이다.

무한의 입이 처음으로 열렸다.

"하늘마저 가두는 채찍이라, 어울리는 이름이군."

"속히 이 채찍 맛을 보여주고 싶지만 아직은 아니다. 본관이 왜 네놈을 죽이지 않고 사로잡았는지 네놈도 잘 알겠지?"

그렇다. 정화는 아직 무한에게서 얻을 것이 있었다.

"말했지만 이미 내 손을 떠난 물건이오."

"흥, 내가 그 말을 믿을 것 같으냐?"

"그토록 천마의 무공에 집착하니 내 말해주겠소."

정화는 무한이 마음을 돌린 것으로 알고 만면에 웃음을 띠며 말했다.

"진작 그렇게 나왔더라면 우리는 적이 아니라 동지가 됐을 수도 있지 않았겠느냐? 그래, 비급은 어디에 있지?"

"비급은 마선에게 있소."

정화의 얼굴이 와락 일그러졌다.

"허튼소리!"

"몇 년 전 천마지동이 무너진 걸 알고 있을 거요."

"설마 그게 마선의 짓이었단 말이냐?"

"교주님과 내가 진을 푼 순간 마선이 천마지동에 들어와 비급을 빼앗고 동굴을 무너뜨려 나를 가두었던 것이오."

"믿을 수 없다!"

"믿지 않겠다는데 어찌겠소."

"배짱을 부린다? 네놈은 뭔가 크게 착각하고 있는 것 같구나. 네놈의 목숨은 지금 본관의 손아귀에 있다는 것을 명심해야 할 것이다!"

"착각을 하고 있는 사람은 내가 아니라 태감이오."

"본관이 착각을 하고 있다?"

"그렇소. 세상의 이치를 어찌 보이는 것만으로 판단할 수 있겠소?"

"무슨 소리를 하고 싶은 것이냐?"

"태감이 본인을 사로잡은 것이 아니라 실은 태감이 내게 붙잡혀 있는 것이란 얘기요."

"와하하핫!"

정화는 무한의 너무도 천연덕스러운 말에 앙천대소를 터뜨렸다. 죽음을 목전에 두니 머리가 어떻게 된 것이 아닌가 말이다.

"본관이 네놈에게 사로잡혔다니 오금이 저려오는구나. 그래, 하해와 같은 아량을 베풀어 본관을 놓아주지 않겠느냐?"

무한은 정화의 조롱에 잠시 주위를 둘러보다가 이내 고개를 저으며 말했다.

"미안하지만 그럴 수 없을 것 같소. 무고한 사람들을 해한 대가는 반드시 받아야 하오."

"미친 녀석, 재미없는 연극은 여기서 끝이다! 어디 팔다리가 몸에서 떨어져 나가도 실없는 농이 나오는지 보자."

정화가 말을 마치자마자 무한을 속박한 채찍이 더욱 강력하게 조여들어 왔다. 또한 다른 채찍은 먹이를 노리는 독사처럼 고개를 빳빳이 쳐들었다.

무한이 낯을 찡그리며 말했다.

"나 또한 시간을 끌고 싶은 마음이 없었는데 잘됐구려. 태감 말고도 아직 처리할 일이 있어서 말이오."

무한의 말에 뭐라 말하려던 정화가 문득 뭔가를 느낀 듯 분지 입구로 시선을 보냈다. 전신갑주로 중무장한 정예병들이 분지 안으로 들어서고 있었다. 선두에서 말을 몰아 다가오고 있는 두 사람을 본 순간 정화의 얼굴은 살짝 일그러졌다. 앞선 두 사람은 문신(文臣)이기에 전신갑주가 어색한 원적과 경장 차림의 날렵한 사내로 분장한 가흥 공주였다.

"일이 성공한 모양이로군."

무한의 말에 정화가 이마를 찡그리며 말했다.

"무슨 소리냐? 일이 성공하다니?"

"태감의 수족은 잘려 나갔다는 얘기요."

멀쩡히 붙어 있는 자신의 수족이 잘려 나갔다? 말장난을 하자는 것은 아닐 테니 분명 다른 뜻이 있으리라. 곧 정화의 안색이 돌처럼 굳어졌다.

"대체 무슨 짓을 벌인 것이냐! 무당과 화산의 말코들이 늦는 이유, 그것과 관련이 있느냐?"

"그렇소. 태감의 세상은 이제 그 어디에도 없소."

"이 죽일 놈! 그럴 리가 없다! 저따위 몇백도 안 되는 군사들로 날 속이려 들다니!"

드드드!

정화가 소리치기가 무섭게 갑자기 땅이 진동하기 시작했다. 군웅들이 지진이라도 난 줄 알고 혼비백산하여 우왕좌왕하고 있을 때, 거짓말처럼 지축의 흔들림이 잦아들었다.

"어, 저기! 저게 뭐지?"

누군가의 외침에 따라 사람들의 시선이 일제히 이동했다. 둘러싼 능선을 따라 새까만 선이 그어져 있었다. 분지 중앙에 세워진 단에서 능선까지는 대략 오 리. 고강한 내력이 아니라도 약간의 내력을 지닌 사람이라면 누구나 검은 선의 정체를

알아볼 수 있었다. 그것은 전신갑주로 중무장한 명나라 정예
병이었다.

십리목분지 전체를 감쌀 정도의 병력이라니, 대체 그 수가 얼
마인지 상상조차 되지 않았다.

멀리 능선을 바라보는 정파 고수들은 죽다 살아난 표정이었
다. 정허를 비롯한 소림 승려들은 불호를, 도사들은 무량수불을
연신 읊어댔는데, 모두 정화를 버리고 태자를 택한 정허의 혜안
에 감복한 얼굴들이었다.

그러나 정작 정허는 등줄기로 식은땀이 흐르고 있었다. 정화
의 일에 관여치 않겠노라 공표하려 한 순간 들려온 무한의 음성
이 아니었더라면 어찌할 뻔했는가. 태자와 세자는 어려움에 처
했을 때 자신들을 모른 체한 무림 문파를 결코 좌시하지 않았을
것이다.

군웅들은 생각지도 못했던 대규모 병력의 출현에 크게 술렁
이고 있을 때, 어느새 원적 등이 분지 중앙에 이르렀다. 하지만
앞서 도착해 있던 정화의 군대가 막아서는 바람에 더 나아갈 수
가 없었다.

"이놈들! 당장 무기를 버리고 투항하지 못할까!"

원적의 호통에 병사들이 움찔하는 모습을 보였다. 하지만 그
도 잠시, 병사들은 동공에 결연한 의지를 담으며 무기를 더욱
단단히 고쳐 쥐었다. 다들 죽을 각오를 한 얼굴들이었다.

"어리석은 놈들! 역적의 무리에 서서 칼을 겨누면 어찌 되는
지 모른단 말이냐? 정녕 삼족이 멸절을 당하는 길을 택하겠느
냐!"

원적이 삼족 멸절을 거론하자 병사들의 얼굴이 검게 죽는다. 단순히 겁을 주고자 함이 아니다. 역적은 삼족이 아니라 구족을 멸하는 것이 국법이었다.

"대인, 투항하면 저희에게 어떤 이득이 있는 것입니까?"

원적이 음성을 따라 고개를 돌려 바라보니 백부장 함흥이란 자였다. 일시 주군을 잘못 택한 우를 범했으나 능력만큼은 인정받는 자였다.

"삼족이 멸절되는 것만은 막아주겠네."

백부장 함흥은 고개를 끄덕였다.

"애초에 살 수 있을 거라는 생각은 하지 않았습니다."

그렇다. 우리까지 살려주겠다고 했다면 오히려 믿지 않았을 것이다. 백부장 함흥은 그 말을 끝으로 한 치의 망설임도 없이 칼을 역수로 쥐고 목을 찔러 자결했다. 함흥의 자결을 시작으로 정화를 따르던 금의위 위사들과 병사들 대다수가 일제히 죽음을 택했다.

반면 단을 둘러싸고 있던 동창 번복들의 태도는 달랐다. 그들은 워낙 정화의 신복들인데다 투항해도 길이 없다 여긴 것인지 도리어 더욱 짙은 살기를 내뿜었다.

동창 번복들과 군사들이 대치하는 가운데 가흥의 떨리는 시선은 단 위로 향했다. 그녀는 태자와 세자가 정파 고인들의 비호 아래 무사한 것을 확인하고는 그제야 가슴을 쓸어내렸다. 그러나 안도한 것도 잠시뿐, 분지의 서편에 정화가 정면으로 보였다. 곧이어 가흥의 눈동자에 한 사내의 등이 들어와 박혔다. 가흥은 심장이 쿵 하고 떨어지는 듯했다. 얼굴은 전혀 보이지 않는다. 하지만 가흥은 한없이 넓게 느껴지는 등이 누구의 것인지 금방 알아보았다. 그녀는 살점 없이 넓기만 한 등의 주인을 알아보자마자 원적이 말릴 틈도 없이 타고 있던 말을 걷어차 전속력으로 달려갔다.

한편 상황이 극단으로 치닫는 것을 지켜보던 정화는 이를 악물었다. 자신의 수족이 잘려 나갔다는 무한의 말이 사실임을 인정하지 않을 수 없었다. 하지만 그는 최대한 냉정을 유지하려 애썼다. 따지고 보면 자신이 물러난 후 어차피 제거될 자들이 아닌가.

"마지막으로 묻겠다. 천마의 비급은 어디 있느냐?"

정화의 음성에 상처 입은 맹수의 흉포함과 절박함이 묻어났다. 무한이 고민하는 기색도 없이 입을 열려 하자 정화가 살기를 일으키며 경고했다.

"이번에는 신중하게 대답해야 할 것이다. 대답 여하에 따라 네놈은 물론 네 사질들의 생사가 결정될 테니 말이다."

정화는 굳어지는 무한의 표정을 보고 이번에야말로 원하는 대답을 들을 수 있을 것이라 확신했다. 그러나 어찌 된 일인지 무한의 표정은 여전히 여유로웠다. 정화는 기분 나쁜 예감이 뇌리를 스쳤지만 애써 그런 기분을 떨쳐 냈다. 사로잡힌 주제에 오히려 자신이 본인을 사로잡고 있다고 헛소리를 하던 자가 아닌가.

"비급의 행방은 이미 말한 것으로 아는데? 혹 마선의 위치를 묻는 거라면 아직은 알 수 없다고 말하겠소."

"아무래도 팔다리 하나가 떨어져 나가야 정신을 차릴 듯싶구나!"

정화는 일갈과 함께 채찍을 매섭게 후려치려는 찰나였다.

3

히히힝!

가흥보다 한참 뒤쪽, 힘찬 말울음 소리와 함께 단기필마가 분지 안으로 쏜살같이 달려들어 오는 것이 보였다. 그렇지 않아도 굉장한 속도인데 입구로 들어서자마자 흑마는 속도를 배가시켰다. 그야말로 압도적인 위용에 사람들이 황급히 길을 터주었다.

정화의 칼날 같은 시선이 흑마에 꽂혀들었다.

전신이 숯처럼 검은 순수 혈통의 한혈보마는 정말이지 흔치 않다. 더군다나 진귀한 한혈보마 중에서도 저토록 거대한 놈은 광활한 중원을 전부 뒤져도 단 한 마리뿐이었다.

황제의 애마 신풍(神風). 신풍은 특이하게도 북방이 아니라 이 년 전쯤에 조선으로부터 건너온 말이었다. 말은 황제의 것이로되 기수는 황제가 아니었다. 감히 황제의 말을 타고 나타난 자가 누구인가. 정화의 시선이 기수를 향했다. 꿈틀, 정화의 눈썹이 요동친다. 그는 신풍을 보았을 때보다 배는 동요했다.

신풍이 마중룡(馬中龍)이라면 기수는 그야말로 인중룡(人中龍)이다.

지금껏 한 번도 마주한 적이 없는 자이기는 했으나, 정화는 몸 전체에 흐르는 기운만으로도 기수의 정체를 능히 짐작했다. 지난밤 자신과 줄을 대지 않고도 화산을 반석에 올릴 사람이라 했던 장량의 말이 떠올랐다. 과연 허풍이 아니다. 화산파의 도천상이 아니라 그 자체가 화산이라는 생각이 들 정도였다. 정화가 도천상의 등장에 긴장해 있을 때였다.

"와! 백선기협이 도착했다!"

"백선기협이 왔다!"

뒤쪽에서 군웅들이 함성을 질러댔다.

점입가경이란 이런 상황을 두고 하는 말일 게다. 정화가 시선을 급히 돌려 바라보니 잡티 하나 없이 눈처럼 새하얀 백마를 탄 전립이 분지 안으로 힘차게 달려들어 오고 있었다.

"서라!"

먼저 도착한 도천상은 정화와 삼십여 장을 남기고 신풍에게 멈추라 명했다. 고삐를 당길 것도 없이 말만 하면 신통하게 알아듣던 놈이라 지금까지 하던 대로 했을 뿐이다. 한데 수많은 사람들 앞에서 망신이라도 줄 요량인지 신풍이 말을 듣지 않았다.

눈 깜빡할 사이에 십여 장을 더 내달았을 때 도천상은 할 수 없이 고삐를 힘껏 잡아챘다.

히히힝!

신풍은 그제야 괴로운 울음과 함께 앞다리를 날아갈 듯 치켜들며 멈춰 섰다. 그 서슬에 근처에 있던 가홍의 말이 겁을 먹고 난동을 부려 가홍이 낙마하고 말았다.

가홍이 배운 무공을 알뜰하게 써서 솜털처럼 가볍게 착지하는 동안, 신풍은 무엇이 마땅치 않은 것인지 길들지 않은 야생마처럼 연신 허리를 튕기며 도천상을 떨어뜨리려 했다.

도천상이 내력까지 동원해 내리눌러서야 간신히 뛰는 것을 멈춘 신풍은 무한 쪽을 바라보며 연신 투레질이다.

"오랜만이오."

눈물을 간신히 참으며 달려온 가흥은 별일 아니라는 듯 너무나 침착한 무한의 음성에 언 몸이 녹듯 긴장이 풀어져 버렸다. 그녀는 주먹을 불끈 쥐고는 입술을 잘근 씹으며 말했다.

"안심해. 내가 어떻게든 널 구해줄게!"

가흥이 능력 밖의 약속을 한 그때, 도천상이 흥분한 신풍의 갈기를 쓸어 진정시키려 입을 열었다.

"이놈 덕분에 늦지 않게 댈 수 있었네. 곧 볼 수 있게 될 걸세. 그나저나 얌전하던 놈이 갑자기 왜 이러는지 모르겠군."

무한은 도천상이 늦지 않게라는 말에 유독 힘을 주어 말하자 입가에 깃든 미소가 짙어졌다.

"또 신세를 졌군요."

"자네는 항상 빈도를 부끄럽게 하는군. 그나저나 이놈 좀 어떻게 해야 하는지 일러주게. 경공만 믿고 도통 말을 타보지 않아 이놈이 왜 이러는지 알 수가 없군."

무한이 끄덕이며 신풍에게 말했다.

"멋진 녀석이 되었구나. 나는 괜찮으니 얌전히 있도록 해라."

무한의 애정 가득한 음성에 신풍은 거짓말처럼 투레질을 멈추고 얌전해졌다.

도천상은 무한이 말 한마디로 신풍을 다스리자 멋쩍게 웃으며 말했다.

"아는 녀석이었나? 이제 보니 자네가 위험한 걸 알고 안달을 한 게였어."

　도천상은 얌전해진 신풍에게서 훌쩍 뛰어내린 후 정화에게
말했다.

　"사부께서 잠시 신세를 졌다 들었습니다."

　도천상의 딱딱한 음성에 정화의 눈빛이 더욱 서늘해졌다. 이
토록 많은 사람이 있음에도 천화 진인과 자신과의 관계를 서슴
없이 말하는 도천상이니 자신을 적으로 돌릴 것임을 분명히 한
셈이었다.

　"일검진혼이라더니 과연 명불허전이로군. 본관을 막겠다고
온 것이라면 다시 생각해 보는 것이 좋을 게야. 못난 사제도 사
제가 아닌가?"

　정화는 무한에게 그랬듯 이번에는 장량을 가지고 도천상을
협박하고 있었다.

　그런 사정도 모르고 일검진혼이라는 말에 가흥은 눈을 크게
떴다. 그라면 무한을 살릴 수도 있는 일이었다. 그러나 도천상
은 모두의 예상을 깨고 고개를 가로저었다.

　"빈도가 굳이 나설 필요는 없을 것 같군요."

　도천상은 말끝을 흐리며 그렇지 않느냐란 시선으로 무한을
바라보았다. 도천상의 말에 누구보다 당황한 건 가흥이었다.

　"이 가짜 도사야! 대체 무엇 때문에 나서지 않겠다는 거지?
당신은 무당파 최고의 고수인데 조금의 협의도 없는 거야?"

　도천상은 불쑥 나타나 자신을 꾸짖는 가흥에게 말했다.

　"이런, 한데 도우는 뉘신지?"

　대답은 무한의 입에서 나왔다.

　"천방지축이니 신경 쓰실 것 없습니다."

무한의 말에 가흥이 입을 딱 벌린 그때,

히히힝!

그때 신풍에 이어 전립을 태운 백마가 도착했다. 백마는 주인의 명이 떨어지기도 전에 신풍과 멀찌감치 떨어진 곳에 멈춰 섰다. 전립이 양 다리로 말허리를 조여 더 가라는 신호를 보냈지만 허사였다. 백마는 감히 신풍에게 다가설 수 없다는 듯 꼬리까지 말고 오히려 뒷걸음질쳤다. 겁먹은 기색이 역력했다.

전립은 못난 모습을 보이는 말을 잠시 쏘아보고는 말에서 내렸다. 물론 발이 땅에 닿는 순간 그의 눈빛은 어느새 온화하게 바뀌어 있었다.

"천하제일 협객을 보게 되다니 영광이군."

"이런 상황에서 만나게 될 줄은 미처 몰랐구려. 딴에는 특무대의 대주를 임명하겠다고 행차했을 터인데, 꼴이 참 우습게 되지 않았소?"

정화는 전립의 조롱에 화를 내기는커녕 오히려 의미심장한 미소를 지었다. 천하제일의 협객이라더니 정명한 듯 보이는 눈빛 뒤에 꿈틀거리는 불같은 욕망은 무엇이라 말인가.

정화가 전립의 됨됨이를 칼같이 꿰뚫어 보기 위해 눈을 빛내고 있을 때, 전립은 무한에게 시선을 돌렸다. 그의 눈동자에 채찍에 제압된 무한이 담기는 순간 광망이 번뜩였다. 광망의 정체는 핏빛보다도 더한 살기였고 철천지원수에게나 내보일 법한 증오였다.

전립이 속내를 내보인 것은 그야말로 찰나에 불과했다. 그러나 단 한 사람, 정면에서 전립을 관찰하고 있던 정화만은 전립이 내뿜은 극렬한 기운을 놓치지 않았다. 정화가 기이한 눈빛으로 바라보는 가운데 순식간에 신색을 정리한 전립은 음성에 은은한 내력을 실어 말했다.

"그를 풀어주시오."

"흥, 첫 대면에 너무 과한 부탁이라고 생각하지 않나?"

"거저가 아니오. 그를 살려서 놓아준다면 앞으로 하루 동안은 그대의 일에 관여치 않겠소."

전립의 음성은 크지 않았으나 멀리 퍼져 나가 분지 끝자락까지 전해졌다. 장내가 크게 술렁이는 가운데 내력 충만한 음성이 쩌렁 울렸다.

"그건 아니 될 말이네!"

도천상이 돌아보니 외침과 함께 남궁세가의 노고수가 신법을 펼쳐 비조처럼 다가오고 있었다. 남궁세가의 분천검 남궁도와 대연검 남궁민이었다.

"두 분께서는 그간 평안하셨습니까."

바닥에 내려선 남궁민은 냉랭한 음성으로 전립의 인사를 받았다.

"자네 덕에 온 천하가 평안한데 우리 남궁세가라고 평안하지 않을 이유가 없지 않나?"

음성에 가시가 돋쳤다. 전립은 남궁민의 날 선 언동에도 미소를 잃지 않으며 말했다.

"그보다 두 분께 현 상황을 풀어갈 좋은 방책이 있으신 것 같은데……."

남궁민이 즉시 전립의 말을 끊었다.

"방도는 무슨 방도, 다만 노부 등의 생각은 어떠한 경우라도 정화 저자를 살려 보내서는 안 된다는 것일세!"

전립이 빙긋이 웃으며 말했다.

"한때 천하를 호령했다 하나 이제는 모든 것을 잃은 자입니다. 무엇이 두려우십니까?"

"권력이 다가 아닐세. 악독한 심보와 무시무시한 공력은 어찌하려는가? 대체 이 참경을 보고도 저자를 살려서 내보내겠다는 말이 나오는가?"

도천상은 쓴웃음을 지었다. 정화는 위험한 인물이다. 그를 이대로 살려 보낸다는 것이 얼마나 어리석은 행동인지는 그도 잘 알고 있었다. 그럼에도 그가 쓴웃음을 지은 건 남궁민 등이 전에 없이 적극적으로 나서는 이유가 단지 그 때문만이 아닌 듯 보였기 때문이다.

저들의 속내가 훤히 들여다보였다. 남궁민은 전립이 정화와 싸워 동귀어진에 이르기를 바라고 있었다. 덤으로 묵은 원한이 있는 무한까지 정화의 손에 죽기를 바라고 있었다.

정화가 빚어놓은 참극을 비분강개한 얼굴로 바라보던 전립은 치솟는 분노를 억제하기 힘들다는 듯 주먹 쥔 손을 부들부들 떨었다.

"용서받기 힘든 악행입니다. 실로 만 번 죽어 마땅합니다."

전립의 말에 가홍의 안색이 창백하게 질렸다. 도천상이 나서지 않기로 한 마당에 이제 백선기협마저 물러선다면 무한의 목숨은 어찌 되는 것인가. 하지만 전립의 뒤이은 말은 가홍에게 안도의 한숨을 내쉬게 만들었다.

"그러나 악인을 죽이겠다고 의인을 희생시킬 수는 없는 일입니다. 저는 반드시 기검신협을 악인의 손에서 구하겠습니다."

이번에는 남궁민이 얼굴색이 변해서 소리쳤다.

"정녕 끝까지 고집을 부리겠다는 것인가?"

전립은 군웅들을 둘러보며 소리쳤다.

"천하제일세가의 명예를 걸고 정화 저자는 후일 반드시 이 손으로 처단하겠습니다. 하니 이번만은 제 뜻에 따라주십시오."

전립의 전신으로부터 정인군자의 기상이 무럭무럭 피워 올랐다. 혀를 내두를 연기력인지라 속지 않는 자가 없었다. 전립의 실체를 익히 알고 있던 도천상마저도 가슴이 뭉클해질 정도였으니 군웅들의 반응이야 두말하면 입이 아픈 지경이었다.

기검신협 무한은 백선기협을 상대할 수 있는 유일한 고수로 사람들의 입에 오르내리는 터. 보통 사람이었다면 이 기회를 빌려 적수를 제거하려 들 것이다. 한데 전립은 끝까지 무한을 구하려 하고 있으니 그 협의에 어찌 감격하지 않으랴. 단숨에 군웅들의 마음을 휘어잡는 전립을 보며 남궁민이 안면을 일그러뜨리는 그때, 정화와 전립의 시선이 빠르게 얽혀들었다.

정화는 번뜩이는 전립의 눈동자와 마주한 순간 안개처럼 흐릿하던 시야가 탁 트이는 듯했다. 의문이 일시에 풀리는 기분이었다. 전립의 눈빛은 무한을 죽여달라고 말하고 있었다.

아니나 다를까, 모기 소리 같은 전음이 귓속을 파고 들려왔다.

[놈을 없애시오. 그리만 한다면 뒷일은 내 알아서 처리해 주

겠소.]

　참으로 간교한 자가 아닌가. 사람들 앞에서는 협의를 뽐낼 대로 뽐내고 정작 죽이라니?

　간교한 자이니만큼 무한을 죽인 후 언제 그랬냐는 듯 자신에게 칼끝을 겨눌 수도 있었다. 오늘 첫 대면이지만 놈은 충분히 그러고도 남을 녀석이라는 생각이 들었다. 그러나 정화는 그럼에도 불구하고 무한을 없애기로 결정했다.

　간교하고 욕심이 많은 자는 두렵다. 적이라면 상대하기 골치 아플 것이다. 그러나 포섭이 가능한 부류이니만큼 소천사가 얼마든지 이용할 수 있는 녀석이었다. 그러나 무한은 다르다. 이용할 수 없는 자이기에 진실로 두려운 자다. 자신의 앞길을 가로막은 것처럼 살려둔다면 필시 커다란 해악이 될 터였다.

　"하하하!"

　정화가 대소를 터뜨리자 그렇지 않아도 일이 뜻대로 풀리지 않아 화가 나 있던 남궁민이 얼굴을 휴지 조각처럼 구기며 말했다.

　"아랫도리도 없는 색목인은 닥치지 못하겠느냐!"

　"네가 아직은 이곳을 무사히 빠져나가지 못했음을 명심해야 할 것이다!"

　남궁도와 남궁민의 호통에 정화가 언제 웃었냐는 듯 웃음을 뚝 그쳤다. 웃음 걷힌 정화의 얼굴에 얼음장 같은 싸늘함이 감돌았다. 푸른 눈동자에서 줄기줄기 뻗어 나오는 살인적인 안광은 명망 높은 남궁세가의 고수라 할지라도 감당할 성질이 아니

었다. 그 섬뜩한 기운에 정화의 시선을 정면에서 받은 둘은 자
신도 모르게 주춤주춤 물러서고 말았다.

"흥, 눈빛조차 받아내지 못하는 늙은 개 따위가 감히 본관에
게 호통을 친다?"

남궁도와 남궁민은 정화의 비웃음에 퍼뜩 정신을 차렸다. 그
들의 얼굴은 수치심에 벌겋게 달아올랐다. 정화와의 거리는 칠
팔 장을 넘어 십여 장에 가까웠다. 한데도 이 많은 사람들 앞에
서 겁을 먹고 뒷걸음질치는 모습을 보였으니 어찌 고개를 들 수
있겠는가.

"이놈! 내 직접 네놈의 목을 치리라!"

남궁세가의 두 고수는 순간 이성을 잃고 정화를 향해 몸을 날
렸다. 사뭇 무시무시한 기세였다. 그러나 정화의 입에서는 조소
가 흘러나올 뿐이었다.

"흥, 늙다리들이 주제도 모르고 명을 재촉하는구나!"

말과 동시에 독 오른 독사처럼 고개를 치켜들고 있던 채찍이
두 노인을 마중 나갔다. 단숨에 삼 장여를 날아 내린 후, 땅에 발
을 딛자마자 채찍을 맞닥뜨린 두 노인은 뽑아 든 검에 공력을
배가시켜 채찍을 쳐내려 했다. 그러나 그것은 그들의 희망 사항
일 뿐이었다.

파팟!

천마쌍룡편이 일시에 수백 가닥으로 풀어지며 남궁세가 두
고수의 전신을 노리고 폭사되었다. 남궁도와 남궁민은 앞이 캄
캄해졌다. 가느다란 수술과 부딪친 도검들이 어찌 되는지 똑똑
히 보았지만 이 정도 위력일 줄은 몰랐다. 할 수 있는 일이라고

는 눈을 질끈 감고 죽음을 기다리는 것뿐이었다. 뇌리에 죽음이란 두 글자가 깊게 아로새겨졌다.

절체절명의 순간, 그때였다. 두 사람을 덮쳐 가던 핏빛 촉수들이 허공에서 그대로 정지했다. 이건 마치 백여 자루의 병장기가 허공에 매달려 있던 때와 비슷한 상황이었다.

남궁도와 남궁민은 자신들이 살아 있다는 사실이 믿어지지가 않았다. 촉수들은 전신 요혈에서 불과 한 치 정도밖에 떨어져 있지 않았다. 실낱같은 차이로 죽음을 모면한 것이다.

눈을 뜬 남궁민은 정화가 자신들을 희롱하고 있다고 생각했다. 하지만 극심한 혼란과 지독한 고통으로 잔뜩 일그러진 정화의 얼굴은 그것이 아니라고 말하고 있었다. 기적처럼 죽음에서 벗어난 두 사람이 벼락같이 채찍 범위에서 벗어났고, 채찍은 두 사람을 쫓기는커녕 다시 하나로 합쳐져 바닥에 긴 몸체를 뉘었다.

사람들의 시선이 약속이라도 한 듯 전립을 향했다. 누군가 정화의 행사를 막아선 것이 분명한 만큼 가장 가능성 있는 인물이 바로 그였기 때문이다. 하지만 전립의 얼굴에는 정화만큼은 아니라도 적잖이 당황한 기색이었고, 심각한 얼굴로 뭔가 고심하는 빛이 역력했다.

전립이 아니라면 남은 사람은 한 사람뿐이었다.

"빈도에게는 그만한 재주가 없습니다."

정작 시선을 받은 도천상은 미소와 함께 고개를 가로저었다. 그 모습에 일부는 도천상이 겸양을 떠는 거라 생각했고, 나머지는 다른 엄청난 고수가 출현한 것이 아닌가 하여 사방을 둘러보느라 정신이 없었다. 그런데 그때 분지 전체를 울릴 정도로 처절한 비명이 터졌다.

"크아악!"

비명을 지른 자는 뜻밖에도 정화였다. 깊이를 알 수 없던 정화의 벽안은 실핏줄이 터져 당장이라도 피가 흐를 것 같았다. 그 혈안이 무한을 향해 있었다.

정화는 자신이 처한 상황을 믿을 수가 없었다. 완벽히 제압했다고 생각했다. 거의 뼈가 부러질 정도의 힘으로 전신 대혈 중 최소 열 개 이상을 휘감았다. 전설의 신병 천마쌍룡편의 구속력은 상상을 초월하는 것이기에 안심하고 있었다.

그런데 남궁가의 두 늙은이를 격살하려는 순간, 무한을 휘감은 좌편(左鞭)으로부터 가공할 힘이 벼락같이 쏟아져 들어왔다. 불가항력적인 힘은 손을 써보기도 전에 해일처럼 밀려들어 전신의 혈을 갈기갈기 찢어발겼고, 그것도 모자라 두 개의 단전을 통째로 붕괴시켰다.

영혼을 가르는 고통에 정화가 상처 입은 맹수처럼 울부짖었다.

"크아악! 차… 차라리 죽여라!"

무한은 아직도 채찍에 상, 하체가 모두 제압된 형편이었고, 채찍의 손잡이는 정화가 단단히 틀어주고 있었다. 한데 자신이 제압하고 있는 무한에게 죽여달라니. 그렇다는 것은 무한이 정화를 제압했다는 것이 아닌가. 그때 굳게 닫혀 있던 무한의 입술이 열렸다.

"본인 또한 태감의 고통을 즐길 마음은 없소."

　무한의 음성은 바람 한 점 없는 잔잔한 수면과 같았다. 나른하다는 표현이 어울릴 정도로 평온한 음성은 마치 현 상황을 전혀 인지하지 못하는 것처럼 보였다.

　"크하하, 크하하하!"

　광소를 터뜨리는 정화의 입가로 선홍색 피가 꾸역꾸역 흘러내렸다. 돌이킬 수 없는 심대한 부상을 입었음을 뜻했다. 사람들은 그제야 눈으로 보이는 게 다가 아니라던 무한의 말을 떠올렸다. 겉으로는 무한이 정화에게 제압된 것처럼 보였으나 실은 그 반대였던 것이다.

　정화가 돌연 웃음을 뚝 그친 후 의문 가득한 음성으로 말했다.

　"마지막 순간 천마쌍룡편의 천망의 공능을 빌어 그대로 네 몸을 꿰뚫었다면 어찌하려고 몸을 내어준 것이냐."

　정화의 음성은 또렷했다. 기이한 건 그뿐이 아니었다. 안색이 하얗다 못해 파리해진 것 말고는 고통의 기색조차 없었다. 하지만 정화가 혹 기적처럼 회복한 것이 아닌가 하여 놀라는 자도 있었으나, 대부분은 회광반조 현상임을 알고 있었기에 오히려 안심했다. 회광반조는 죽음이 임박했다는 신호인 것이다.

　"그건 모험이었소. 그러나 그런 선택을 하지 않는다면 그대에게 더욱 더 많은 사람들이 죽임을 당할 테니 다른 선택의 여지가 없었소."

　무한이 무리수를 두지 않고 채찍을 피하거나 막아냈다면 정화가 여의치 않음을 깨닫고 물러섰을 것이다. 그리고 더욱더 많은 사람들을 방패 삼아 무한의 허점을 노렸을 터이다.

다른 자들의 목숨을 위해 자신의 목숨을 걸고 도박을 했다? 정화가 가진 상식으로는 이해가 되지 않았다. 무한은 근본적으로 다른 사람이었다. 완벽히 다른 적을 자신의 기준으로 판단하고 임전했으니 패한 건 어찌 보면 당연한 일이었는지도 몰랐다.

"보이는 것만으로 세상의 이치를 알 수 없다고 했느냐."

불과 반 식경 전에 무한이 한 말을 되묻고 있었다. 무한이 끄덕이자 정화가 말했다.

"네 말이 맞다. 본관은 패했다. 하나 기고만장하지 마라. 네 놈 말대로 세상 이치는 드러난 것만으로는 알 수 없는 것 아니겠느냐?"

정화의 고통으로 일그러진 얼굴 위로 한줄기 득의한 웃음이 스친다. 결코 패자가 보일 수 없는 웃음이었다. 그러나 무한의 다음 말에 웃음기가 씻은 듯 사라졌다.

"나는 세상이 모르는 진실을 알고 있소."

"너, 너는!"

정화는 말을 잇지 못하고 전신을 부들부들 떨었다. 급기야 주먹만 한 검은 웅혈을 울컥 쏟아냈다. 토혈 후 전신의 떨림이 차차 잦아들었다. 정화는 마치 핏덩이가 아니라 심장이라도 토해 낸 사람 같았다.

"대체 무엇이 잘못되었기에……."

"어디서부터 어긋났는지는 누구보다 본인이 더 잘 알고 있을 거요."

무한의 말대로다. 정화는 이미 알고 있었다. 사도(邪道)의 끝은 사(邪)일 수밖에 없음을.

파사국을 구해야 한다는 대의명분은 있었다. 그러나 고통당하는 사람들을 구하겠다고 또 다른 사람에게 고통을 주었다. 파사국의 민초들을 정도로 이끌 방도를 피와 죄악 속에서 찾았으니 어찌 결과가 좋을 수 있겠는가.

거짓과 배신으로 점철된 삶이었다. 자신을 믿고 제자로 키워 준 교주에게 끔찍한 고통을 주었고 자신을 중용해 준 황제를 기망했다. 무엇보다 손과 발, 눈과 귀 노릇을 했던 동창이 저지른 패악은 온전히 자신이 감당해야 할 몫이었다.

정화는 초점 잡히지 않은 공허한 눈을 서쪽 하늘에 둔 채 생을 마감했다.

第八章
정선

정선

무욕(無慾).

빛바랜 두 글자가 걸린 초옥은 풍상을 온몸으로 받아낸 듯 당장이라도 쓰러질 것처럼 허름했다. 오래전 인적마저 끊긴 듯 무릎까지 자라난 잡풀이 뜰에 한가득이다.

한데 그 초옥을 한눈에 훑는 시선이 있었다. 시선의 주인은 기괴한 행색의 괴인이었다.

눈을 제외한 전신이 두툼한 붕대로 감겨 있는 가운데, 몇 올 남지 않은 머리털이 붕대 밖으로 삐죽이 고개를 내밀고 있었다. 환부의 상태가 심각한 듯, 본래는 눈처럼 흰색이었을 붕대는 피고름으로 잔뜩 얼룩져 있었다.

괴인의 무심한 듯 보이나 어딘지 음산한 눈빛은 이내 실망으로 바뀌었다. 들어가 확인해 볼 것도 없이 초절한 감각은 초옥이 비어 있음을 말해주고 있었다.

　지나가는 말코도사를 잡아 주리를 틀면 간단히 찾을 수도 있었다. 마음만 먹는다면 무당 장문 멱살이라도 잡아채 패대기칠 능력이 있는 그였다. 그러나 그는 그리하지 않았다. 평생 가슴에 품은 숙적이다. 그와의 만남에 다른 자가 껴서는 맛이 없다.

　와작, 발에 밟혀 망초대가 비명을 지르며 눕는다. 다시 무심으로 돌아온 시선이 발에 닿았다. 가죽신이 떨어져 붕대에 감긴 발이 삐죽이 드러나 보였다.

　무공을 시험키 위해 파사국의 대천사를 찾았다. 주화입마에 들어 걸핏하면 생으로 찢어 죽이는, 이지가 온전치 않은 자였으나 무공만은 치가 떨리도록 고강한 자였다. 천형의 저주를 풀지는 못했으나 천마의 유지를 깨달은 그를 미친 자가 이길 수는 없었다. 대천사에게 끝내 영면을 선사한 그는 그 길로 한달음에 달려 중원 땅에 이르렀다. 애초에 가죽신이 아니라 쇠 신이었다고 해도 닳아 없어졌을 터였다.

　괴인은 빈 초옥임을 확인하고 돌아섰다.

　"들지 않고 그냥 가시려는가?"

　괴인은 등 뒤 초옥 안으로부터 들려온 노회한 음성에 부르르 떨었다. 사람이 있었다는 것도 믿을 수 없을 지경이거늘, 정신을 놓고 있던 것도 아닌데 바람 소리인지 사람 소리인지 언뜻 분간이 되지 않았다.

　괴인이 초옥을 향해 돌아선 것과 동시에 삐거덕 쪽문을 열고 노인 하나가 툇마루로 걸어나왔다. 노인은 괴인의 모습을 보고도 전혀 놀란 기색이 없었다.

‘노부를 기다리고 있었다.’

괴인은 노인이 일찍부터 자신의 방문을 기다리고 있었음을 직감했다.

“천기마저 읽는 지경인가.”

괴인의 억눌린 음성에 노인은 옅은 미소와 함께 고개를 저었다.

“가당치 않네. 읽을 수도 없거니와 그래서도 아니 되는 것이 천기 아니겠는가. 이 촌로는 다만 며칠 전 마선이 왕림할 거라는 한 통의 서찰을 받았을 뿐이라네.”

누가 자신이 정선을 찾을 것임을 알았던 걸까. 언뜻 의문이 일었으나 괴인 마선은 노인 정선의 말에 적잖이 안심했다. 대저 하늘의 뜻마저 읽고 자신의 내왕마저 미리 알고 있는 자라면 지금의 그로서도 대적할 수 없다고 여겼던 것이다.

“한때는 벗이었던 사이가 아닌가. 마침 솔잎을 우려내려던 참이니 들어가 자시게.”

“노부가 하찮은 솔잎차 따위나 얻어먹자고 온 줄 아느냐! 썩 검을 뽑아라!”

정선은 무심한 듯 보이는 마선의 눈동자가 품은 광포한 살기를 읽고 정색하며 툇마루 아래로 내려섰다. 정선의 혜안은 적의(敵意) 대신 안타까움으로 가득했다.

“생전 기련존자를 유일한 벗이라 여겼네. 세상의 미련을 모두 떨쳐 낸 후 마지막으로 접을 수 있었던 것이 자네에 대한 그리움이었다네. 한데 얼마 전 전해 받은 서찰은 도무지 믿기 힘든 것이었네. 자네가 마선이었다니, 자네가 성관이었다니!”

"유언이 그것이냐?"

"허허, 죽을 때가 되었는데 하늘의 부름이 없기에 기이하다 여겼지. 이 우둔한 늙은이는 하늘의 미움을 받는 것이 세상의 때를 떨치지 못한 때문이라 생각했지 뭔가. 한데 이제 보니 성관 자네의 원한이 이 촌로의 발목을 붙들고 있었던 것이었어. 성관, 이제 그만 원을 풀고 이 늙은이를 놓아주지 않겠는가?"

성관이란 이름은 마선 본인조차도 잊고 지낸 해묵은 이름이다. 마선은 그 이름을 듣는 순간 기저에서부터 걷잡을 수 없는 살기가 뻗쳐올랐다. 옛 이름이 옛 기억을 떠오르게 만든 때문이었다.

자신의 이름을 부르던 사부와 사형제들의 음성이 귀에 쟁쟁했다. 왜 이 지경이 되었는가. 어째서 그 미친 무공을 터득해 어진 사부와 죄도 없는 사형제들을 베는 패륜을 저질러야만 했단 말인가.

마선은 자신의 과거를 후회하고 있었다. 하지만 분노는 언제나처럼 엉뚱한 곳으로 향했다.

으드득!

"이 모든 것이 무량 네놈 때문이다!"

마선이 뿜어대는 극렬한 살기에 초옥을 둘러싼 산천초목이 부르르 떨었다. 발 달린 짐승은 초옥에서 멀어진 지 오래였다. 심지어 하찮은 미물마저도 땅속 깊이 숨어들었다.

정선은 쇠라도 녹일 것처럼 이글거리는 살기에 가슴이 먹먹해졌다. 서찰을 보고 짐작은 하고 있었으나 마선의 증오가 하늘에 닿았을 줄은 생각지 못했던 그다.

"허어, 성관, 무엇 때문이 이 하찮은 늙은이에게 그토록 거대한 원한을 품었더란 말인가."

마선은 정선의 장탄식에 대노해 소리쳤다.

"닥쳐라! 그 이름을 입에 담지 말란 말이다!"

흡사 불문의 사자후에 필적하는 음성에 초옥이 힘없이 무너져 내렸다.

"이 늙은이가 어찌하면 노를 풀겠는가?"

정선의 음성에 안타까움이 더해갈수록 마선의 분노는 그에 비례해 더욱 거세져만 갔다.

"검을 들어라."

"노부는 검을 잊은 지 오래일세. 겨루어볼 것도 없이 천하제일고수는 바로 자네일세."

거짓이 아니다. 정선은 더 이상 검도의 궁극을 찾아 골몰하는 검수가 아니었다. 한때 숱한 사도의 기라성 같은 고수를 무릎 꿇렸던 송문고검은 부엌 한구석에서 녹이 잔뜩 슬어 있었다. 그 옛날 마선이 분한 기련존자와 헤어져 무당으로 돌아온 정선은 애검을 처박듯 던져 두고 산으로 들로 발길 닿는 대로 다니며 나물을 뜯고 술 향을 음미했던 것이다.

검만 손에서 놓은 것이 아니었다. 아예 공력 자체를 운용하지 않고 살았으니 무학 자체를 잊었다고 해도 과언이 아니었다. 그러나 초옥 안에 든 정선을 인지하지 못하고 발을 돌릴 뻔했던 것을 상기한 마선은 그 말을 믿지 않았다.

"밤을 지새우며 검도의 끝을 탐하던 자가 검을 손에서 놓았다?"

"자네가 기련존자로 있던 그때, 자네와 더불어 함께한 세월은 내게 크나큰 깨우침을 주었네. 그것은 궁극의 검도도 극상의 무도도 아니었다네. 그저 모든 것이 부질없고 부질없다는 것이었지. 결국 검도의 끝이란 존재하지 않는 것. 없는 것을 찾아 헤맬 게 무엔가. 노부는 그저 산으로 들로 내키는 대로 쏘다니며 나물이나 캐고 솔 향에 깊이 취한 촌부일 뿐이라네."

정선의 말은 마선의 분노에 기름을 부었다. 하루하루 지독한 고통을 감내하며 사투 끝에 오늘에 이르렀거늘, 정선은 신선놀음에 빠져 살았다지 않는가.

"상관없다. 지난날의 치욕을 씻을 일념으로 모진 세월을 버틴 노부니라."

"자네는 노부와의 일전을 치욕으로 기억하고 있었군. 허허, 참으로 안타까우이. 첫 패의 충격에 이성이 마비되고 시야가 가려 진실을 판별하지 못했던 것이야."

"그게 무슨 뜻이냐!"

"그 일전을 자네는 치욕으로 기억하고 있지만 당시 자네와 노부의 경지는 별반 차이가 없었다네."

마선은 이를 갈았다. 그는 정선이 자신을 조롱하고 있다고 생각했다. 그도 그럴 것이, 당시 그는 정선을 상대로 제대로 손도 써보지 못하고 패퇴했었다. 그 차이는 실로 커, 마선을 실의에 빠뜨렸고 문파에서 축출되는 계기가 되었던 것이다.

"노부의 이야기를 들어주게. 자네의 화를 풀겠다고 거짓을 말하는 것이 아닐세."

무량의 강호 출두는 폐관수련으로 적잖은 깨달음을 얻은 직후에 이루어졌다. 한데 구름에 달 가듯 자유로운 행보를 꿈꿨던 무량의 바람과는 달리 원로들은 세밀하고도 철저한 방향을 제시했다. 일찍이 유례없는 일이었다. 지침서의 결정판은 무공의 강약을 세분화하여 한 권의 책으로 엮은 강호인명부였다.

원로들이 강호인명부를 건네며 무량에게 내린 명령은 강호인명부 안에 기록된 인물 스무 명을 상대하고 돌아오되, 반드시 인명부의 전반부에서 시작해 차례로 겨루라는 것이었다. 인명부는 총 백여 장으로 이루어져 있었으니, 열 장당 두 명씩을 상대하는 셈이었다.

무량은 인명부의 후반부로 갈수록 무공이 고강한 자들이 포진해 있음을 보고, 문파의 어른들이 염려하는 바가 무엇인지 알았다. 하지만 그는 명을 충실히 이행하며 강호를 종횡하는 내내 원로들을 비웃지 않을 수 없었다. 심지어 사파의 거두라는 자들을 상대할 때도 거칠 것이 없었으니 원로들이 자신의 능력을 과소평가하고 있다고 여겼다.

"노부 또한 강호로 나서기 전부터 자네를 의식하고 있었네. 때문에 전력을 기울여 자네를 상대했고 자네를 철저히 압도했던 것이네. 지금 생각해 보면 치기 어린 짓이었지."

무량은 자신과 함께 쌍룡으로 일컬어지던 성관을 제압한 후, 한껏 우월감에 도취해 본산으로 돌아와 사부에게 보고했다.

"한데 사부께서는 자네를 쉽게 제압하였다는 보고를 들으시고도 별로 기꺼워하는 기색이 아니었네. 오히려 책망하는 기색이셨지. 내심 섭섭하여 연유를 묻는 노부에게 사부께서는 처소로 돌아가 그간 있었던 스물한 번의 모든 대결을 복기해 보라

명하셨네. 그리하면 자연히 알게 될 것이라고 말일세."

옛 이야기를 멈춘 정선이 마선에게 물었다.

"자네는 사부께서 당신의 제자가 단 하나의 맞수로 평가받던 자네를 눌렀음에도 기꺼워하지 않으신 연유를 아는가?"

"흥! 네 사부는 내심 네놈을 견제하고 있었던 것이 아니냐?"

정선은 마선의 잔뜩 비뚤어진 시각에 잠시 말을 잃었다.

"말을 못하는 것을 보니 사실인 모양이구나. 쯧, 정파 놈들이란 하나같이 음흉한……."

"말을 삼가시게! 자네 또한 본 뿌리는 정파라는 것을 잊었는가? 생각해 보게. 그때 자네가 노부를 이기고 돌아갔어도 자네 사부가 자네를 견제하여 기꺼워하지 않았겠는가?"

"이놈! 뚫린 입이라고 말을 함부로 하지 마라! 내 비록 폐륜을 저질렀으나 그분은 나와는 다른 분이시다."

"노부의 사부 또한 제자나 견제하는 속 좁은 분이 아니셨네."

"하면 그리한 다른 연유가 있었더란 말이냐?"

"사부께서 명하신 대로 모든 대결을 복기하던 노부는 마지막으로 자네와의 일전에 이르러 등골이 서늘함을 느꼈네. 왜인 줄 아는가?"

잠시 말을 멈추고 마선의 눈을 뚫어져라 응시하던 정선은 이윽고 말을 이었다.

"노부는 자네의 모습에서 하산 직전의 내 모습을 보았기 때문이네."

"무슨 헛소리냐?"

"자네의 모습은 하산 직전 노부의 그것과 같았네. 노부는 그제야 깨달았지. 원로들이 무엇 때문에 강호인명부까지 만들어 상대를 지정해 주었는지, 그리고 사부께서 자네를 꺾고 돌아온 내게 어찌 그토록 냉랭하셨는지를 말일세."

정선의 말은 계속 이어졌다.

"만약 원로들의 지엄함 명이 아니었다면 노부는 필시 강호 첫 출행이 마지막 출행이 되었을 것이네. 냉정히 평가해 당시 자네의 싸움 실력은 노부가 열 번째에 만났던 오행귀수라는 자만도 못했네. 하산 직후 그가 노부의 첫 상대였다면 노부는 죽음을 면치 못했을 것일세."

마선은 정선이 하고자 하는 말이 무엇인지 알아들었다. 정선은 실전 경험을 말하고 있었다.

"당시 본산으로 향하던 노부는 원로들의 계획대로 차근차근 실전 경험을 쌓은 상태였네. 덕분에 가진바 검의 경지를 모조리 실전에 적용할 수 있을 지경에 이른 상태였네. 반면 자네는 어땠나? 자네는 논어, 맹자만 알지 정작 세상의 참 이치는 모르는 글방 샌님이었네. 깨우친 무리는 능히 태산을 옮길 만하나 그것을 실전에 풀어내어 본 경험이 없었던 것일세."

마선은 예상 밖의 이야기에 커다란 충격에 휩싸였다.

"그, 그럴 리가 없다!"

"자네는 무공에서 노부에게 패한 것이 아니라 단순히 싸움에서 진 것이었네. 노부의 사부께서는 그러한 이치를 정확히 꿰뚫고 계셨기에 감추어진 이치를 보지 못한 노부를 그리 냉랭하게 대하셨던 것이지. 혹여 당신의 제자가 자만에 빠질 것을 염려하신 게 아니겠는가."

정선의 노안이 사부에 대한 그리움으로 가득해지자, 마선의 동요하던 마음에 거센 격랑이 일었다. 마선의 변화를 느낀 정선이 나직한 말로 타일렀다.

"이제라도 그만 모두 손에서 놓게. 지금 자네 몰골을 한번 돌아보란 말일세."

"크아아!"

상처 입은 맹수의 울부짖음이 이와 같을까? 마선의 얼굴을 감싼 붕대가 뜨거운 눈물로 촉촉이 젖어들었다. 마성에 물들어 숱한 살인을 저질렀다. 이미 그것만으로도 용납받지 못할 죄인데, 고강한 무공을 얻겠다고 자신이 몸담았던 문파를 몰살했다. 그렇게 얻은 무공으로 얻은 것이라고는 생살이 썩어 들어가는 고통뿐이었다.

第九章
참과 거짓

참과 거짓 1

정화의 죽음 이후 사람들의 관심은 하만과 옥환, 남진무사 장윤 등에게 옮겨갔다.

하만이 이 빠진 세류검을 꺾어버리고 구유혈린창을 틀어쥐었다. 장윤과 옥환 또한 각기 천하독패검과 마교일존도를 꺼내 들었다. 사대신병 중 무한이 회수한 생사신편을 제외한 삼대신병이 한자리에 모조리 줄현한 것이다.

"이곳에서 뼈를 묻는다."

하만이 죽음을 말하자 옥환과 장윤은 말없이 끄덕였다. 그들의 눈은 하나라도 더 죽이고 죽겠다는 독기로 가득했다. 셋을 에워싸고 있던 정파의 고수들은 그들이 뿜어내는 기세에 주춤 물러섰으나, 이내 한 걸음씩 좁혀 들어갔다. 그들의 시선은 약속이라도 한 듯 신병에 꽂혀 있었다.

생사신편은 다루기 힘든 무기인데다 도저히 어찌해 볼 수 없는 상대인 무한의 손에 넘어갔으니 어쩔 수 없다 치지만, 눈앞의 삼대신병은 달랐다. 신병 자체만으로도 만금의 가치가 있는데, 거기에 더해 천마라는 불세출의 고수의 무공이 내장되어 있다고 알려졌으니 어찌 탐이 나지 않겠는가. 탐욕스런 눈빛들이 오가고 이내 암묵적인 약속이 정해졌다.

먼저 쓰러뜨리는 문파가 신병을 갖는다.

문제는 전립이었다. 그가 나서면 닭 쫓던 개 지붕 쳐다보는 격으로 삼대신병 모두가 산동악가의 차지가 될 공산이 컸다. 그때 모두의 우려대로 멀리 떨어져 있던 전립이 어느새 단 위로 훌쩍 날아올라 왔다. 악대명이 전립에게 다가가 상황을 말하자 전립이 고개를 저었다.
"소자가 나설 일이 아닌 듯합니다."
전립의 말에 각 문파 고수들의 얼굴에 안도와 함께 감탄의 빛이 감돌았다. 전립이 신병에 대한 욕심이 없어서 물러선 건 아니었다. 전립은 짧은 순간 여러 가지 계산을 하고 있었다.
전립은 신병을 앞에 두고 물러섬으로써 사람들에게 은연중 대인의 풍모를 보였다. 그렇다고 실리를 포기한 것은 아니었다.
전립이 보기에 하만은 물론이고 장윤과 옥환 모두 호락호락한 인물들이 아니었다. 신병의 위력이 소문의 반만 된다고 하더라도 그들을 상대하기는 쉽지 않을 터였다. 설사 정반 대사라해도 죽음을 각오하고 신병을 휘두르는 저들을 맨손으로 이기기는 쉽지 않을 것이다.

결국 하만 등의 손에 몇몇이 상처를 입고, 서로 어쩌지 못하는 대치 국면에 접어들게 될 것이라는 것이 전립의 계산이었다. 전립은 그때를 노려 실리를 취할 생각이었다.

전립이 물러서자 누가 먼저 나서느냐를 놓고 신경전이 오갔다. 먼저 나서 단박에 제압하면 신병을 얻을 수 있지만, 역량이 달려 실패한다면 괜히 힘만 빼놓아 남 좋은 일을 시킬 우려가 있었다.

치열한 눈치작전 끝에 가장 먼저 나선 이는 소림의 정반 대사였다. 정반이 하만을 상대로 골라 앞에 서자, 뒤질세라 종남파의 기천검(氣天劍) 황학규가 천하독패검을 든 장윤을 맞상대하려 나섰고, 이어 청성파의 천명 도장이 마교일존도를 노리고 옥환 앞에 섰다.

한편 전투 분위기가 무르익어 가고 있을 때, 한껏 마음을 졸이고 있던 가홍은 눈물 맺힌 얼굴로 무한에게 달려와 다짜고짜 주먹을 내질렀다.

"정말 끝까지 사람을 놀라게 할 거야?"

보통이 넘는 무예인지라 권이 매섭기는 했지만, 무한에게는 솜방망이처럼 느껴지는 정도에 불과했다. 가홍은 투정을 부리고 있는 것이다. 하지만 무한은 투정을 받아줄 여유가 없었다.

"지금은 장난이나 하고 있을 때가 아니오."

가홍은 무한이 권을 피하며 딱딱한 음성으로 말하자 얼음처럼 굳어졌다. 그렁그렁 맺혔던 눈물이 뺨을 타고 흘러내렸다. 장난이라니, 지난 사 년 동안 무한 때문에 얼마나 속을 끓였던

가. 정화에게 사로잡힌 걸 보았을 때는 세상이 무너지는 줄 알았던 그녀다.

무한은 입술을 악문 채 눈물을 떨어뜨리는 가홍에게 무슨 말인가를 하려다 한숨과 함께 시선을 분지 입구로 돌렸다. 이번에는 또 누가 등장하는 것일까.

"드디어 오는 모양이군."

도천상의 말이 끝나기가 무섭게 한 무리가 입구에 모습을 드러냈다. 넷이서 거구가 탄 교좌를 메고 달려오고 있었다. 한데 그 속도가 실로 어마어마했다. 빙판 위를 미끄러지듯 질주하는 모습이 사인 교자가 아니라 힘 좋은 말 네 마리가 이끄는 사두마차를 연상시켰다.

얼마 안 가 교자가 무한 앞에 도착했다.

무한의 시선이 교자에 앉은 중평에서 머물렀다. 가슴 한구석이 찌르르 울릴 정도로 지친 얼굴이었다. 맏형이라 마음고생이 배는 심했을 만평은 사 년이 아니라 십 년은 더 나이가 들어 보였다.

오평은 삶의 무게에 짓눌려 더욱 작달막하게 느껴졌고, 그렇지 않아도 마른 청평은 더욱 수척해져 있었다. 그리고 하나 더 있었다. 교자 다리 하나를 떠받치고 있던 장량은 무한과 시선이 마주치자 말없이 고개를 숙였다. 목덜미가 잘 익은 대추 색인 것을 보니 부끄러움과 죄스러움에 얼굴을 붉히고 있는 모양이었다.

"크윽, 사숙!"
"정녕 사숙이 맞으십니까?"

“고생 많았다.”

무한의 그 한마디면 족했다. 만평 사형제는 누가 보든 개의치 않고 어깨가 들썩일 정도로 목 놓아 울었고, 덩달아 장량까지 얼굴뿐 아니라 눈시울까지 붉혔다.

평생 흘린 눈물보다도 더 많은 눈물을 쏟은 만평이 주먹을 주르르 떨며 말했다.

“사숙, 정화 그놈은 어찌 됐습니까.”

무한은 대답 대신 정화의 시신이 있는 쪽으로 시선을 돌렸다. 마침 원적의 명을 받은 군관들이 정화의 시신을 수습해 가고 있었다.

“이익!”

청평이 분을 억제치 못하고 달려나가려 하자 무한이 붙들었다.

“이미 죽은 자다.”

“적운 형제는 무인의 생명을 위협받을 정도로 중상을 입었고, 하북이협은 우리가 보는 앞에서 놈들의 손에 죽었습니다. 시체라 해도 결코 내버려 둘 수 없습니다!”

무한은 침음하며 눈을 감았다. 예상했던 일이다. 만평 사형제는 자신 때문에 인질의 가치가 충분했고, 장량과 적운 형제는 도천상이라는 난적을 꼼짝 못하게 할 수단으로 살려둘 가치가 충분했다. 반면 정화에게 하북이협은 살려둘 하등의 이유가 없었다.

“그렇다고 사자를 욕보여 얻어지는 것이 무엇이겠느냐.”

무한의 말에 오평이 중얼거렸다.

"살아 있는 자라면 저희를 말리시지 않겠지요?"

만평 등의 시선이 오평의 시선을 따라 저 멀리 단 위를 향했다. 전립이 예상했던 대로 반정만이 하만과 접전을 펼치고 있을 뿐 기천검 황학규와 천명 도장은 이미 위태한 지경이었다. 그들은 애초에 무력이 달리는데다 신병의 위용에 짓눌려 숨도 제대로 못 쉬고 있었다.

"말리지 않겠다. 하지만 잠시 기다려라."

"사숙, 더 이상 무엇을 기다리라는 말씀이십니까. 설마 저들이 지치기를 기다리라는 말씀은 아니겠지요?"

무한은 만평의 성난 음성에 고개를 가로저었다.

"그런 뜻이 아니다. 중평을 내버려 두고 너희들만 갈 참이었느냐?"

"하지만 중평은……."

"중평이 뭐가 어쨌다는 말이냐. 중평은 너희와 함께한다. 이전에도 그랬고 오늘도 그럴 것이며 앞으로도 그럴 것이다."

무한은 교자에 앉은 중평에게 다가가 그의 단전 어림을 짚었다.

"내게 주어라."

"안 됩니다!"

말도 안 되는 일이었다. 죽어도 사숙 얼굴이나 한 번 보고 죽자고 따라나선 길이다. 그 괴물 같은 놈의 힘을 너무도 잘 아는데 어찌 사숙에게 떠넘기란 말인가.

"나를 믿어라."

"그럴 수는……."

절대로 그럴 수 없다고 생각했던 중평이다. 한데 무한의 눈과 마주한 순간 자신도 모르게 고개를 끄덕였다. 왜인지 알 수 없는 일이었다. 눈이 마주친 순간 사숙이라면 단전에 웅크린 괴물을 순한 놈으로 길들여 놓을 것 같은 생각이 들었다.

중평은 전심전력으로 막고 있던 단전을 조심스럽게 개방했다. 한겨울 좁은 문틈으로 황소 같은 바람이 몰아치듯 바늘 같은 틈으로 뇌정진기가 벼락처럼 빠져나갔다. 눈 감은 중평의 얼굴이 고통으로 일그러진다. 그는 진기를 최대한 조금씩 내보내려 애를 쓰고 있었다. 무한이 힘겨워하는 기미가 보이면 죽는 한이 있더라도 그 즉시 단전을 닫을 생각이었다.

"걱정 말고 모두 열어라."

중평은 눈을 치떴다. 천천히 내보내려 애쓰고 있다고는 해도 단전 밖으로 빠져나가는 진기의 양은 어마어마했다. 더군다나 성질 고약한 뇌정진기가 아닌가. 한데 무한은 뇌정진기를 받아들이면서도 태연히 입을 열어 말하고 있었다. 중평은 무한의 말대로 걱정을 접고 단전을 시원하게 개방했다. 더 이상 거칠 것이 없자 뇌정진기는 거대한 폭포수가 수직으로 내리꽂듯 무한의 장심으로 무섭게 빨려들어 갔다.

중평은 현실을 믿을 수가 없었다. 단전 안에 뇌정진기의 흔적이 전혀 없었다. 모조리 빠져나간 것이다.

"사숙, 진정 괜찮으신 것입니까?"

무한의 안위를 묻는 중평은 조금 전에 비해 매우 편안한 얼굴이었다. 그러나 음성은 가늘게 떨리고 있었다.

한편 무한은 크게 놀랐다. 천마뇌정공이 중평에게 잘 맞는다는 것을 알고 있기는 했지만 이 정도일 줄은 몰랐다. 중평에게서 건네받은 뇌정진기는 태자에게서 받았던 것과 비교해도 손색이 없었다.

고작 사 년 동안 모은 진기가 태자가 옥함의 도움을 받아 수십 년 동안 모은 양과 필적할 정도이니 어찌 놀랍지 않겠는가. 뇌정진기가 중평을 위한 심공이 아닌가 생각될 정도였다.

"엄청나구나."

중평은 무한의 대답을 감당하기 벅차다는 뜻으로 오해해 얼굴이 하얗게 질렸다.

"사숙, 속히 제게 돌려주십시오!"

무한은 굳은 얼굴로 고개를 끄덕였다.

"아무래도 그래야 할 듯싶다."

무한은 중평의 단전에서 손을 떼고 대신 오른쪽 완맥을 잡았다. 그러자 중평은 잠시 놀란 표정을 지었다가 이내 눈을 지그시 감았다. 단전을 통해서가 아닌 완맥을 통해 뇌정진기를 받아들인다면 살 길은 없다. 뇌정진기는 단전으로 치달으며 약해질 대로 약해진 경맥을 갈기갈기 찢어놓을 터였다.

죽음은 어차피 정해진 운명. 뇌정진기를 품고 하루하루 고통 속에 죽어가느니 이쯤해서 마무리하는 것이 나을 것이다. 사형제들에게 마지막 인사를 하지 못하는 것이 아쉬울 뿐.

중평은 눈을 감고 죽음을 기다렸다.

찌릿!

진기가 손목을 타고 흘러들어 오는 것이 느껴졌다. 그런데 어찌 된 영문인지 찢어지는 고통이 아니라 찌는 무더위에 찬물을 한 바가지 뒤집어쓴 것처럼 청량하고 맑은 기분이었다.

'아, 사숙께서 내게 마지막 선물로 편안한 죽음을 주시는구나!'

더욱이 안심하며 죽음을 기다리는데, 귓전으로 무한의 경고성이 파고들었다.

"진기가 지나는 길을 똑똑히 기억하도록 해라!"

중평은 정신이 번쩍 들었다. 그가 정신을 차렸을 때는 손목에서 시작된 기운이 전신을 한 바퀴 휘돈 후 두 번째 질주를 시작한 후였다. 이번에는 뜨거운 기운이었다. 중평은 그제야 무한이 전해주는 기운이 뇌정진기가 아님을 깨닫고 무한의 말대로 정신을 바짝 차렸다.

전신 경맥을 찬 기운과 더운 기운이 번갈아 질주하며 길을 넓혔다. 회를 더해갈수록 속도는 배가되었고, 차고 뜨거운 기운도 점차 그 강도가 심해졌다. 얼음 굴에 떨어진 듯 오들오들 떨다가 금세 펄펄 끓는 탕 속에 들어간 듯 땀을 뻘뻘 흘렸다.

'이건 마치 내 몸이 대장간의 쇳덩어리가 된 것 같구나.'

중평은 문득 든 생각에 깜짝 놀랐다. 정말 자신의 몸에서 일어나는 일련의 변화는 마치 쇠를 연마하는 과정과 흡사했다.

이윽고 뇌정진기를 감당할 수 있을 만큼 경맥이 단단해졌다고 판단한 무한은 중평에게 받은 뇌정진기를 돌려주기 시작했다. 물론 제대로 된 천마뇌정공의 구결을 운용해 정순하게 탈바꿈된 진기였다.

"사숙, 이, 이게……!"

중평은 말을 잇지 못했다. 전신 경맥은 이전에 없이 강화되어 있었고, 난동을 피우고 싶어 안달하던 뇌정은 주인의 명을 기다리는 충견처럼 단전에 얌전히 웅크리고 있었다.

"경맥을 단련하던 진기의 이동을 기억했느냐?"

"예, 사숙. 뼛속 깊이 기억하고 있습니다."

"경맥이 버틸 수 있는 건 한시적이다. 그러나 앞으로 전해준 방법대로 꾸준히 경맥을 단련한다면 가진바 모든 기운을 펼친다 해도 문제가 되지 않을 것이다."

가슴 졸이며 곁에서 지켜보고 있던 만평이 중평에게 물었다.

"중평 사제, 어찌 된 것이냐?"

그때 황학규와 천명 도장이 동시에 피를 토하며 날아가는 모습이 중평의 눈에 비춰들었다.

"사형, 갑시다. 우리 손으로 녀석들의 원수를 갚아야 할 게 아닙니까?"

중평이 교자에서 벌떡 일어서더니 비대한 몸에 어울리지 않게 비조처럼 달려나갔다. 남은 만평 사형제들은 서로를 마주 보며 눈빛으로 방금 전까지 몸을 가누지 못하던 사람이 맞는가를 묻고 있었다.

"언제까지 그러고 있을 참이냐!"

무한이 소리치며 몸을 날리자 만평 등이 꿈에서 깨어난 얼굴로 뒤따랐고, 마지막으로 가흥이 입술을 잘근 씹으며 달려나갔다.

도천상이 몸을 날리려는 장량을 붙들어 세웠다.

"사제는 나와 따로 할 일이 있네."

도천상은 장량의 아쉬움 가득한 눈빛에 미소를 지으며 말했다.

"저 모습이 앞으로 사제와 내가 만들어야 할 화산의 모습이네."

"할 일이라는 게 무엇입니까?"

"따라오게."

도천상은 장량을 이끌고 싸움에 넋이 나간 사람들 틈으로 사라졌다.

한편 장윤과 옥환에게 정파의 두 고수가 맥없이 당하자 분위기는 싸늘하게 냉각되었다. 장윤과 옥환이 보여준 무위에 놀라 누구도 선뜻 다음 상대로 나서지 못하고 있었다. 그러는 사이 하만과 정반의 싸움은 시간이 흐를수록 치열하게 전개되었다. 처음 단 위에서 시작했던 전투는 아래로 이어지고 있었는데, 정반이 우세한 듯 보였다. 정반이 소림의 절기를 줄줄이 쏟아내 공격을 펼치는 반면 하만은 내내 수세에 몰려 있었다.

그러나 속을 들여다보면 상황은 그 반대였다. 정반은 겨룸이 길어질수록 착잡한 심정을 금할 길이 없었다. 세심함보다 장대한 내공을 위주로 한 무공은 하만과는 상극이었다.

강력한 공격은 번번이 구유혈린창의 예기에 가로막혀 파훼되었고, 벌써부터 공력이 제대로 이어지지 않고 있었다. 누구보다 내공에 자신이 있는 그가 이 지경이 된 것은 신병을 이용한 기괴한 무공 때문이었다.

"잘 놀았다. 마음 같아서는 종일토록 상대하고 싶지만 다음 차례가 기다리고 있으니 그만 끝내자."

하만은 단 일 수에 승부를 보자고 말하고 있었다. 정반 또한 시간을 끌어서 자신에게 좋을 것이 없음을 느끼고 있던 터라 고개를 끄덕였다.

처척!

정반은 비스듬히 기마 자세를 취하며 오른 어깨를 깊이 움츠렸다. 정반의 선택은 강력한 파괴력을 지닌데다 구유혈린창의 예기를 최대한 피할 수 있는 백보신권이었다. 하만은 구유혈린창을 단단히 틀어쥘 뿐 별다른 자세를 취하지 않았다. 막고 반격하겠다는 속셈 같았다. 선수를 양보하겠다니 이 또한 정반으로서는 손해 볼 것이 없었다.

"하면 사양하지 않겠네."

정반은 즉시 공력을 양팔에 끌어 모았다. 일평생 닦아온 반야진기가 한계치 이상으로 모이자 진각을 밟으며 양 주먹을 벼락같이 내뻗었다.

우르릉!

정반의 주먹을 통해 발현된 권력은 천둥소리를 동반하며 광대한 진력이 하만을 향해 휘몰아쳤다. 촌각 만에 하만의 코앞에 도달한 권력이 하만을 짓뭉갤 찰나, 하만은 손목이 기이한 각도로 비틀어 구유혈린창에 강력한 회전을 걸었다. 그리고는 정반을 향해 그대로 던져 버렸다. 지난날 풍운마도의 거도를 관통하던 바로 그 초식이 한층 위력을 더한 형태로 재현되고 있었다.

키리릭!

허공에서 찬란한 불꽃이 피어올랐다. 구유혈린창의 창첨에 부딪친 백보신권은 끝내 작은 틈을 허용했다. 단지 바늘귀처럼 작은 틈바구니였지만 구유혈린창은 틈을 집요하게 파고들었다.

그것으로 끝이었다.

파아앙!

백보신권은 산산이 부서졌고, 구유혈린창은 여전히 엄청난 회전을 일으키며 정반을 향해 전광석화같이 쏘아졌다. 이 모든 상황은 정반이 백보신권을 펼치고 그 반동으로 어깨가 한 번 들썩인 짧은 순간 벌어진 일이었다. 정반은 그렇지 않아도 한계 이상의 백보신권을 펼쳐 낸 후라 구유혈린창을 회피할 여력이 없었다.

가슴 한복판을 노리고 날아드는 구유혈린창을 참담한 표정으로 바라보던 정반은 눈을 질끈 감아버렸다. 바로 그때였다.

2

파아앙!

맹렬한 속도로 날아든 커다란 그림자가 구유혈린창의 중단을 후려쳐 공중으로 날려 버렸다.

하만은 뭐가 어떻게 된 건지 파악할 겨를도 없이 병기를 회수하기 위해 날아올랐고, 기적처럼 목숨을 건진 정반은 마른침을 꿀꺽 삼키며 앞에 선 자를 바라보았다. 족히 삼백 근은 나가 보이는 중이 면전에 우뚝 서 있었는데, 오른쪽 신발에서 연기가 모락모락 피어오르고 있었다. 가까이 접근하기도 힘들던 구유혈린창을 걷어찬 모양이었다.

"대사께서는……?"

"조선에서 온 중평이라는 신승이올시다. 존성대명을 알았으면 거치적거리지 말고 저리 비키시오.”

조선의 중이 소림의 금강승 수좌에게 거치적거리니 저리 비키란다. 평소 같았으면 입에 거품을 물 일이나 정반은 말 잘 듣는 강아지처럼 합장까지 하고 물러섰다. 속으로 이건 꿈이라고 되뇌면서.

중평과 창을 회수한 하만이 마주 선 그때, 나서는 자가 없어 싸움을 멈추고 있던 장윤 앞에 만평이 다가섰다. 선택의 여지도 없이 졸지에 옥환을 둘이서 상대하게 된 청평과 오평은 서로를 마주 보았다.

“저런 기생오라비 같은 녀석을 둘이서 상대한다는 건 말이 안 되지.”

오평의 말에 청평이 끄덕였다.

“소제도 같은 생각이었습니다. 불알도 없는 놈을 당당한 장부 둘이서 핍박한다는 건 있을 수 없는 일이죠. 혹시 떼고 온다면 모를까.”

청평의 말에 동시에 나서려던 남궁도와 남궁민이 슬그머니 물러섰다.

“장유유서!”

“나이 많이 먹은 것이 무슨 대수라고, 그러지 말고 다리 길이로 하십시다.”

“물론 짧은 사람이 이기는 거겠지?”

오평과 청평이 옥환을 서로 상대하겠다고 옥신각신하는 모습에 두려워서 감히 나서지 못하던 정파 고인들은 헛기침을 하며 애써 고개를 돌렸다. 결국 가위바위보로 옥환을 청평이 상대하게 된 그때, 단 위로 올라선 무한은 곧장 태자에게로 다가갔다. 이미 도착해 있던 전립은 악대명과 나직이 무슨 얘긴가를 주고받고 있었고, 세자는 하만 무리와 만평 사형제가 싸움을 시작한 것을 보며 태자에게 속히 입궁할 것을 종용하고 있었다.

"전하, 간적이 쓰러졌다 하나 아직은 안심할 시기가 아니옵니다. 속히 가마로 오르시옵소서. 소자가 금의위장 원적과 더불어 길을 열겠사옵니다."

군사들을 독려해 태자를 가마에 태우려던 세자는 무한이 다가오자 만면에 웃음을 띠며 말했다.

"자네 덕에 간적을 물리칠 수 있었네. 그 공이 결코 작지 않으니 큰 상급이 있을 것일세. 그보다 태자 전하를 궁으로 모셔야겠네. 혹여 망극한 일이 생기지 않도록 자네가 앞장서 속히 길을 열도록 하게."

"세자와 군사들은 잠시 물러서 있으라, 과인이 그에게 할 말이 있으니."

태자는 말없이 다가와 고개를 숙이는 무한을 한없이 따스한 눈빛으로 응시했다.

"고맙네."

"아니옵니다."

"자네는 혹시 기억하고 있는가?"

무한은 조용히 끄덕였다.

"하고자 하시는 말씀이 한 가지 명에 관한 것이라면 기억하고 있습니다."

"허허, 당치도 않네. 명령이 아니라 부탁이네. 흐음, 참으로 염치가 없네만 그 부탁을 지금 하여야겠네.”

태자의 곁에서 가만히 무한과 태자의 대화를 듣고 있던 세자는 불길한 예감에 사로잡혔다. 완벽한 가짜 생활을 하며 절로 누구보다 빠른 눈치를 가지게 된 그였다. 잠시 말을 멈춘 태자는 세자를 바라보았다. 세자는 태자의 얼음장처럼 차가운 눈빛을 대하는 순간 불길한 예감이 단지 예감으로 끝나지 않을 것임을 직감했다. 정화가 어찌 당하는지 똑똑히 지켜보았다. 기다렸다가는 맥없이 당한다.

“세자를…….”

태자의 입이 열리기가 무섭게 세자가 난데없이 소리치며 무한에게 강맹한 일격을 가했다.

“이놈! 전하께 무슨 짓이냐!”

무한은 세자의 정체를 이미 알고 있었던데다가, 장력이 보잘것없어 급습을 어렵지 않게 막아냈다. 하지만 세자가 장력에 교묘히 독을 섞었을 줄은 예상치 못한 일이었다.

무한은 장력을 해소하고 태자와 세자 사이에 버티고 섰을 때, 문득 코를 스치는 알싸한 향을 느꼈다. 놀라 돌아보니 태자는 이미 세자가 뿌린 무색의 독을 한 호흡 들이마신 후였다.

“쿨럭!”

벌써 태자의 기침에 피가 섞여 나왔다. 눈 밑 또한 검게 변색되어 있었다. 극독이었다.

무한이 태자의 상태를 확인하고 세자를 공격하려 했을 때는 이미 두 노인이 솟아나듯 나타나 앞을 가로막고 있었다. 적청이로, 정확한 신분은 광명좌사와 우사였다.

무한은 이를 부드득 갈았다. 해약을 단시간에 얻는 건 불가능하다. 두 노인도 문제지만 더 큰 문제는 세자였다. 세자의 천마뇌정공은 이미 정화와 비슷한 경지였다.

"흐음."

무한은 신음 소리에 급히 태자를 돌아보았다. 맥을 짚으려던 무한은 문득 기이한 느낌에 태자의 눈을 바라보았다. 태자의 시선은 자신의 가슴팍에 머물러 있었다. 뭔가 중요한 뜻을 전달하려는 강한 의지가 깃든 눈이었다.

무한이 서둘러 태자의 품속을 뒤지자, 세자가 그 모습을 보고 피를 토하듯 소리쳤다.

"다들 뭣들 하시는 게요! 역도가 태자 전하께 암습을 가했소이다!"

세자가 고래고래 악을 쓰는 가운데, 무한은 태자의 품속에서 단약을 찾아내는 한편, 다가드는 두 광명사자에게 장력을 날려 물러 세웠다.

해독약인지 아닌지 따질 여유가 없었다. 급히 태자에게 단약을 복용시켰다. 다행히 태자는 핏물을 물 삼아 단약을 간신히 넘으나, 기대도 잠시뿐 즉시 정신을 잃어버렸다.

"독단까지! 이놈! 네놈이 그러고도 살아남을 성싶으냐!"

"전하!"

그때 단 위로 올라선 원적과 가홍이 입가에 피를 흘린 채 쓰러져 있는 태자를 보고 비명을 지르며 달려왔다. 가홍이 무한에게 다가가려 하자 세자가 손목을 잡아끌었다.

"전하를 저리 만든 게 바로 저놈이다. 다가간다면 너까지 당할 것이다."

"그럴 리가 없어요. 무한, 말을 해봐. 왜 전하께서 쓰러져 계시지? 네가 전하를 치료하려다 그렇게 된 거야?"

"물러서시오. 그대가 끼어들 일이 아니오."

무한의 음성은 분노를 억누르는 기색이 역력했다.

"보아라. 전하를 암습한 것도 모자라 감히 공주인 네게 그대라 칭하는 놈이다. 역심을 품지 않고서야 어찌 그럴 수 있겠느냐?"

"하지만 그는 원래부터 내게……."

세자가 가홍의 말을 끊었다.

"뒤로 물러서라. 이 오라비가 뼈가 가루가 되는 한이 있더라도 너만은 지켜줄 것이니라."

예상치 못한 상황 전개에 호시탐탐 무한을 거꾸러뜨릴 기회를 노리고 있던 전립이 나섰다.

"협사라 알려진 자가 이런 참담한 짓을 저지를 줄이야. 내 한때 너를 정화의 손에서 살리려 했던 것이 부끄럽구나."

전립의 얼굴은 더없이 침중했으나 정작 눈동자는 비웃음으로 가득했다. 원적이 참담한 얼굴로 앞으로 다가와 물었다.

"이게 어찌 된 일인가?"

"태자 전하를 암습한 자는 따로 있습니다."

무한의 말에 전립이 호통 쳤다.

"이 많은 사람들이 본 일이다. 한데 무슨 변명을 하려는 것이냐!"

이제껏 무한에게 우호적이었던 개방 방주 노공마저도 무한을 향한 시선이 싸늘하기 그지없었다.

"당 가주, 가주께서 태자 전하의 용태를 살피도록 하시오."

뭔가 심각한 얼굴을 하고 있던 사천당문의 당천우가 무한의 눈치를 살피며 다가왔다. 태자의 입가에 흐르는 피를 미량 찍어서 맛본 그는 금세 얼굴이 하얗게 질렸다.

"전하의 용태가 어떻소이까? 독의 종류를 알겠소이까?"

노공의 물음에 잠시 망설이던 당천우가 고개를 끄덕였다.

"광물과 식물, 거기에 구하기 힘든 남방의 청와(靑蛙)의 독까지 섞어 만든 기독이오."

"독의 종류를 알았으면 속히 치료하지 않고 뭐 하고 있는 게요?"

원적의 재촉에 당천우가 식은땀을 흘리며 말했다.

"워낙 극독이라 아쉽게도 손쓸 시기를 놓쳤소이다."

우려가 현실이 되자 다들 무한을 찢어 죽일 듯 노려보았다.

"다들 진정하시오. 그는 그런 자가 아니외다. 나 금의위장 원적은 반드시 그의 말을 들어보아야겠소."

원적과 무한은 더 이상 계약으로 인해 묶인 사무적인 관계만은 아니었다. 무한에 대한 원적의 믿음은 금석처럼 단단했다.

"금의위장, 이 많은 사람들이 똑똑히 본 사실이다. 한데도 그를 두둔하고 나서다니? 설마 저자의 배후가 그대는 아니겠지!"

원적은 얼굴이 하얗게 질려서 말했다.

"저하, 역모라니요? 그 무슨 참담한 말씀이시옵니까?"

"결백하다면 당장 명을 내려 저자를 포박하여야 마땅한데 어째서 역성을 드는 것이냐!"

세자의 불호령에 원적은 진퇴양난에 놓였다. 무한을 포박할 수도 없었지만 그렇다고 가만히 있자니 반역을 획책한 역도의 수장이 될 판이었다.

"자네가 어서 전말을 말해보게. 어찌 된 일인가?"

"태자 전하께 위해를 가한 자는 제가 아니라 바로 저자입니다."

무한이 세자를 지목하자 다들 어처구니없다는 표정을 지었다. 무엇보다 무한을 철석같이 믿고 있던 원적은 정신이 하나도 없었다.

"자, 자네, 그게 무슨 말인가? 지, 지금 제정신으로 하는 말은 아니겠지?"

"물론입니다. 저자는 가짜입니다."

세자가 가짜다? 무한을 가장 신뢰하는 원적과 가홍마저도 믿지 못했으니 그 말을 곧이곧대로 듣는 자는 아무도 없었다.

"가, 가짜?"

"저자는 정화의 마지막 한 수입니다. 태자 전하께서는 이미 당신의 아들이 가짜임을 아셨고, 오늘 이 자리에서 제게 저자를 처단하라는 부탁을 하려고 하셨습니다. 한데 눈치 빠른 저자가 전하의 의중을 알아채고 태자 전하를 공격한 것입니다."

"말도 안 돼. 이분은 내 오라버니가 틀림없어. 그런데 어째서 네가 그런 거짓말을……."

가홍이 넋 나간 얼굴로 중얼거린 말은 무한이 애써 밝힌 진실을 묻어버리기에 충분했다. 하지만 그때 또 다른 변수가 등장했다.

"그의 말은 모두 사실입니다!"

3

강력한 내력이 깃든 음성에 사람들의 시선이 일제히 이동했다. 언제 나타났는지 단에서 이십여 장쯤 얼마쯤 떨어진 곳에 거대한 마차 한 대가 도착해 있었다. 마차 지붕에 주사 빛으로 설공상단이라 적힌 깃발이 펄럭이는 가운데, 마부석에 앉은 진웅이 무한을 발견하고 고개를 숙였다.

"저들은 무당파 도사들이 아닌가?"

노공의 말대로 이십여 무당파 검수들이 마차 주변을 철통같이 호위하고 있었다. 이목이 집중된 가운데 마차 문이 열리고 젊은 도사와 노도사가 차례로 모습을 드러냈다. 도천상과 무당 장문 능수 진인이었다. 그리고 한 사내가 모습을 드러냈다.

"어어!"

"허어, 이럴 수가!"

세 번째 인물의 등장에 사람들은 경악했다. 도천상과 능수 진인이 사내의 허리를 부축해 날듯이 달려와 단 위로 올라섰다.

두 눈이 현기로 가득한 사내, 그는 무한이 천마지동에서 구한 진짜 세자였다. 세자는 쓰러져 있는 태자를 보고 달려와 눈물을 흘렸다. 기존의 세자와 새로 나타난 세자를 번갈아 바라보던 노공이 혼이 나간 얼굴로 능수 진인에게 물었다.

"진인, 이게 어찌 된 일입니까?"

"보시는 바와 같소이다."

원적이 얼떨떨한 얼굴로 가흥에게 물었다.

"공주님, 혹 세자 전하께서……."

원적의 속내를 읽은 가흥이 고개를 강하게 저었다.

"아니에요. 저는 오라버니가 쌍둥이라는 말을 들어본 바가 없어요."

"그렇습니다. 모두가 아는 것처럼 세자 저하는 결코 쌍둥이가 아닙니다. 그 말은 둘 중 하나가 가짜라는 것이지요."

무한의 말에 가짜 세자 소천사가 치를 떨며 말했다.

"참으로 무서운 음모로다! 태자 전하께 위해를 가하고 이제 가짜를 내세워 나까지 몰아내려 하는구나!"

전립이 소천사의 말에 끄덕이며 앞으로 나섰다.

"누가 보아도 가짜는 명백합니다. 놀랍도록 똑같지만 하늘마저 속일 수는 없는 법이지요."

노공이 기대에 찬 얼굴로 전립에게 물었다.

"자네에게 진짜를 구분할 방도가 있단 말인가?"

전립이 무한을 가리키며 말했다.

"저는 저자가 태자께 위해를 가하는 장면을 똑똑히 목격했습니다. 거기다 전하께 위해를 가하자마자 세자 저하와 똑같은 자를 데리고 왔으니 과연 누구를 믿어야겠습니까?"

전립의 말대로 진실은 명백해 보였다.

"다, 당신은 누구죠? 당신이 내 오라버니라는 것을 증명할 수 있나요?"

태자를 붙들고 오열하던 세자가 가흥의 물음에 하늘을 우러러 소리쳤다.

"내가 바로 대 명국 황상의 손자이며 이분 태자 전하의 아들
이다! 한데 무슨 증명이 필요하단 말이냐!"

아무리 세자가 현명하다 한들 자신을 증명할 방도가 있을 리
없었다. 그는 이미 오래전부터 가짜와 바꿔치기를 당해 차디찬
동굴에서 살아왔다. 세자인 그가 세자로 산 세월보다 가짜 세자
가 세자로 산 세월이 더 긴데 대체 무슨 수로 자신을 증명할 수
있겠는가.

"흥! 결국 너희 두 놈이 폐하의 총애를 배반하고 명국을 집어
삼키려 꾸민 모반이렷다?"

가짜 세자가 무한과 원적을 가리키며 호통 치자, 무한을 향한
의심의 눈초리가 짙어져만 갔다. 도천상과 더불어 세자를 호위
해 온 능수 진인마저도 당황한 빛이 역력했다.

진짜 세자가 눈앞에 있는데 가짜 세자가 오히려 큰소리를 친
다. 한데도 시원히 증명할 수 없다. 이제 남은 방법은 하나뿐이
었다.

도천상은 무한과 시선이 마주치자 뜻을 읽고 고개를 끄덕였
다. 일말의 의심도 없이 무한을 믿는 자는 그 하나뿐이었다. 무
한은 눈빛으로 감사의 뜻을 전하고는 벼락같이 뛰어나갔다. 무
한이 택한 방법, 그것은 가짜 세자를 공격해 파탄을 노출시키는
것이었다.

무한이 가짜의 앞을 가로막고 선 두 노인과 맞닥뜨려 일검을
뿌릴 찰나,

"어딜!"

전립이 기다렸다는 듯 무한의 배후를 노려왔다. 하지만 무한

은 전립의 공격을 신경 쓰지 않고 두 광명사자를 향한 공세를 멈추지 않았다.

콰콰쾅!

두 광명사자는 무한의 일격에 합공으로 맞섰음에도 속절없이 밀려났다. 단 일격에 얼굴이 창백하게 질리고 머리는 봉두난발이 되었으며, 장력을 뿜었던 양팔 소매는 통째로 뜯겨 나가 너덜거리고 있었다.

반면 무한을 노렸던 전립은 뜻을 이루지 못했다. 그가 무한을 노렸던 것처럼 그의 뒤를 노리는 자가 있었기 때문이다. 전립은 무한이 두 광명사자를 고양이 쥐 다루듯 몰아가고 있는 것을 보며 성난 음성으로 말했다.

"도 문주, 이게 무슨 뜻이오?"

"그는 빈도의 둘도 없는 벗이네. 다들 알다시피 생명의 은인이기도 하지. 한데 어찌 추잡함도 모르고 뒤를 노리는 자에게서 그를 보호하지 않을 수가 있겠나?"

"그래서 지금 역도를 두둔하시겠다는 거요?"

"그가 역도인지 아닌지는 아직 밝혀진 바가 없네. 만일 그가 최종적으로 역도임이 밝혀진다면 빈도 스스로 머리를 베어 황상께 바칠 테니 그 점은 염려치 말게나."

장내는 전장을 방불케 했다. 단 아래서는 이미 일각 전부터 만평 사형제와 하만 등이 혈투를 펼치고 있는 가운데, 단 위에서는 무한이 차원이 다른 무예를 뽐어대고 있었고, 또 다른 일각에서는 천하제일을 다투는 전립과 도천상이 팽팽한 신경전을 펼치고 있었다.

치리링! 콰쾅!

좌수에서 장력이 휘몰아치고 우수에서 만화가 춤을 춘다. 두 광명사자는 단 세 합 만에 패색이 짙어져 버렸다. 곤의 힘에 밀려 내장이 진탕된 광명우사는 핏물을 삼키며 좌사를 바라보았다. 본 무공을 펼칠 것인지 의견을 묻고 있었다. 그라고 왜 고민하지 않았겠는가. 하지만 본신의 무공을 쓴다 한들 달라지는 건 없었다. 고작해야 단지 몇 초식을 더 감당할 수 있을 뿐인데 정체를 노출시킬 수는 없었다. 광명좌사는 끝내 고개를 저었다.

무한의 네 번째 공격이 섬광처럼 날아들었다. 만화는 빛살 같은 속도로 우사의 심장을 파고들었고, 찰나의 시간 차를 두고 극한의 현마진리진린보가 가미된 권풍은 좌사의 가슴을 그대로 직격했다.

콰콰쾅!

만화에 관통당한 좌사는 주저앉듯 앞으로 허물어지고, 우사는 피 화살을 뿜으며 단 아래로 곤두박질쳤다. 볼 것도 없이 즉사였다.

그답지 않게 매몰찬 공격으로 목숨을 거둔 무한은 가짜 세자에게 짓쳐들었다. 강력한 살수를 펼쳐 천마뇌정공을 펼치도록 만들 작정이었다. 하지만 무한은 계획을 실행하지 못했다.

"비키시오."

가흥은 양팔을 벌려 세자의 앞을 가로막고 서서 고개를 세차게 저었다.

"무한, 나는 무척 혼란스러워. 솔직히 지금은 너뿐 아니라 누구도 믿을 수가 없어."

무한은 가홍의 행동이 이해가 가면서도 답답함을 금치 못했다. 그때 누구도 예상치 못한 일이 일어났다.

"전하!"

당천우의 놀람에 찬 음성이 들려왔다. 기적 같은 일이 일어나고 있었다. 죽은 듯 누워 있던 태자가 신음과 함께 거짓말처럼 눈을 뜨고 있었다. 사경을 헤매다 간신히 정신을 차린 태자는 눈을 뜨자마자 앞에 세자가 있자 부들부들 떨며 소리쳤다.

"이놈! 네놈이……!"

세자는 굵은 눈물을 흘리며 태자에게 큰절을 올렸다.

"아바마마를 뵈옵니다."

세자의 음성은 절절 끓는 비통함과 억제할 수 없는 기쁨으로 가득해, 듣는 이로 하여금 절로 가슴이 뭉클해지도록 만들었다.

태자는 흠칫 놀라 세자를 세삼 바라보았다. 같다. 그러나 달랐다. 초췌한 얼굴이 달랐고, 무엇보다 자신을 바라보는 눈빛이 달랐다.

"네가, 정녕 네가 돌아왔단 말이냐?"

"예, 아바마마. 소자이옵니다."

태자도 태자지만 세자의 감격 또한 대단했다. 자신이 보아도 가짜와 진짜가 분간이 되지 않는데 부친은 아들이 뒤바뀐 것을 인지하고 계셨지 않은가.

"전하, 소자는 예 있사옵니다. 속지 마옵소서. 놈은 가짜이옵니다!"

태자가 싸늘한 눈빛으로 가짜를 바라보며 소리쳤다.

"이놈, 닥치지 못할까! 어찌 아비가 자식을 알아보지 못한단 말이더냐!"

"전하께서는 독 때문에 판단이 흐려지신 것이옵니다! 무한
저놈이 전하께 독을 쓰는 것을 여기 있는 모든 사람이 보았사옵
니다."

그때 예상치 못하게 당천우가 나섰다.

"그에 관해 드릴 말씀이 있소이다."

사람들은 심각한 순간 난데없이 끼어든 당천우를 의아한 얼
굴로 바라보았다. 그는 이목이 집중되자 난처한 얼굴로 입을 열
었다.

"실은 얼마 전 정화가 본 가에 극독을 요구한 일이 있었소."

"정화가 독을?"

"그렇소이다. 거절해야 마땅했으나 그의 위치가 있는지라 감
히 거절치 못하고 한 낭을 주었소. 한데 후에 정화가 독을 어디
에 쓸지 생각해 보니 참담한 생각이 들더이다."

당천우가 말하는 참담한 생각이 무엇인지 모르는 자는 아무
도 없었다.

"가주는 계속해 보시오."

노공의 재촉에 당천우가 말을 이었다.

"일이 잘못되었다가는 졸지에 역적의 가문이 될 판이었소.
하여 고민 끝에 즉시 태자 전하를 뵙고 해약을 전해주게 된 것
이오."

"워낙 독성이 빨리 퍼져 하마터면 해약을 가지고도 쓰지 못
할 뻔했네. 만일 무한 진 무사가 과인의 뜻을 빨리 알아채지 못
했다면 다시는 빛을 보지 못했을 것이야."

이제는 명백해졌다. 가짜 세자가 무한이 독을 썼다고 말하니 그런 줄 알았지, 사실 정확히 본 자는 아무도 없었다. 반면 무한이 태자의 품속에서 해약을 꺼내 복용시키는 장면은 모두가 똑똑히 보았다. 더군다나 무한이 태자에게 해약을 먹일 때, 세자라는 자는 독약을 먹인다며 고래고래 악을 쓰지 않았던가.

"다들 이자를 보십시오!"

소리친 자는 되도 않게 신필이라 불리는 개방의 향주였다. 사람들이 보는 가운데 신필 향주가 축 늘어진 시체를 바닥에 쿵 하고 내려놓았다. 무한의 권을 맞고 단 아래로 날아갔던 광명우사였다.

"시체가 뭐 볼 것이 있다고?"

노공의 핀잔에 신필 향주가 우사의 눈을 가리키며 말했다.

"방주님, 이자의 눈을 한번 보십시오."

향주의 말대로 광명우사의 눈을 본 노공은 눈을 부릅떴다. 다른 자들도 마찬가지였다. 광명우사는 눈을 뜬 채로 숨을 거둔 상태였는데, 생전에는 까맣던 눈동자가 짙은 푸른색으로 변해 있었다.

노공이 달려들어 급히 우사의 얼굴을 쓰다듬었다. 그러자 재질을 알 수 없는 얇은 천이 떨어져 나가며 분을 바른 듯 하얀 피부가 드러났다.

"색목인이구나!"

백안(白面)에 벽안(碧眼). 틀림없는 색목인이었다. 노공은 만화를 맞고 죽은 광명좌사에게 날듯이 달려가 얼굴이 하늘을 보도록 뒤집었다. 그 역시 우사와 마찬가지로 색목인이었다.

두 광명사자는 죽는 순간까지 본신 무공을 숨겼지만 정작 공력이 풀리면 변안공 또한 풀린다는 사실을 간과한 것이다.

"아악!"

여인의 날카로운 비명에 사람들의 시선이 반사적으로 가흥을 향했다.

"결국 이리 되었구나. 크윽! 모든 것이 물거품이 되고 말다니!"

정체가 백일하에 드러난 가짜 세자가 이를 갈았다. 그는 어느새 자신의 앞에 있던 가흥을 인질로 잡은 상태였다.

"네 무위나 정화가 마지막 보루로 삼은 것으로 보아 결코 지체가 낮지는 않을 터. 어찌 아녀자를 인질로 쓰는 치졸한 짓을 하는 것이냐. 공주를 놓아주어라."

"이 죽일 놈 같으니! 네놈 말대로 네놈만 아니면 천하를 호령했을 나다! 반드시 네놈만은 죽이고 말 것이다!"

"네 말대로 너의 적은 나다. 그러니 그녀를 놓아주어라."

"좋다, 대신 네놈 팔 하나를 받아야겠다. 이년을 살리고 싶거든 스스로 오른팔을 떼어내 보란 말이다!"

"무한, 안 돼! 이놈, 차라리 나를 죽여라!"

가흥의 뾰족한 외침에 소천사가 징그러운 미소를 지으며 가흥의 목덜미를 훑었다. 변안공을 푼 그의 눈은 이리처럼 새파랗게 빛나고 있었다.

"이 많은 자들 앞에서 못 볼 꼴을 당하고 싶은 것이냐?"

가흥은 난생처음 당하는 치욕을 견디기 힘들었다. 그녀는 커다란 눈에 눈물을 그렁그렁 매단 채 무한에게 말했다.

"무한, 미안해. 내가 멍청했어. 널 다시 만나게 돼서 기뻤는데, 그런데… 그런데……."

순간 가홍의 입가로 한줄기 선혈이 비쳤다. 깜짝 놀란 소천사가 발작하듯 혈을 짚었다.

"혀를 깨물다니 독한 계집이군. 한데 이 계집의 말을 듣자 하니 네놈을 마음에 품고 있는 모양이구나. 네놈은 어떠냐? 설마 팔 하나가 아까워 정인을 죽도록 내버려 두지는 않겠지?"

무한은 가홍의 절망 가득한 눈을 똑바로 응시하며 말했다.

"나는 그녀를 살릴 것이다. 또한 네놈도 반드시 죽인다."

"나 정도는 한 팔로도 충분하단 이야기렷다?"

무한은 자신의 오른팔을 무심한 눈으로 바라보았다. 가홍은 멈추라고 목이 터져라 외치고 싶었지만 턱뼈가 굳어져 한마디도 할 수 없었다. 그런 가운데 무한이 왼손을 들어 올려 내려쳤다.

파팟! 쫘자작!

천벌, 그것은 천벌이었다. 그렇지 않고서야 난데없이 마른하늘에서 벼락이 칠 리가 없었고, 그 벼락이 하필 소천사의 정수리를 직격할 리가 없었다.

第十章
밝혀지는 진실

밝혀지는 진실 1

백선을 쥔 전립의 오른손이 덜덜 떨려왔다. 전립은 급히 왼손으로 오른손을 눌러 떨림을 감추었다.

우매한 군웅들은 하늘이 무심치 않다고 떠들어대고 있었지만, 그를 비롯한 정파의 몇몇 고수들은 똑똑히 보았다. 가짜 세자는 천벌을 받은 것이 아니다. 정수리에 벼락이 꽂힌다고 사람이 두 쪽으로 갈라지는 법은 없다.

섬광처럼 나타나 연기처럼 사라진 그것은 검이었다. 무한의 독문병기인 만화처럼 얇디얇은 검. 무한을 경이의 눈빛으로 바라보고 있는 도천상만 보아도 자신이 본 것이 착각이 아님을 말해주고 있었다.

속이 바짝바짝 탄다. 지난밤 뜬눈으로 지새웠지만 도선비기에 대한 비밀을 풀지 못했다. 어찌 된 일인지 무한과의 대결로 입은 내상마저 치유되지 않고 있었다. 반면 놈은 단 하루 만에 더욱 강해진 듯했다. 방금과 같은 공격을 받는다면 도저히 피할 자신이 없었다.

"진 무사, 이제는 무림인들의 몫이니 우리는 돌아가세. 과인은 속히 돌아가 폐하께 정화의 죽음을 알리고 자네의 공을 아뢰고 싶다네."

"전하, 아직은 아닙니다. 나라의 간적은 사라졌으나 아직 무림의 해악이 남아 있습니다."

무한의 말에 세자가 이해할 수 없다는 얼굴로 말했다.

"무림의 해악이라니, 그게 누구를 두고 하는 말인가?"

"곧 아시게 될 것입니다."

무한은 태자와 세자에게 읍하고 돌아섰다.

"이제 네 차례다."

전립은 무한이 다가오자 저도 모르게 뒷걸음질쳤다.

"저하를 알아보지 못한 실책은 통감하오. 하나 그것을 빌미로 핍박하려 하니 유감이구려."

전립은 한 편의 연극을 펼칠 태세였지만 무한은 전혀 동요치 않았다. 그때 마침 만평 사형제가 싸움을 끝내고 단 위로 올라섰다.

만평은 낭패한 몰골이었지만 내상은 없어 보였다. 졸지에 만평 사형제 중 최고수가 된 중평 또한 구유혈린창의 회전력에 애를 먹은 듯 군데군데 화상을 입고 있었지만 큰 상처는 없었다. 반면 청평과 오평이 입은 상처는 적지 않았다. 서로 싸우겠다고 다투더니 결국에는 청평이 홀로 감당치 못해 오평까지 나서 간신해 해결한 모양이었다.

복수에 성공해 마음의 짐을 덜었는지, 신병을 전리품으로 챙긴 만평 사형제는 밝은 표정이었다. 하지만 밝던 얼굴은 전립을 발견하고 딱딱하게 굳어졌다.

"저, 저놈은!"

"하운입니다. 분명히 놈입니다!"

"네놈이 여기 있었구나!"

"이 죽일 놈!"

무한은 전립을 공격하려는 만평 사형제를 즉시 제지했다. 흥분해서 될 일이 아닐뿐더러 그들은 전립의 상대가 아니었다.

"기다려라!"

"사숙, 잊으셨습니까? 저놈은 우리가 찾던 하운……."

"이미 알고 있다. 저자를 내게 맡겨주겠느냐?"

무한은 전립이 너희들의 상대가 아니라고 말하는 대신 자신에게 맡겨달라고 말했다. 그 말의 뜻을 모를 만평 등이 아니었다. 만평 사형제는 화를 가라앉히고 고개를 끄덕였다. 사질들의 믿음을 뒤로하고 무한은 노공에게 다가갔다.

"방주께 여쭙겠습니다. 이 대회의 목적은 마선을 상대할 특무대와 특무대를 이끌 대주를 뽑는 자리라 들었습니다. 맞습니까?"

"맞네."

"하면 대주를 뽑는 기준은 무엇입니까?"

"논의 끝에 무공의 고하로 선출하기로 뜻을 모은 상태일세. 한데 그것은 왜 묻는 것인가?"

"혹 백선기협이 출전하기로 되어 있습니까?"

"물론이네. 화산의 신임 장문인과 백선기협이 출전하기로 되어 있네."

"그렇군요. 그렇다면 지금이라도 참가를 원한다면 가능한 것입니까?"

노공이 고개를 저었다.

"그에 대한 것은 아직 결정한 바가 없네."

그때 곁에서 듣고 있던 소림 방장 정허가 나섰다.

"아미타불, 노방주 말씀대로 그에 대해 논의한 바는 없으나 빈승은 문제가 없다고 보오. 다른 분들의 생각은 어떠시오?"

"아니 될 이유가 없지요."

"이견이 없소이다."

무한이 노골적으로 출전의 뜻을 비친 마당이다. 그가 세운 혁혁한 공로와 태자와 세자의 신임은 차후 무한의 시대가 열릴 것임을 예고하고 있었다. 그러니 누가 감히 반대할 수 있겠는가. 물론 그런 자가 아주 없는 것은 아니었다.

"정파무인이라면 지금이라도 참가하는 데 무리가 없다고 봅니다."

악대명의 말에 사람들의 표정이 미묘하게 변했다. 악대명의 말을 풀어보면 무한은 정파무인이 아니니 참가할 수 없다는 얘기가 된다.

"그럼 저는 참가에 무리가 없겠군요."

무한의 말에 악대명이 무슨 말이냐는 듯 따졌다.

"그게 무슨 말인가? 자네는 금의위 북진무사가 아닌가?"

도천상이 미소를 지으며 앞으로 나섰다.

"가주께서는 어째 도사인 빈도보다도 세사(世事)에 어두우신 듯합니다. 빈도가 알기로 금의위 북진무사는 얼마 전까지 남진무사 장윤이 겸하고 있었습니다. 물론 지금은 공석이지요. 저 친구는 공식적으로도 그렇지만 실제로도 직위가 없으니 관의 인물이라 볼 수 없습니다."

"하지만 관의 인물이 아니라고 해서 그가 정파무인이라고 말할 수는 없는 것 아니오? 무엇보다 그는 마선의 무공을 익히고 있소이다."

"어찌 무공의 연원으로 정사를 가를 수 있겠습니까. 그리 따진다면 절영문의 절기를 익힌 마선이 무엇 때문에 마도의 인물이며, 역시 정도 무공을 익히고 있는 흑백괴동이 어찌 정사양도의 인물로 분류되겠습니까?"

정허가 도천상의 의견에 동조하고 나섰다.

"그렇소이다. 무공의 종류로만으로 정사를 구분한 것은 속성으로 연성하는 사파 무공의 결함에 의해 인성이 마에 물들기 때문이었소. 그러나 무한 시주의 경우는 정심한 내력을 바탕으로 단지 마선의 보법만을 익혔기에 사파로 분류하는 것은 무리가 있다고 보오."

이번에는 무당 장문 능수 진인이 나섰다.

"참으로 지당한 말씀이오. 단지 마선의 보법을 연성했다 하여 그를 마도로 몰아가는 건 정파의 크나큰 손실이 아닐 수 없소. 빈도가 보기에 그는 정파무인이 맞소이다."

도천상의 말에 딱히 반박할 거리를 찾지 못하고 있던 악대명은 슬그머니 물러섰다.

무한의 출전까지 확정되자 태자는 입궁을 미루고 장내에 널린 시신을 신속히 수습토록 했다. 잠시 후 군사들에 의해 장내가 말끔하게 정리되자, 피비린내 풍기던 분지 안은 무림대회 분위기로 한껏 고조되었다.

"지금부터 무림대회를 시작하겠소이다! 본래 특무대원들을 먼저 가린 후 마지막 순으로 특무대를 이끌 대주를 뽑을 생각이었으나, 사정상 절차를 바꾸기로 하였소."

노공이 말하는 사정이 무엇인지 모르는 자는 아무도 없었다. 무한을 보려고 입궁까지 미룬 태자와 세자를 위한 배려였다.

사정이야 어쨌든 당장 엄청난 대결을 볼 수 있게 된 군웅들은 환호했다.

이제는 대결이 어떤 식으로 이루어질지가 초미의 관심사로 떠올랐다. 문제는 후보가 셋이라는 점이었다. 노공이 단 위로 세 개의 긴 대나무 젓가락이 든 산통을 들고 올라왔다.

"후보가 셋인 관계로 부득이 제비를 뽑아……."

노공의 말이 끝나기도 전에 도천상이 단 위로 훌쩍 날아올라 내력을 실어 외쳤다.

"빈도는 기권을 선언하는 바이오!"

모두들 뜻밖의 상황에 어리둥절한 표정을 지었다. 실망한 나머지 겁쟁이라며 도천상과 화산을 싸잡아 욕하는 자도 적지 않았다. 하지만 곧 욕설은 탄성으로 바뀌었다.

"빈도는 스스로 부족함을 깊이 깨닫고 있소이다. 한데 고집을 부려 출전을 강행한다면 어찌 되겠소이까? 혹 운이 좋아 부전승으로 결승에 올라간다면 치열한 전투를 치르고 올라온 분을 상대로 이길 수는 있을 것이오. 그야말로 어부지리가 아니겠소? 하나 그런 식으로 대주가 된다면 무슨 의미가 있겠소이까. 부전승으로 올라가지 못하고 두 분 중 한 분과 대결을 한다고 해도 마찬가지가 될 것이오. 운이 나빠 빈도와 대결을 하게 될 분은 원치 않게 공력을 소모하게 될 것이고, 그로 인해 결승전은 공정한 시합이 될 수 없을 것이오.”

도천상은 잠시 쉬었다가 다시 말을 이었다.

“상대가 마선이니만큼 이 자리는 반드시 최고수를 선발하는 자리가 되어야만 하오. 한데 이대로라면 무공의 고하가 아니라 운에 의해 대주가 결정될 가능성이 적지 않소. 빈도는 그런 사정을 알면서도 대회에 참석할 만큼 뻔뻔하지가 못하오.”

도천상이 두고두고 회자될 만한 연설을 마치자 군중들은 함성을 질렀다. 방금 전까지 겁쟁이라고 욕하던 자들도 안면을 바꿔 누가 대주가 되든지 진정한 승자는 도천상이라며 입에 거품을 물었다.

도천상이 거센 함성을 뒤로하고 단 아래로 내려오자 무한이 웃으며 말했다.

“감명 깊은 연설이었습니다.”

도천상은 한쪽에 서 있는 전립을 힐끗 보며 말했다.

“이 힘든 연기를 매일 할 수 있다니 그가 새삼 존경스럽군. 그나저나 사제가 올 때가 되었는데?’

도천상이 다소 근심스러운 기색으로 주위를 살피고 있을 때, 마침 장량이 군웅들 사이로 모습을 드러냈다. 장량과 나직이 이야기를 주고받은 도천상이 무한에게 다가와 말했다.

"찾아낸 듯하네. 아무래도 빈도가 직접 가봐야 할 것 같군. 어쨌든 빈도가 판은 깔았으니 이제 자네의 몫이네."

도천상과 장량이 이목을 피해 사라지자마자 진행을 맡은 노공의 외침이 들려왔다.

"도 장문인이 어려운 결단을 해주신 관계로 산동악가의 백선기협과 기검신협의 대결이 성사되었소이다. 두 분은 속히 위로 올라와 주시오!"

무한과 전립이 단숨에 날아올라 마주 서자 노공이 규칙을 설명했다.

"첫째, 어떤 경우라도 단을 벗어나면 패배일세. 둘째, 역시 어떤 경우라도 상대의 목숨을 빼앗아서는 아니 되네. 셋째, 경기 중 언제든 패배를 선언할 수 있고, 패배를 선언한 상대를 공격해서는 안 되네. 넷째, 암기를 포함한 모든 종류의 병기 사용을 허용하나, 독과 폭약만은 불허하네. 만일 위 규칙 중 단 하나라도 어기는 것이 발견된다면 그 즉시 대결을 멈추고 규칙을 어긴 자를 패자로 간주하겠네."

노공은 끝으로 둘에게 무운을 빈다는 말을 남기고 단 아래로 내려갔다.

"이놈, 어쩔 속셈이냐?"

단둘이 마주하자 전립이 거의 전음이라 생각될 정도로 나직한 음성으로 으르렁거렸다.

"물론 네놈을 죽이고 도선비기를 되찾을 생각이다."

무한의 간단명료한 대답에 전립이 이를 갈았다.

"네놈은 규칙을 잊었느냐?"

"규칙이라, 네 눈에는 내가 대주 자리에 연연하는 것으로 보이는 것이냐?"

"대체 그깟 도선비기에 연연하는 이유가 뭐냐? 혹 천상의 무예라도 숨어 있는 것이냐?"

전립은 날카로운 눈으로 무한의 눈치를 살폈다. 그러나 돌아온 대답은 그의 기대를 무참히 배반하는 것이었다.

"미친놈."

말로써 통렬한 일격을 가한 무한은 좀처럼 싸울 기미가 없자 소란스러워진 장내를 의식하고는 크게 웃으며 말했다.

"하하, 백선기협께서 기꺼이 선수를 양보하시겠다니 감사히 받아들이겠소."

무한은 말을 끝내자마자 현마진린보를 극성으로 펼치며 만화를 빛살처럼 뽑아냈다.

촤아악!

단지 속도만을 따진다면 하늘이 열린 이래 최강의 발검술이라 할 만한 검격이 전립에게 휘몰아쳤다. 처음부터 이리 강하게 나올 줄 몰랐던 전립은 다급하게 백선을 내밀었다.

콰콰쾅!

폭약을 쓴 것으로 오인할 만한 폭음과 함께 전립이 단숨에 단 끝까지 밀려났다. 그러나 그것이 끝이 아니었다. 강력한 발검술을 받고 혼이 반쯤 나간 전립은 코앞으로 들이닥치는 무한의 모습에 헛바람을 삼켰다.

슈아앙!

머리카락만큼이나 가느다란 만화의 스침에도 공기가 격렬한 비명을 질러댔다. 막는 건 안 된다. 막았다가는 단 아래로 튕겨져 나갈 판이었다. 선택의 여지가 없었다.

파팟!

전립은 바닥을 박차고 힘껏 솟구쳤다. 한편 전속력으로 쇄도했던 무한은 순간적으로 목표를 잃어버렸다.

"저런!"

"허어!"

정파의 고인들은 안타까움의 탄성을 질렀다. 누가 보기에도 무한은 속도를 이기지 못하고 단 아래로 떨어질 것 같았다. 그러나 보고도 믿기지 않는 광경이 펼쳐졌다. 엄청난 속도로 쏘아졌던 무한이 거짓말처럼 단 끝에 멈춰 섰다. 상식적으로는 설명이 불가능한 일이었다.

한편 수직으로 솟구쳤던 전립은 무한이 멈춰 선 짧은 순간을 이용해 혼신의 힘으로 장력을 밀어냈다.

우르릉! 콰쾅!

천둥소리를 방불케 하는 장음과 동시에 거대한 압력이 무한을 내리눌렀다. 그러나 전립의 장세가 바닥을 강타했을 때 무한은 그곳에 없었다. 장력의 범위에서 여유있게 벗어난 무한은 자신이 만든 커다란 구덩이로 내려서는 전립에게 만화를 쏘아내고 있었다.

백선과 만화의 격렬한 충돌로 발생된 금속성이 채 단을 벗어나기도 전, 무한은 또 다른 공격을 감행하고 있었다.

쩌저정!

전립은 도무지 숨 돌릴 틈을 찾지 못했다. 숨이 턱턱 막혀왔다. 호흡이 원활하지 못하니 진기의 수발이 잘될 리가 없었다. 무한이 한 수 강한 것은 명백했다. 하지만 본래 이 정도로 형편없이 밀릴 그가 아니었다. 그럼에도 이같이 고전하는 이유는 경공 때문이었다.

마음 놓고 경공을 시전해도 밀렸던 그인데 현마진린린보를 쓰지 않고 싸우려니 갑갑한 게 한두 가지가 아니었다.

빛살처럼 이어지는 공격의 연속. 전립은 억센 힘에 떠밀려 또다시 모서리까지 밀려났다.

콰앙! 우웅!

막다른 곳으로 밀린 전립에게 장대한 장력이 해일처럼 밀려들었다. 이번에도 역시 막는다면 단 아래로 떨어질 것은 불문가지,

'또 위뿐인가?'

그런데 발을 굴러 솟구치려는 찰나 정수리가 서늘해졌다. 불현듯 전립의 뇌리로 가짜 세자가 두 쪽으로 갈라져 죽는 장면이 스쳐 지나갔다. 반사적으로 고개를 들었다.

전립을 아득한 죽음의 공포가 지배했다. 만화가 허공에서 섬전처럼 내리꽂히고 있었다.

'끝이다! 이, 이건 막을 수 없어!'

파팟! 쩌저정!

2

정선은 마선이 눈물을 쏟는 것을 보며 돌처럼 응어리진 마음이 비로소 녹아내리고 있음을 느꼈다. 그러나 안심한 것도 잠시뿐.

푸드덕!

살기가 걷히고 다시 둥지로 날아들었던 산새가 놀란 날갯짓으로 둥지를 박차고 날았다. 정선은 불길한 예감을 느낌과 동시에 마선이 거두었던 살기를 재차 폭발시켰다. 마선의 참회의 눈물은 어느새 혈루로 변해 붕대를 붉게 물들이고 있었고, 마선의 눈은 혈안이 되어 있었다. 핏빛 동공은 끝없는 증오와 분노, 그리고 걷잡을 수 없는 살기로 절절 끓고 있었다.

"아아! 미몽의 길에서 벗어나려는 자네를 피의 업보가 붙들었구나!"

마선의 광기에 물든 눈을 마주한 순간 정선은 자신도 모르게 신음을 토했다. 끝없이 피를 갈구하는 눈은 단 한 올의 인성도 담겨 있지 않았다. 과거 마선의 혈사 때 저런 상태가 아니었을까 싶었다.

"무량수불!"

잊고 살았던 불호가 절로 터질 정도로 사특한 기운이었다. 인간의 기운이 아니라 십팔만 장 유부에 있어야 할 마왕의 기운이었다. 정선은 생전 처음으로 두려움과 동시에 강한 살심을 품었다.

"제발… 나를… 나를…… 죽여주게!"

마선이 신음처럼 내뱉은 말이었다. 정선은 핏빛 동공 너머로 괴로움에 신음하는 마선을 발견했다. 아니, 그는 마선이 아니라 성관이었다.

"성관 자네?"

"제발, 더는… 견딜… 수… 없으니 어서!"

성관이 사라져 간다. 마성에 지배당하기 전에 성관은 자신을 죽여달라고 말하고 있었다.

그러는 동안에도 마선의 기운은 끝 간 데 없이 증폭되고 있었다. 정선은 급히 무너진 초옥을 향해 팔을 뻗었다. 흙더미를 뚫고 솟구친 송문고검이 정선의 손에 잡혀들었다. 손에서 검을 놓은 지 수십 년. 그런데 검을 쥐자마자 기이한 현상이 찾아왔다.

그것은 극심한 혼돈이었다.

대저 검은 무엇이며 나는 또 무엇인가. 또 다른 물음이 있었다.

내가 검인가, 검이 나인가?

뜬금없는 물음이 머릿속에 메아리쳤다. 정선은 부르르 떨었다. 이것은 하늘의 물음. 검이 주는 마지막 문제다. 이 물음 너머에 궁극의 검이 있고, 무예의 끝이 있다.

정선은 희열에 잠겼다. 이대로 시간이 흐르면 그가 그토록 갈망하던, 없는 줄 알고 포기했던 궁극의 검이 있다. 그런데 그때 다른 소리가 비집고 들어왔다.

"제… 제발……!"

괴로움에 찬 마선, 아니, 성관의 절규였다. 정심한 마음이 흔들리려 했다. 손끝에 닿을 듯 다가왔던 궁극의 검, 천검(天劍)이 아득히 멀어졌다.

'이건 지고한 깨달음을 방해하는 마귀의 짓거리다!'

정선의 부르짖음을 들었는지 멀어졌던 천검이 급속도로 가까워졌다. 천검을 쥐려는 찰나, 깨달음의 문턱에서 또 다른 의문이 찾아왔다.

그는 정말 마귀인가? 정선은 즉시 물음에 답했다.

'아니다. 그는 마귀가 아니다.'

그렇다. 성관은 마귀가 아니었다. 아니, 그대로 두면 마귀가 될 둘도 없는 친우였다.

정선은 갈등하지 않을 수 없었다. 천검을 가지면 자신의 육신은 산산이 흩어져 대자연의 거름이 되고, 혼(魂)은 지고한 경지에 들어 천계에 들 것이다. 꿈에 그리던 우화등선이었다.

그러나 성관의 영혼은 마귀에게 먹혀 나락으로 떨어질 것이고, 육신은 마귀의 종이 되어 눈에 보이는 모든 것을 파멸로 이끌 것이다.

천검이 손끝에 닿았다. 그러나 정선은 미련없이 팔을 내리고 돌아서서 지나온 깨달음의 통로를 순식간에 빠져나왔다.

"으아악!"

현실 세계로 돌아오자마자 성관의 처절한 비명이 온 산을 흔들었다. 천지가 살기로 가득하다. 성관이 마성에 완전히 지배당하기 일보 직전이었다. 지체할 시간이 없었다.

파팟! 꽈지직!

정선은 손에 든 송문고검을 일말의 망설임도 없이 내던졌다. 살기로 이글거리는 마선의 눈이 자신의 가슴을 향했다. 심장이 있어야 할 자리에 아이 머리만 한 구멍이 뚫려 있었다.

그가 다시 고개를 들었을 때, 마선은 사라지고 대신 성관이 거기 있었다.

"성관, 먼저 가서 기다리시게."

"고… 고맙네, 친구여……."

"허허! 허허허……."

하늘의 검은 잃었으나 대신 친구를 얻었으니 이 또한 좋지 아니한가. 정선은 편안히 숨을 거두는 성관을 보며 기꺼운 웃음을 터뜨렸다.

초옥이 내려다보이는 소담한 언덕, 정선을 지켜보던 한 노인이 나직이 중얼거렸다.

"허허, 참으로 시원섭섭하구나."

"독개 어르신, 기련존자, 그러니까 저자가 정말 마선이었던 것입니까?"

"멍청한 난쟁이들 같으니라고. 보고도 그리 묻느냐?"

"보고도 믿기지 않으니 하는 말이지요."

"그래도 이놈들이?"

독개가 지팡이를 들어 때리는 시늉을 하자, 흑백괴동이 자라목을 하며 종종걸음으로 도망친다. 그런 흑백괴동을 바라보며 혀를 차던 독개는 기이한 느낌에 정선에게 시선을 돌렸다.

독개의 눈이 경이로 물들었다. 정선이 눈부시게 하얀 빛무리에 감싸여 있었다. 주변으로 따스한 기운이 퍼지고, 이루 말할 수 없는 향이 맴돌았다.

세수 일백을 헤아리는 독개로서도 생전 처음 접하는 신비로운 향기요, 상서로운 빛이었다.

번쩍!

눈이 멀 정도로 강렬한 빛에 독개는 눈을 감았다. 그가 다시 눈을 떴을 때 정선의 모습은 찾아볼 수 없었다.

"허허! 그 세월이 마냥 헛된 것은 아니었구나."

마선이라는 유령에 홀려 산 지난 세월, 마선의 죽음을 목도하고 보니 모든 것이 부질없고 허무하다 생각했다. 한데 눈앞에서 우화등선을 목도하게 될 줄이야.

3

장내는 질식할 것 같은 정적에 휩싸여 있었다. 수만 명이 운집한 분지였지만 심지어 숨소리조차 들리지 않았다.

만화와 백선, 그리고 어깨부터 매끈하게 잘린 팔 하나. 전립이 있던 자리에 남겨진 것들이었다. 만화는 손잡이 부근까지 깊이 박혀 있었고, 전립의 팔은 아직도 백선을 쥐고 있었다. 관전하던 정파 고인들이 경악한 얼굴로 자리를 박차고 일어섰다.

뚝, 뚝, 정적을 깨는 작은 소리가 있었다. 소리를 따라 사람들의 시선이 이동했다. 팔 하나를 통째로 잃은 전립이 지혈할 생각도 않고 넋 나간 얼굴로 서 있었다. 커다란 충격이 군웅들과 정파 고수들을 뒤흔들었다.

충격의 정도는 비슷하나 그 원인은 사뭇 달랐다. 군웅들의 충격은 전립이 팔을 잃었다는 사실 자체였지만, 정파 고인들은 그보다는 다른 사실에 놀라고 있었다.

악대명이 급히 단 위로 뛰어올라 전립의 어깨를 지혈했다. 전립은 심한 출혈과 내상으로 벌써 얼굴이 창백하게 질려 있었다.

"아미타불, 악 가주와 백선기협은 어찌 된 영문인지 속 시원히 해명해야 할 것이오!"

악대명은 소림 방장 정허의 추상같은 음성에 흠칫 굳어졌다.

"대사, 무, 무엇을 말입니까?"

"지금 그것을 몰라서 묻는 것이오?"

"무, 물론 싸움이 끝나기도 전에 단 위로 올라왔으니, 패배를 인정하겠소."

"악 가주! 지금 그 말을 하고 있는 것이 아니질 않소!"

정허의 추궁에 이어 노공이 심각한 얼굴로 말했다.

"백선기협이 선보인 경공이 어째서 기검신협의 경공과 같을 수 있는지를 묻는 것이외다."

"그, 그건……."

"같은 경공이니 같아 보이는 것은 당연하지 않습니까?"

무한의 말에 그에게로 이목이 집중되었다. 풍천개가 눈을 크게 뜨며 물었다.

"같다? 정녕 확실한 것인가?"

"풍 장로님께서는 누군가가 펼치는 것을 보고 현마진린보를 익혔다고 했던 제 말을 기억하십니까?"

"기억하다마다. 자네를 의심하여 노부가 직접 취선보로 시험까지 했거늘 어찌 잊을 수 있겠나? 한데 어찌 그 얘기를 하는 것인가?"

"그 얘기를 지금 꺼낸 이유는 그 누군가가 바로 이 자리에 있기 때문입니다."

"뭣이라! 마선의 제자가 이 자리에 있다?"

칼날 같은 시선들이 일제히 전립에게 꽂혀들었다.

"모함! 이것은 모함이오!"

크게 당황한 악대명이 손사래를 치며 외쳤다. 만약 무한이 정화를 상대하기 전에 이 같은 발언을 했다면, 모두 무한에게 돌을 던졌을 것이다. 천하제일협객 전립을 뉘라서 의심하겠는가. 하지만 지금은 상황이 달랐다.

아무도 믿지 않았던 정화와 마교 교주와의 관계도 사실로 드러났고, 역시 꿈에도 의심치 않았던 세자도 가짜로 판명되었다. 더군다나 눈앞에서 전립이 현마진린보를 펼치는 장면을 똑똑히 보지 않았는가.

"악 가주, 모함이라 하셨소?"

"그렇소이다. 현마진린보는 광마인을 남기게 마련! 보시오. 대체 어디에 광마인이 있는지!"

그렇다. 현마진린보는 반드시 광마인을 남긴다. 사람들의 시선이 다시 무한을 향했다.

"그것은 현마진린보가 경지에 이르지 못했을 때의 일일 뿐, 극성에 이르면 아무런 흔적을 남기지 않습니다."

무한은 직접 보법을 여러 차례 펼쳐 보이는 것으로 자신의 말을 증명했다. 그의 말대로 경악스러운 속도를 내면서도 단 위에는 아무런 흔적이 남아 있지 않았다.

"도둑이 훔친 물건을 자랑하지 못하는 것처럼 전립이 이 같은 경공술을 가지고도 펼치지 않았던 것은 정체가 탄로 날까 두려웠기 때문입니다. 그러나 막상 생명이 경각에 이르자 어쩔 수 없이 쓸 수밖에 없었던 것입니다."

"그럴 수가! 그렇다면 백선기협, 아니, 저자가 정말 마선의 제자란 말인가?"

풍천개의 말에 무한이 고개를 저었다.

"틀렸습니다. 전립 저자는 마선의 제자가 아닙니다."

"그건 또 무슨 얘긴가? 설마 그도 누군가의 보법을 보고 배웠다는 얘기는 아니겠지?"

"물론 그런 것은 아닙니다. 그에게 보법을 전한 건 마선이 아니라 그의 조부였습니다."

"이놈! 어디서 그런 망발을 하느냐!"

"악 가주는 잠시 입을 다무시오! 빈승 등은 무한 시주의 말을 들어보고 판단할 것이외다!"

악대명은 정허의 싸늘한 일갈에 부르르 떨며 입을 다물었다.

"시주는 계속해 보시게. 조부라면 창왕을 말하는 것인가?"

"그렇습니다. 창왕 악환수는……."

악환수가 황보세가에서 어떻게 현마진린보를 얻었는지부터 시작해, 마선이 어쩌다 마황진기를 익히고 마공의 저주를 받게 되었는지, 마선이 어떻게 악환수를 이용했는지, 또 무엇 때문에 전립이 조선으로 갈 수밖에 없었는지 무한의 입에서 끝도 없는 비사가 흘러나왔다.

무한이 말을 마치자 다들 얼빠진 얼굴들이었다.

사실이라 덮어놓고 믿기에는 터무니없이 충격적인 내용이었다. 그러나 거짓이라 외면하기에는 이야기가 너무나 정교하고 문제 또한 중차대했다.

"어찌 그런 일이 있을 수 있단 말인가. 자네 말대로라면 마선이 마공의 저주를 풀기 위해 천하를 동분서주했다는 얘기인데, 언제 그 많은 혈아들을 만들어 무림에 내보냈단 말인가?"

노공의 물음은 모두의 공통된 의문이었다.

"혈아는 마선이 아니라 악환수, 아니, 산동악가의 작품이었습니다. 산동악가는 일찍부터 방계 무인을 문도로 끌어들여 그들에게 마황진기를 전수시켰던 것입니다."

"그들 모두에게 말인가?"

"그렇습니다. 한날한시에 마공을 전수받은 이들은 역시 한날한시에 폭주를 겪게 됩니다. 폭주에 이른 이들은 서로를 제물 삼아 폭주합니다. 강한 자는 살고 상대적으로 약한 자는 죽겠지요. 살아남는 강자들은 또다시 다음 폭주 때 같은 과정을 거칩니다. 그런 식으로 몇 단계를 거친 혈아는 최종적으로 전립의 폭주 제물이 되었던 것입니다."

"하지만 혈아의 폭주 주기와 전립 저자의 폭주 주기가 다른데 어찌 그런 방법을 쓸 수 있단 말인가?"

"전립은 조선에서 탈취한 심공으로도 마황진기의 치명적인 결함인 폭주를 없애지는 못했으나 폭주 주기는 임의로 조절할 수 있게 된 것입니다. 즉, 혈아에게 희생되었다고 알려진 산동악가의 방계 문원들은 정작 자신들이 혈아가 되어 서로를 죽이고 죽였던 것입니다."

"그렇다면 혈사를 일으킨 혈아들은 그 와중에 뜻하지 않게 통제에서 벗어난 자였겠군?"

"그렇지 않습니다. 그간의 혈사들은 의도된 것이었습니다. 되짚어보십시오. 혈사로 인해 어떤 문파가 피해를 입었고, 또 어떤 문파가 이득을 취했는지 말입니다."

혈사로 인해 피해를 본 경천신문과 혼천등마부, 남궁세가는 모두 산동성과 지리적인 이유로 경쟁, 혹은 대립하고 있는 사이였다.

무한의 말을 곱씹던 남궁민이 단 위로 뛰어올라 다짜고짜 악대명에게 살검을 뿌렸다.

"이런 찢어 죽일 놈! 모두 네놈들 짓이었구나!"

"지, 진정하시오! 오해, 아니, 모함이오. 무림을 차지하려는 저놈의 모함이란 말이외다!"

악대명은 강맹한 창술로 남궁민을 떼어놓고 무한에게 버럭 소리쳤다.

"이놈! 어찌 돌아가신 선친을 모욕하느냐! 네놈은 그러고도 천벌이 두렵지 않느냐?"

그때였다.

"흥! 천벌을 두려워할 자는 정작 너희들이 아니냐!"

모함이라며 당당히 외치던 악대명의 눈동자가 격렬히 떨렸다. 좌우로 갈라진 군웅들 사이로 도천상과 화산파의 검수들이 세 사람을 포박해 끌고 오고 있었다. 세 사람 중 하나는 썩어 진토가 되었어야 할 악환수였고, 나머지 둘은 악소교와 악후륜 형제였다.

도천상과 장량이 세 사람의 뒷덜미를 덥석 잡아 들고 날듯이 달려와 단 위로 내려섰다. 악대명은 창백하게 질린 부친의 얼굴을 보고 전신을 부들부들 떨었다. 그러나 입술을 악물 뿐 끝까지 그를 아는 체하지 않았다.

도천상이 혀를 차며 말했다.

“쯧, 부친을 부친이라 부르지 못하는 것을 보니 빈도의 마음이 아프구려.”

그러나 악대명의 눈물겨운 노력에도 불구하고 과거 악환수를 보았던 자가 적지 않은지라 그의 신분을 증명해 줄 사람 또한 적지 않았다. 노공도 그중 하나였다.

“허! 설마 했거늘 살아 있다는 말이 사실이었구려. 진정 창왕 숙부… 흐음, 당신이 진정 마선의 꾐에 빠져 천인공노할 짓을 저질렀소이까?”

팔이 잘린 전립을 보며 피눈물을 쏟고 있던 악환수는 목이 끊어져라 고개를 저었다.

“너는 과거 노부를 숙부라 부르던 노공이 아니냐! 이놈! 하늘이 보고 있느니! 노부는 네놈 사부와 친형제처럼 지내던 사이거늘, 한데 어찌 이제 와 본 가를 모함하려 하느냐!”

간신히 노화를 억누르고 있던 남궁민이 입에서 불을 뿜었다.

“닥쳐라! 이토록 버젓이 살아 있으면서 죽은 사람 행세를 한 주제에 어디서 큰소리냐!”

“세상과 연을 끊고 오직 가문을 위해 무공을 연구했다. 그것이 잘못이더냐?”

“그게 아니라 마선이 잃어버린 비급을 찾으러 올까 두려워 죽은 체한 것이겠지.”

악환수는 남궁민이 정곡을 찌르자 자못 억울하다는 듯 부들부들 떨었다. 그때 도천상이 악소교와 악후륜을 가리키며 말했다.

“하면 이들은 어찌 설명할 것이오. 과거 빈도가 삼지산에서 혈아의 습격을 받았을 때, 혈아를 조종하던 자들이 바로 이들이었소. 같은 장소에서 잡힌 이들마저도 모른다고 할 테요?"

도천상의 추궁에 빠져나갈 구멍을 완벽히 상실한 악환수는 하늘을 우러러 대성통곡했다.

"참으로 원통하구나! 과거 선조이신 악비 장군께서는 오랑캐로부터 나라를 구하기 위해 동분서주하시다가 끝내 믿었던 자의 칼을 맞고 억울하게 생을 다하시더니, 오늘날 본 가가 피와 땀으로 천하제일고수를 배출하고 온갖 협행을 쌓았건만, 이제와 시기하는 자들이 무리를 지어 본 가를 악적으로 몰아 파멸시키려 하는구나!"

"정말 그리 생각하시오?"

악환수가 분연히 외쳤다.

"그렇다! 노부와 본 가는 누명을 쓰고 있는 것이다!"

도천상이 고개를 절레절레 저으며 앞서 세자가 타고 왔던 커다란 마차를 향해 눈짓했다. 그러고 보니 세자가 내린 후에도 아직 무당파의 검수들이 마차를 호위하고 있었다.

또 누가 나타나려는 것일까.

이목이 집중된 가운데 호위하던 무당파 검수가 마차 문을 열자, 크고 작은 부상을 입은 상기된 안색의 젊은이들과 면사로 얼굴을 가린 한 여인이 모습을 드러냈다.

"이들은 또 누구인가?"

노공이 단 위에 올라선 사내들을 가리켜 묻자 도천상이 중앙에 선 사내에게 말했다.

"자네 이름은 무엇인가?"

"대, 대협, 저는 반석정입니다."

"자네들이 누구인지, 또 왜 여기에 서게 되었는지 말해주겠는가?"

반석정은 그렇지 않아도 상기되었던 얼굴이 숫제 홍당무가 되었다. 긴장한 빛이 역력하던 그는 자신을 바라보며 편안한 미소를 짓고 있는 무한을 발견하고 이내 굳은 결심을 한 얼굴로 앞으로 나섰다. 반석정은 심호흡을 한 번 하고는 목청껏 외쳤다.

"우리는 사천에서 군웅대회에 참석하기 위해 온 용호방도입니다! 우리는……!"

반석정은 무한과의 만남과 색마와 무한과의 싸움부터 시작해 제남성에 들어온 후 자신들이 무슨 일을 당했는지 차근차근 풀어놓았다. 반석정이 말을 마치자 군중들이 소요를 일으켰다. 중구난방이었지만, 대부분 자신이 알던 사람들도 제남에 들어와 감쪽같이 사라졌다는 내용이었다.

"잠시 조용히 해주시오!"

도천상이 소요를 진정시키고 이번에는 얼굴을 가린 여인에게 말했다.

"하면 소저는 혹시……?"

"예, 소녀는 색마에게 변을 당하기 직전 무한 상공께 구함을 받았답니다."

"무림의 여인도 아닌데 그 말을 하기 위해 예까지 오시다니 참으로 큰 용기를 내셨소이다."

"실은 이곳에 나오기까지 수천 번을 망설였지요. 하지만 혹여 증거가 불충분하여 색마가 빠져나간다면 소녀 같은 희생자가 또 나올 것 같아 견딜 수가 없었답니다."

"소저의 용기는 세상에 오래토록 회자될 것이오. 무리한 부탁인 줄 아오만, 혹 이곳에 그 색마가 있소이까?"

도천상의 물음에 여인 유화가 애처롭게 떨리는 손가락으로 전립을 가리켰다.

"바로 저자였습니다!"

가히 충격적인 일이었다. 지금까지의 악행만도 인간이라고 볼 수 힘든 것들인데, 세상을 떠들썩하게 만든 색마가 바로 그였다니.

"이래도 할 말이 있소?"

도천상의 말에 악환수와 악대명이 이를 바득바득 갈았다. 이번에야말로 진정 억울한 표정이었다. 무한은 끝까지 잘못을 부인하는 악환수를 보며 고개를 가로저었다.

"당신은 욕심을 채우기 위해 친우를 배반하고 세상을 기만했지만, 오늘날 얻은 것이 무엇입니까? 사람들은 산동악가를 천하제일세가로 추앙하고 백선기협을 천하제일협객으로 앙망했으나 그것은 겉으로 드러난 모습일 뿐, 그 속은 이미 곪을 대로 곪아 있었습니다."

"이 찢어 죽여도 시원치 않을 놈! 네 녀석이 무엇을 안다고 입을 놀리는 것이냐!"

무한은 악환수를 안타까운 눈빛으로 바라보며 말했다.

"마선은 누구도 부럽지 않은 천하제일고수였습니다. 하지만 그는 단 하루도 행복하지 않았습니다. 천하제일고수가 되기 위해 밟고 걸어온 피가 그를 내버려 두지 않았기 때문입니다. 과거 마선이 그랬듯 이제 당신의 손자 또한 온몸이 썩어 들어가 하루하루 지옥 같은 고통 속에서 살고 있는데, 대체 천하제일고수가 무슨 소용이며 무엇이 천하제일협객이란 말입니까?"

수많은 증거와 증인을 들이대도 눈썹 하나 꿈쩍하지 않던 악환수가 대경실색하여 소리쳤다.

"그, 그게 무슨 헛소리냐! 온, 온몸이 썩어 들어가다니?"

"마선은 일평생 병을 고칠 방도를 찾아다녔지만, 전립은 고통을 잊는 방법으로 색마가 되는 것을 택했습니다. 바로 당신들의 비뚤어진 욕망이 그를 그리 만든 것입니다."

악대명이 사색이 된 얼굴로 전립을 흔들었다.

"그럴 리 없다! 천하제일고수인 내 아들이 색마라니, 천하제일협객인 내 아들의 몸이 썩어 들어가고 있다니! 아니라고 말해다오! 저자의 말이 거짓이라고 이 아비에게 말해다오!"

전립이 잿빛 눈동자로 중얼거렸다.

"조부님, 아버님, 기대에 미치지 못해 송구합니다. 불초는 그동안 최선을 다했지만……."

"네가 머리가 어떻게 된 게야. 피가, 그래, 피를 너무 많이 흘려서 제정신이 아닌 게야."

악대명은 스스로 인정한 것과 다를 바 없는 전립의 대답에 횡설수설하다가 여며진 전립의 가슴에 손을 가져갔다. 단추를 풀어 확인해 보면 알 일이었다.

악대명의 몸짓에 이목이 온통 집중되었다. 투둑, 투둑, 단추가 떨어져 나가고 두터운 붕대가 둘러진 가슴이 드러났다. 누렇게 변색된 붕대에 악대명과 악환수의 얼굴이 새파랗게 질린다.

붕대는 쇠골부터 아랫배에 이르기까지 상체 전체를 아우르고 있었다.

부들부들 떨리는 손이 붕대를 풀어간다. 한 겹씩 풀릴 때마다 피고름이 선명해지더니 붕대가 몇 겹 남지 않았을 때는 악취와 함께 악대명의 손바닥에 고름이 흥건히 묻어 나왔다.

마지막 붕대가 풀려 나가려는 순간 전립이 부친의 떨리는 손을 붙잡았다. 악대명의 피눈물이 맺힌 눈이 전립의 잿빛 눈동자를 향했다.

"아들아!"

전립이 고개를 가로저었다.

"소자는 누구도 원망치 않습니다, 결국은 제 자신이 선택한 길이었으니."

전립은 그 말을 끝으로 마황진기를 가득 실어 자신의 머리를 내려쳤다. 둔탁한 소리와 함께 뇌수가 사방으로 흩어졌다.

머리가 통째로 사라진 아들의 처참한 주검을 안은 악대명은 넋이 나갔다. 한참 만에 정신을 차린 그는 청석 바닥에 머리를 부딪쳐 목숨을 끊은 아비를 발견하고 스스로 심장을 터뜨려 죽음을 택했다.

4

도천상이 정박해 있는 거대한 군선을 바라보며 아쉬움 가득한 음성으로 말했다.

"정말 이대로 떠날 참인가?"

"잃었던 물건을 회수했으니 더 있을 이유가 없습니다."

"아직 중원의 화근이 사라지지 않았는데, 자네가 이리 떠난다니 덜컥 겁이 나는군. 자네가 맡았어야 할 특무대를 빈도가 맡게 되지 않았느냔 말일세."

"마선을 말씀하시는 것이라면 크게 근심하지 않으셔도 될 것 같습니다."

도천상이 반색하며 말했다.

"그새 무슨 일이 있었나? 혹 어젯밤에라도 마선이 자네를 찾아왔던가?"

무한은 웃으며 고개를 저었다.

"문득 그런 생각이 들었을 뿐입니다."

"자네도 이리 싱거울 때가 다 있군. 아쉽지만 자네의 결심이 이리도 확고하니 더 이상 붙잡지는 않겠네. 사실 붙잡을 염치도 없다네."

도천상과 작별 인사를 마치자 청운과 적운이 다가와 창백한 얼굴로 고개를 숙였다.

"언제 한번 조선으로 건너가 찾아뵙겠습니다."

"아니, 오지 마라."

무한의 야박한 대답에 적운이 눈을 크게 떴다.

"예? 진심이십니까?"

"너희들이 나타나면 또 한바탕 소동이 벌어질 것을 생각하니 머리가 다 아파오는구나."

청운이 낯을 붉히며 머리를 긁적인다.

"그 얘기셨군요. 지금 생각해 보면 부끄럽기 그지없습니다."

곁에 있던 적운이 끄덕이며 말했다.

"진 무사님 같은 분이 계신 줄도 모르고 알량한 무공으로 거드름을 피웠던 것을 생각하면 부끄러워서 얼굴을 들 수가 없습니다. 아마 조선의 심산유곡에는 진 무사님 같은 분이 또 계시겠지요?"

무한이 끄덕이며 말했다.

"그럼 다음에 보자."

수천 명이 넘는 수군들이 군선에 오르는 무한 일행에게 군례를 올렸다. 모르는 사람들이 보면 수군도독쯤으로 오인할 법한 광경이었다.

"녀석들, 고맙긴 되게 고마운 모양일세."

오평이 군선이 멀어지도록 군례를 풀지 않는 수병들을 보며 말했다.

"사숙, 죄를 지었으니 벌을 받는 것은 당연한데 어째서 사면해 달라고 하신 것입니까?"

무한은 멀어지는 명나라 대륙을 바라보며 말했다.

"본래 우리가 아니었으면 벌받을 일도 없었을 자들이 아니냐."

"그야 그렇지요. 사숙이 아니었으면 저들은 여전히 정화의 수하였을 테니. 그래도 태자가 어떤 소원이든 들어주겠다고 하시는데 그것을 말씀하신 건 좀 너무하셨습니다."

은근히 그에 대해 불만을 가지고 있었는지 모두들 고개를 끄덕였다.

"그렇다면 무슨 소원을 말해야 했느냐?"

"하하, 적어도 남자라면 배포있게 재상 자리 정도는 달라고 하셨어야지요."

"그러면 명나라에 머물러야 하지 않느냐?"

무한의 말에 오평의 얼굴이 일그러졌다.

"속고 속이고 죽고 죽이고, 어휴, 정말 넌덜머리가 납니다. 저 곳에서는 하루도 더 못 살지요."

오평의 호들갑에 다들 박장대소를 터뜨렸다. 뱃전에 이는 물결은 부드럽고 내리쬐는 양광은 적당히 따사롭다. 바람은 알맞게 돛을 밀어주고 교어는 한가로이 바다를 누빈다. 이토록 마음 편했던 날이 얼마만인가.

가슴에 새기기라도 하려는지 선미에 서서 명나라 땅이 시야에서 사라지고도 한참을 더 바라보던 유화가 무한에게 다가왔다.

"후회하지 않으세요?"

"무엇을 말이오?"

"명나라에 남으셨다면 금의위장이나 무림 맹주나 다름없는 특무대주도 되실 수 있으셨을 텐데요."

"태자께서 금의위장 자리를 제안하신 걸 어찌 아셨소?"

유화가 신비롭게 웃으며 말했다.

"태자 전하께서는 상공을 아끼시니 반드시 곁에 두고 싶어 하셨을 거예요. 그러니 황성을 수호하는 금의위장 자리를 맡기고 싶어하실 거라 생각했죠."

무한은 말없이 유화를 바라보았다. 미모는 전립이 탐냈을 정도이니 두말할 나위가 없다. 또한 웃음이 향기롭고 속을 알 수 없는 눈빛은 깊고 온화하다. 어쩌면 생각했던 것보다도 더 지혜로운 여인이 아닐까?

"그대야말로 후회하지 않소?"

"무엇을 말인가요?"

"막무가내로 나를 따라나선 것 말이오. 그대는 말하지 않았지만 지체 높은 가문의 규수임을 알고 있소. 명나라에 머물렀다면 좀 더 편한 삶을 살 수 있었을 것이오."

유화는 아련한 눈으로 명나라 쪽으로 시선을 돌렸다. 이제 명나라 땅은 까마득히 멀어져 무한의 시야에도 잡히지 않았다.

"소녀는 후회하지 않아요. 심지어 그 색마에게 끌려갔던 것도 말예요. 그 때문에 상공을 만날 수 있었으니까요."

유화의 시선이 무한을 찾았다. 유화의 온화하던 시선은 점차 열기를 더해갔다. 하지만 그때 산통을 깨는 소리가 있었으니,

"아주 잘들 노는군?"

귀에 익은 여인의 음성에 유화의 고운 얼굴이 굳어졌다.

"고, 공주마마?"

선실 문을 열고 나오는 가흥의 모습에 이번만큼은 무한마저도 당황하지 않을 수 없었다.

"그대가 이 배에는 웬일이오?"

"너도 명나라 구경을 하는데 나라고 조선에 가지 못하라는 법 있어? 그리고 너, 이 여우 같은 계집!"

가흥의 독 오른 살쾡이 같은 눈빛에 유화가 하얗게 질려서 무한의 뒤로 숨어들었다.

"사, 상공."

“뭐, 상공? 이게 누구 마음대로 상공이야? 한 번만 더 무한을 그따위로 부르면 머리털을 죄다 뽑아놓을 줄 알아!”
선실 가득 메아리치는 가홍의 음성은 무한의 앞날이 그리 순탄치만은 않을 것임을 예고하는 듯했다.

『기검신협』완결

눈매 퓨전 판타지 소설

the Mask of Leon

가면의 레온

중원을 공포로 떨게 만든 희대의 악마, 혈마존.
그의 영혼이 기억을 잃은 채 차원 이동을 한다.

한 소년과 몸이 바뀐 후 깨어난 혈마존.
기억은 지워지고 싸가지없는 본성만 남았다!
욱할 때마다 튀어나오는 살벌한 말투와 그의 독자 무공.

'아, 나는 왜 이렇게 성격이 너러운가?
어째서 이리도 잔인한 기술을 알고 있는 것인가? 착하게 살고 싶다.'

살인광이었던 그가 전혀 어울리지 않는 대신관이 되기로 결심한다.
하지만 그 본성이 어디 가나…….

"이런 빌어 처먹을 놈들, 신전에서 봉사 활동 안 할래?"

유행이 아닌 자유추구 -
WWW. chungeoram.com
Book Publishing CHUNGEORAM

CHUNGEORAM SPECIALIST NOVEL
1
임준욱 장편 소설
무적자
WITHOUT MERCY
WITHOUT MERCY
청어람 창립 10주년에 걸맞는 장르문학 대표 특선작
왕의 귀환!! 장르소설계의 거장 임준욱,
그가 돌아왔다!

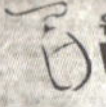